WRAPPED IN INK – TATTOOS UND HERAUSFORDERUNGEN

MONTGOMERY INK REIHE: BOULDER
BUCH EINS

CARRIE ANN RYA

MONTGOMERY INK
REIHE: BOULDER, BUCH 1

von

Carrie Ann Ryan

Besuchen Sie Carrie Ann im Netz!
carrieannryan.com/country/germany/
www.facebook.com/CarrieAnnRyandeutsch/
twitter.com/CarrieAnnRyan
www.instagram.com/carrieannryanauthor/

EBENFALLS VON
CARRIE ANN RYAN
MONTGOMERY INK REIHE:

Ink Inspired – Tattoos und Inspiration (Buch 0,5)
Ink Reunited – Wieder vereint (Buch 0,6)
Delicate Ink – Tattoos und Überraschungen (Buch 1)
Forever Ink – Tattoos und für immer (Buch 1,5)
Tempting Boundaries – Tattoos und Grenzen (Buch 2)
Harder than Words – Tattoos und harte Worte (Buch 3)
Written in Ink – Tattoos und Erzählungen (Buch 4)
Hidden Ink – Tattoos und Geheimnisse (Buch 4,5)
Ink Enduring – Tattoos und Leid (Buch 5)
Ink Exposed – Tattoos und Genesung (Buch 6)
Inked Expressions – Tattoos und Zusammenhalt
(Buch 7)
Inked Memories – Tattoos und Erinnerungen (Buch 8)

Montgomery Ink Reihe: Colorado Springs:
Fallen Ink – Tattoos und Leidenschaft (Buch 1)
Restless Ink – Tattoos und Intrigen (Buch 2)
Jagged Ink – Tattoos und Turbulenzen (Buch 3)

Montgomery Ink Reihe: Boulder:
Wrapped in Ink – Tattoos und Herausforderungen (Buch
1) Sated in Ink – Tattoos und drei Herzen (Buch 2)

Die Gallagher-Brüder:
Love Restored – Geheilte Liebe (Buch 1)
Passion Restored – Geheilte Leidenschaft (Buch 2)
Hope Restored – Geheilte Hoffnung (Buch 3)

Whiskey und Lügen:
Whiskey und Geheimnisse (Buch 1)
Whiskey und Enthüllungen (Buch 2)
Whiskey und die Geister der Vergangenheit (Buch 3)

Das Aspen Rudel:
Durch Ehre Geschliffen (Buch 1)
In der Dunkelheit Gejagt (Buch 2)
Im Chaos Gebunden (Buch 3)
Unterschlupf in der Stille (Buch 4)
Von Flammen Gezeichnet (Buch 5)

Die Brüder Wilder:
Der Weg zurück zu mir (Buch 1)
Immer der Richtige für mich (Buch 2)

Der Pfad zu dir (Buch 3)

WRAPPED IN INK – TATTOOS UND HERAUSFORDERUNGEN

Liam Montgomery probiert alles mal aus.

Er begann seine Karriere als Model und ergriff dann die Gelegenheit, ein Bestsellerautor zu werden.

Das Einzige, was er bisher nicht probiert hat, ist eine stabile Beziehung.

Arden Brady geht nicht viel nach draußen.

Ein Leben mit Lupus bedeutet, dass sie manchmal keine Kontrolle über ihr Dasein hat. Bisher hat sie ihr Leben immer ausgekostet, doch gibt es etwas, was sie sich selbst noch nie gestattet hat. Nämlich sich zu verlieben.

Und dann lernt sie Liam kennen.

Eine zufällige Begegnung ändert das Spiel, und beide müssen alles riskieren, was sie immer für wichtig hielten, damit es funktionieren kann. Denn Familiengeheimnisse und unvorhergesehener Herzschmerz sind nicht die einzigen Dinge, die versuchen, sie auseinanderzubringen. Doch wenn sie Glück haben, wird die Leidenschaft zwischen ihnen diese Romanze zu etwas machen, an das sie beide glauben können.

10

****»Tattoos und Herausforderungen« ist ein Buch der Reihe »Montgomery Ink: Boulder« und erzählt die Geschichte von Arden und Liam. Es geht um Verletzungen, Freunde, die zu Geliebten werden, und Gegensätze, sie sich anziehen. Jedes Buch dieser Reihe kann unabhängig von den anderen gelesen werden. Ein Happy End ist garantiert!****

KAPITEL EINS

Liam Montgomery lehnte an der Wand und versuchte, mit dem Hintergrund zu verschmelzen. Ein schwieriges Unterfangen, denn wie alle Montgomerys war er schlichtweg zu groß und zu muskulös, um in einer Menge unterzugehen – es sei denn, diese Menge bestand ausschließlich aus seiner Verwandtschaft.

Doch heute war nur ein Bruchteil des Clans anwesend. Statt der gefühlten zehntausend Cousins, Cousinen, Onkel und Tanten, die den Bundesstaat bevölkerten, war lediglich der harte Kern seiner Familie vertreten.

Liam ließ den Blick über die Hochzeitsgäste schweifen, die vor der Zeremonie mit Getränken in der Hand beieinanderstanden, und hielt Ausschau nach seiner Familie. Die gesamten Montgomerys aus Boulder waren zur Trauung seiner Freunde eingeladen – und auch erschienen. Das freute ihn. Obwohl sie alle in derselben

Stadt lebten, fand man sich außerhalb der obligatorischen Familienessen nur selten am selben Ort wieder.

Diese fanden in letzter Zeit nicht mehr so häufig statt, da sie alle viel um die Ohren hatten. Doch Liam kannte seine Mutter. Sobald sie all ihre Schäfchen an einem Ort versammelt sah, würde sie garantiert das nächste große Familienessen planen.

Liam leerte sein Bier und suchte nach einer Möglichkeit, die Flasche loszuwerden. Ein Kellner nahm sie ihm im Vorbeigehen ab, woraufhin Liam ihm zunickte und sich zurück an die Wand lehnte. Er hatte nie verstanden, warum man schon vor der Trauung etwas trinken musste – es sei denn, man war der Bräutigam selbst. Trotzdem war das Getränk eine willkommene Erfrischung gewesen.

»Was ziehst du für ein Gesicht?«, fragte Bristol, die auf ihn zukam und sich an ihn lehnte. Liam legte seine Arme um die Schultern seiner jüngeren Schwester und küsste sie auf den Kopf. Sie stieß einen erstickten Laut aus, und er sah förmlich vor sich, wie sie die Augen verdrehte.

»Ist das dein Ernst?«, fragte sie entnervt.

Liam musste unwillkürlich grinsen und wandte sich ihr zu. »Was ist denn? Du bist meine kleine Schwester. Ich darf das.« Er wollte gerade die Hand ausstrecken und ihr das Haar zerzausen, doch sie wich zurück.

»Ich bin über dreißig. Du musst mich nicht bemuttern, als sei ich ein Kleinkind, das sich immer noch Zöpfe flicht.«

Liam verengte die Augen und fuhr mit den Fingern

über ein geflochtenes Element in ihrer Hochsteckfrisur. »Ähm, was die Zöpfe angeht, bin ich anderer Meinung.«

Sie bedachte ihn mit einem finsteren Blick und zeigte ihm den Mittelfinger. »Das sind zwei geflochtene Strähnen, die der Friseur vorgeschlagen hat, keine Zöpfe. Hör auf, mich wie ein Baby zu behandeln.«

»Ich werde dich immer wie ein Baby behandeln. Weil du meine kleine Schwester bist.«

»Aaron verhätschelst du nicht so, obwohl er jünger ist als ich.«

»Das ist nicht wahr. Ich lasse ihn spüren, dass er mein kleiner Bruder ist. Trotzdem bist du unser kleines Mädchen.«

Sie hob erneut den Mittelfinger und zuckte dann zusammen, als beide die Stimmen ihrer Eltern hörten. »Haben mir meine Augen gerade einen Streich gespielt? War das etwa eine obszöne Geste? Bei einem so eleganten Anlass.« Francine Montgomery kam auf sie zu und tippte ihrer Tochter auf die Nasenspitze.

»Ganz unmöglich«, behauptete Timothy Montgomery und unterdrückte ein Grinsen.

Liams Eltern zeigten sich ständig gegenseitig den Mittelfinger, und auch der Rest der Montgomerys stand ihnen in nichts nach. Daher wusste Liam, dass sie nur scherzten. Trotzdem verhätschelte ihre Mutter gern sowohl Bristol, Liam und ihre Geschwister. Und Liam wusste, wie sehr seine Schwester es liebte.

»Liam hat angefangen«, wandte Bristol ein, woraufhin Liam in schallendes Gelächter ausbrach.

»Oh ja, das ist die erwachsene Schwester, die ich

kenne und liebe«, entgegnete er, als Bristol ihm in den Unterleib boxte.

Er stieß einen dumpfen Laut aus und rieb sich den Bauch.

»Du bist ziemlich kräftig, kleine Schwester«, murmelte er.

Bristol räusperte sich und hielt sich die Hand vor den Mund, um den Mittelfinger ihrer anderen Hand zu überdecken.

»Das habe ich gesehen, junge Dame«, warf ihre Mutter ein. »Außerdem solltest du deinen Bruder nicht schlagen«, fügte sie hinzu.

Liam schüttelte nur den Kopf. Er liebte seine Familie über alles. Doch manchmal hatte er das Gefühl, als seien sie alle in ihrer eigenen Comedyshow fernab der Realität gefangen. Aber das machte ihm nichts aus, denn sie waren nicht nur seine Verwandten, sondern auch seine Freunde. Sie waren stets für ihn da.

Liam war ein Montgomery, genau wie alle anderen. Sie hatten eine enge Bindung zueinander, die nie verblassen würde, auch wenn sie sich gegenseitig aufzogen oder mit obszönen Gesten beglückten. Denn sie waren eine Familie. Das war das Wichtigste.

Seine Brüder kamen auf sie zu und bedachten Bristol und ihn mit einem Grinsen. Liam lehnte sich zurück an die Wand und betrachtete sie.

Ethan war nur ein paar Jahre jünger als Liam, vielseitig talentiert und ein brillanter Geist. Liam verstand oft nur die Hälfte von dem, was Ethan über seine Arbeit berichtete.

Aaron hingegen war auf seine eigene Weise ein Genie. Seine Stärken lagen nicht in den Naturwissenschaften oder der Mathematik wie bei Ethan, doch er erschuf Kunstwerke, die zweifellos die Zeit überdauern würden.

Genau wie Bristols Musik.

Sie alle waren so verdammt talentiert, so beeindruckend. Und obwohl er sich manchmal wie ein Nachzügler fühlte, wusste er, dass er sich nicht verstecken musste. Er liebte seinen Job und war verdammt gut darin. Sogar die Zeit als Model hatte er genossen – ungeachtet der Sprüche, die er sich dafür hatte anhören müssen.

Immerhin hatte er sich damit sein Studium finanziert. Und es war sogar noch etwas übrig geblieben, um seine Familie zu unterstützen. Niemand hatte sich verschulden müssen.

Wenn sie ihn deshalb als »Schönling« bezeichnen und ihn wegen seines guten Aussehens verspotten wollten, dann nahm er das gern in Kauf.

Während er seiner Familie den Mittelfinger zeigte.

»Was ist das eigentlich hier?«, fragte Aaron und runzelte die Stirn. »Eine Art Montgomery-Familientreffen, von dem ich nichts wusste?«

»Ich bin einfach so froh, dass unsere ganze Familie an einem Ort versammelt ist«, sagte Francine, drängte sich zwischen Ethan und Aaron hindurch und schlang ihre Arme um ihre Taillen. »Ihr seid alle so groß geworden.«

Liam schnaubte. »Äh, Mom? Ich glaube, wir sind alle

längst aus dem Wachstumsstadium heraus. Größer werden wir nicht.«

»Ich weiß nicht, Liam, ich glaube, Bristol könnte eines Tages tatsächlich erwachsen werden und irgendwann eine normale Größe erreichen«, scherzte Ethan mit einem Augenzwinkern und tätschelte Bristol den Kopf.

Ihre Schwester verengte die Augen und reckte die Mittelfinger beider Hände in die Luft. Sie senkte sie jedoch schnell wieder, als Francine und Timothy sie finster anstarrten.

»Versucht wenigstens, so zu tun, als seien wir keine Heiden«, forderte Timothy sie lachend auf. »Wir sind hier immerhin bei einer Hochzeit und sollten uns wie die nette Familie benehmen, für die uns alle halten. Diese obszönen Gesten werden ohnehin irgendwann langweilig.«

»Das ist wahr«, pflichtete Liam ihm bei und war überrascht, dass Bristol nicht noch einmal den Mittelfinger hob.

»Ich wäre dankbar, wenn ihr alle aufhören könntet, mir den Kopf zu tätscheln«, sagte sie.

»Deine Frisur ist wirklich toll, Schatz«, sagte Francine bewundernd und musterte ihre Tochter. »Hat Zia dir geholfen?«

Liam tauschte mit seinen Brüdern einen Blick aus und unterdrückte ein Grinsen.

Obwohl Bristol und Zia schon länger getrennt waren, hielt ihre Mutter hartnäckig an dem Wunsch fest, dass sie ihre Kinder verheiratet sehen wollte. Und sie wünschte sich Enkelkinder. Francine schöpfte Hoffnung daraus, dass Bristol und ihre Ex-Freundin noch immer eine enge Freundschaft pflegten.

Für die anderen Geschwister war das ein Segen, denn so mussten sie sich nicht den Fragen nach der eigenen Familienplanung stellen. Liam war ohnehin noch nicht bereit dafür. Nach all dem Drama und Kummer, den seine Cousins und Cousinen in ihren Ehen durchgemacht hatten, hatte er es nicht eilig.

Er hatte Zeit. Viel Zeit.

Ihm war nicht entgangen, wie ironisch es war, ausgerechnet auf der Hochzeit seiner besten Freunde solche Gedanken zu hegen. Craig und Cain hatten ihre persönliche Hölle durchlebt, doch heute gaben sie sich das Jawort und würden als glückliches Ehepaar in den Sonnenuntergang reiten. Vielleicht würden sie irgendwann ein Kind adoptieren – sie waren auf dem besten Weg dorthin.

Liam hingegen war vollkommen glücklich mit der Route, die er eingeschlagen hatte. Besten Dank auch.

»Zia hat mir nicht bei der Frisur geholfen, Mom«, stellte Bristol klar. Liam wusste, dass sie nur mit Mühe einen Seufzer unterdrückte. »Sie ist nicht einmal in der Stadt.«

»Aber hat sie dir Tipps gegeben? Sie ist so begabt in Sachen Styling. Ich folge ihr auf Instagram, weißt du? Demnächst bringt sie eine eigene Kosmetikserie auf den Markt. Hast du davon gehört, Bristol?«

Zia war eine erfolgreiche Beauty-Influencerin und arbeitete gerade an ihrer eigenen Produktlinie. Liam hatte die beiden einander vorgestellt, da er früher gemeinsam mit Zia gemodelt hatte. Für ihn war es immer noch ein wenig befremdlich, dass seine kleine Schwester überhaupt Ex-Partner hatte. Er konnte sich seine kleine Schwester nicht in einer Beziehung vorstellen. Doch Zia war ein nettes Mädchen. Sie war zwar nicht die Richtige für seine Schwester, aber in Ordnung.

»Ich weiß, Mom. Aber Zia und ihr *Freund* sind gerade im Urlaub.« Bristol betonte das Wort »Freund« ganz bewusst, woraufhin ihre Mutter enttäuscht das Gesicht verzog.

»Oh, ich wusste gar nicht, dass sie wieder liiert ist.«

»Schon seit einigen Monaten. Ich glaube, ich höre bereits die Hochzeitsglocken läuten.«

»Apropos Hochzeitsglocken«, warf Ethan ein. »Wir sollten besser unsere Plätze einnehmen, sonst machen Craig und Cain uns die Hölle heiß.«

»Genau, wir können es uns nicht leisten, noch eine Hochzeit zu ruinieren«, warf Aaron lachend ein.

»Welche Hochzeit haben wir denn ruiniert?«

»Ich bin sicher, da waren einige«, erwiderte Aaron mit einer abwinkenden Geste.

Liam lachte und legte Bristol den Arm um die Schultern, während sie sich gemeinsam in Bewegung setzten. »Ich bin sicher, unsere bloße Anwesenheit reicht dafür schon aus. Man kann eben nicht anders, als von uns eingeschüchtert zu sein. Wir sind schließlich die Montgomerys.«

»Wahrscheinlich sind sie nur von dir eingeschüchtert, Schönling«, stichelte Ethan und wich geschickt aus, als Liam spielerisch nach ihm schlug.

»Jungs!«, mahnte ihre Mutter in genau dem warnenden Tonfall, den sie schon in ihrer Kindheit gefürchtet hatten. Ein einziges Wort genügte, und sie hielten alle inne.

Sogar Bristol erstarrte.

»Entschuldigung«, murmelten sie alle leise und blickten einander dann grinsend an.

Nein, sie waren keine Kinder mehr, aber es war ein gutes Gefühl, im Schoß der Familie zu sein. Liam setzte sich ans äußere Ende der Bank, während Bristol, Ethan, Aaron und ihre Eltern die Plätze neben ihm einnahmen.

Liam hatte Cain in seiner Zeit als Model kennengelernt, und die beiden hatten eine Freundschaft geschlossen, die über die Jahre hinweg Bestand hatte. Liam hatte seine Karriere früh begonnen und bis Mitte zwanzig eine Menge Geld damit verdient, doch er war froh, diese Welt schließlich hinter sich gelassen zu haben. Wie durch ein Wunder war er weder der Drogen- noch der Alkoholsucht verfallen oder hatte sich durch unzählige Betten geschlafen. Deshalb war er von Krankheiten verschont geblieben.

Einige seiner Freunde von damals waren genau diesem Schicksal zum Opfer gefallen. Ganz gleich, in welcher Ära man sich befand, in diesen Kreisen schienen das Verlangen nach dem nächsten Kick und der Wunsch dazuzugehören eine Anziehungskraft zu besitzen, der man sich nur schwer entziehen konnte.

Liam hatte Craig durch seinen *neuen* Job kennengelernt, als er gerade in seiner New Yorker Agentur war, um mit seinem Agenten über einen neuen Buchvertrag zu verhandeln. Craig war aus einem der Büros gekommen und hatte etwas Unverständliches über Autoren und Latte Macchiato vor sich hin gemurmelt. Damals war Craig noch Praktikant. Heute arbeitete er als fest angestellter Lektor in Liams Verlag. Allerdings nicht für ihn persönlich, denn seine Lektorin Maisie hätte ihn niemals gehen lassen. Liam war mit Craig ins Gespräch gekommen, als sie beide auf den Beginn einer Besprechung gewartet hatten.

Später hatte er Craig dann Cain vorgestellt und zwischen den beiden hatte es sofort gefunkt.

Sie hatten Liam häufig in Colorado besucht und hatten sich schließlich ein weiteres Haus in den Rocky Mountains gekauft.

Schließlich hatten sie beschlossen, den Bund fürs Leben in den Bergen von Boulder statt an der Ostküste zu schließen.

Liam vermutete, dass das Paar später noch eine weitere Party in New York steigen lassen würde, was ihm nur recht war. Vielleicht würde er sich spontan in den Flieger setzen, um auch dort dabei zu sein. Er mochte die beiden Bräutigame. Sie hatten dieses Glück verdient.

Wenn er sah, wie seine Mutter die Hochzeitsdekoration studierte, fühlte sich das für ihn an wie ein weiterer Nagel im Sarg seines Junggesellendaseins.

Zwar hatte er nicht grundsätzlich etwas gegen die

Ehe, er war nur noch nicht der Richtigen begegnet. Aber damit war er nicht allein. Bisher hatte noch kein Montgomery in dieser Stadt den Hafen der Ehe erreicht.

Aber seine Mutter war fest entschlossen, ihren Willen durchzusetzen und dafür zu sorgen, dass die Hochzeitsglocken bald läuteten. Sie wollte eine Montgomery-Hochzeit um jeden Preis.

Zumindest hatte sie das beim letzten Familienessen verkündet, woraufhin seine Geschwister und er in schallendes Gelächter ausgebrochen waren.

Es war, als würde sie einen Krieg führen, der sich nur durch Hochzeiten und Babys beenden ließ.

Nun, sie würde noch ein bisschen länger warten müssen, denn heute ging es um Craig und Cain, nicht um die Montgomerys. Auch wenn es sich manchmal so anfühlte, als stünden sie im Mittelpunkt ihrer eigenen Welt.

Als die Musik einsetzte, lehnte Liam sich zurück und ließ den Blick schweifen. Über ihnen erstreckte sich ein strahlend blauer Himmel, während am Horizont die Gipfel im Sonnenlicht funkelten. Hier in den Bergen spielte die Jahreszeit kaum eine Rolle, selbst bei klirrender Kälte war der Himmel manchmal tiefblau. Doch das Wetter konnte jederzeit umschlagen und es konnte aus dem Nichts ein Schneesturm oder ein Gewitter aufziehen. Umso intensiver genossen sie diese kostbaren Momente.

Craig und Cain gaben in ihren passenden Smokings und mit dem breiten Grinsen ein verdammt heißes Paar ab. Liam lächelte kopfschüttelnd, als Cain Craig an sich zog und ihm einen leidenschaftlichen Kuss gab, der fast schon zu intensiv für eine offizielle Zeremonie war.

Liam, seine Brüder und einige der anderen Gäste brachen in Jubel und lautes Gegröle aus. Bristol wischte sich lachend eine Träne aus dem Augenwinkel und beobachtete mit der übrigen Gesellschaft, wie die beiden Männer ein neues Kapitel in ihrem gemeinsamen Leben aufschlugen.

»Das war wunderschön«, sagte Francine und tupfte sich die Wangen. »Ich kann es kaum erwarten zu sehen, wie ihr eure Hochzeit gestaltet.«

»Mom«, seufzte Liam.

»Was denn? Ich habe vier wundervolle Kinder, und keines von euch macht Anstalten zu heiraten. Ihr seid nicht einmal in festen Händen. Was habe ich bloß falsch gemacht?«

»Habt ihr auch manchmal das Gefühl, dass sie im falschen Jahrhundert geboren wurde?«, fragte Bristol und tippte sich nachdenklich ans Kinn.

»Du meinst, sie ist wie eine Mutter aus der Regency-Ära, die mit ansehen muss, wie ihre Küken auf einem Ball weder einen Herzog noch einen Earl abbekommen?«, frotzelte Ethan.

»Ganz genau. Wir sind wohl alle hoffnungslose Mauerblümchen«, erwiderte Bristol mit so todernster Miene, dass Liam fast darauf hereingefallen wäre. Doch das schelmische Funkeln in ihren Augen verriet sie.

»Du bist kein Mauerblümchen, Bristol.«

»Oh, das ist lieb von dir. Aber im Ernst, ich möchte im Moment wirklich nicht heiraten. Dafür bräuchte ich erst einmal einen Freund oder eine Freundin.«

»Sag das nicht zu laut, sonst versucht Mom noch, dich zu verkuppeln.« Ethan schüttelte den Kopf und grinste. »Wenn wir nicht bald unsere besseren Hälften finden, fängt sie noch an, Verabredungen für uns zu arrangieren oder potenzielle Kandidaten zum Familienessen einzuladen.«

»Das mag stimmen, aber Bristol wäre doch als Erste an der Reihe, nicht wahr?«, fragte Liam hastig.

»Oh nein, ich bin nicht die Erste«, erwiderte seine Schwester. »Du bist der Älteste und hast den Vortritt.«

»Moment mal. Warten die Herzöge und deren Söhne nicht immer so lange, bis die kleine Schwester in die Gesellschaft eingeführt und unter die Haube gebracht wurde?«, fragte Liam und stutzte. »Gibt es dafür nicht einen speziellen Begriff?«

»Man nennt es Debüt«, erklärte Aaron trocken, woraufhin sich alle Augen auf ihn richteten. »Was schaut ihr so? Ich kenne eben ein paar Frauen, die historische Liebesromane lesen.«

Sie starrten ihn weiterhin an.

»Also schön, nur weil Lisa Kleypas eine meiner Lieblingsautorinnen ist, verliere ich noch lange nicht meine Männlichkeit.«

Sie brachen alle in schallendes Gelächter aus, während Bristol Aaron umarmte.

»Du bist der Beste. Ihre Wallflower-Reihe gehört zu meinen Lieblingsbüchern.«

»Ganz deiner Meinung«, bestätigte Aaron. Liam und Ethan tauschten einen Blick aus, bevor sie erneut losprusteten.

Es war ein wunderbares Gefühl, im Kreis der Familie zu sein, weit entfernt von der Arbeit und dem Stress des Alltags. Das waren die Menschen, die für Liam am meisten zählten. Seine Familie.

Die vier Geschwister standen etwas abseits neben einem Gebäude, an dem gerade Renovierungsarbeiten durchgeführt wurden. Sie versuchten, sich unauffällig zu verhalten. Da sie von Natur aus eher laut waren und heute Craig und Cain im Mittelpunkt stehen sollten, wollten sie keine Aufmerksamkeit auf sich ziehen.

Außerdem wollten sie nicht riskieren, von einer fliegenden Krawatte oder einem Strumpfband getroffen zu werden, die heute statt des Brautstraußes geworfen wurden.

Liam war sich sicher, dass seine Mutter bereits nach ihnen Ausschau hielt, da der Zeitpunkt für den Wurf kurz bevorstand. Also drückten sie sich an die Wand und versteckten sich.

Mehr oder weniger.

Liam blickte auf, als er ein Knarren hörte, und runzelte die Stirn. »Was war das?«, fragte er mit gedämpfter Stimme.

»Was war was?«, fragte Bristol, dann riss sie die Augen auf. »Liam!«

Liam wirbelte nach rechts und riss seine kleine Schwester mit sich zu Boden, als das Gerüst neben ihnen mit einem Mal nachgab. Ein stechender Schmerz durchfuhr ihn, dann ein ohrenbetäubendes Knirschen. Er hörte Bristols Schrei und die Rufe seiner Brüder, bevor sie ganz verstummten.

Dann war da nichts mehr.

Nichts als Dunkelheit.

KAPITEL ZWEI

Arden Brady lehnte sich in ihrem Bett zurück und unterdrückte den Drang, ihre Brüder finster anzustarren. Es war nicht wirklich ihre Schuld, dass sie so aufdringlich und überfürsorglich waren; sie wollten schließlich nur helfen. Zumindest versuchte sie, sich das zum millionsten Mal einzureden.

Sie wollten *immer* nur helfen.

Mit achtundzwanzig war Arden die jüngste von fünf Geschwistern. Für ihre vier älteren Brüder war sie jedoch nach wie vor das Nesthäkchen – das zeigten sie ihr immer wieder.

Und wenn man bedachte, dass sie gerade in einem Krankenhausbett lag, hatten sie wohl ihre Gründe dafür. Gründe, mit denen sie alle viel zu häufig konfrontiert wurden.

Zu dumm, dass sie nicht alle vier erwürgen konnte, denn das erforderte Fähigkeiten, über die Arden leider nicht verfügte – ganz abgesehen davon, dass es illegal war. Zudem war die Notaufnahme ein viel zu öffentlicher Ort für ein Kapitalverbrechen. Es war klüger, den Mord auf die Zeit nach ihrer Entlassung zu verschieben. Sie wusste ohnehin, dass sie alle mit zu ihr nach Hause kommen würden, um sie ins Bett zu stecken. Sie würden Arden in Watte packen, als sei sie ein Kleinkind und keine erwachsene Frau, die lediglich mit einer chronischen Erkrankung kämpfte, deren Symptome ihr gelegentlich ohne Vorwarnung einen Strich durch die Rechnung machten.

»Bist du sicher, dass du nichts brauchst?«, fragte Cross und musterte sie mit einem eindringlichen Blick.

»Mir geht es gut. Hör auf, mich so anzustarren.« Arden hielt inne, als sie bemerkte, wie erschöpft ihre eigene Stimme klang. In letzter Zeit war sie ständig müde. »Bitte.« Sie schloss die Augen und ignorierte den Schmerz in ihrem Arm, in dem die Infusionsnadel steckte.

»Ich starre nicht«, widersprach Cross, ohne den Blick von ihr abzuwenden.

»Doch, tust du wohl«, warf Prior ein, der Cross abschätzend beäugte.

»Ich weiß nicht, ich glaube, das ist sein ganz normales Gesicht«, frotzelte Macon.

»Nun, dann ist sein ganz normales Gesicht wohl ziemlich finster«, meinte Nate grinsend.

Arden sehnte sich nach Frieden. Frieden vor den Schmerzen, Frieden vor dem Frust, nach einem fast perfekten Tag nun doch im Krankenhaus gelandet zu sein, und Frieden vor ihren Brüdern. Denn obwohl sie alle gestandene Männer über dreißig waren, neigten sie in ihrer überfürsorglichen Art manchmal dazu, sich wie zänkische Zehnjährige aufzuführen.

»Im Ernst, ihr starrt mich an. Und zwar ihr alle. Mir geht es gut. Ihr könnt jetzt gehen. Ich bleibe hier und lasse die Infusion über mich ergehen. Wir machen das schließlich nicht zum ersten Mal, nicht wahr?«

»Ganz richtig. Deshalb bleiben wir.« Mit diesen Worten ließ Cross sich auf den Stuhl neben ihrem Bett sinken. Ihre anderen Brüder saßen bereits und versuchten, ruhig und gelassen zu wirken, obwohl Arden genau wusste, dass sie innerlich alles andere als entspannt waren.

»Es sollte nur noch ein paar Stunden dauern. Ernsthaft, genießt den Tag. Draußen scheint die Sonne.«

»Wir wissen, dass die Sonne scheint. Genau deshalb liegst du ja in diesem verdammten Bett«, blaffte Prior. Dann schloss er die Augen und schüttelte den Kopf. »Es tut mir leid, Arden.«

»Du musst dich nicht entschuldigen. Ich bin genauso wütend wie du. Das Ganze ist einfach frustrierend. Trotz Hut und tonnenweise Sonnencreme kann ich keinen Fuß vor die Tür setzen, sobald die Sonne scheint. Stattdessen bekomme ich diesen Ausschlag von der Hitze – und von der verdammten Sonne selbst.«

»Du bist krank, Arden. Das ist nicht einfach nur ein Ausschlag«, flüsterte Macon.

Arden hob die Hand und deutete auf die Kanüle in ihrem anderen Arm. »Oh, ich weiß. Die Tatsache, dass ich mich nicht bloß mit Aloe Vera einreibe, sondern an einem Tropf hänge, spricht Bände. Aber wir reden hier von Lupus, Jungs. Das wird nicht einfach verschwinden. Wir müssen lernen, damit zu leben. Ich habe mich damit abgefunden.«

»Nein, es wird nie verschwinden. Und wir auch nicht. Also wirst du dich auch damit abfinden müssen, dass wir ein Auge auf dich haben.«

»Bitte nicht. Geht einfach und lasst mir meine Ruhe.« Sie bettete den Kopf auf das Kissen und wünschte sich, sie würden ihren Wunsch respektieren. Sie liebte ihre Brüder und verehrte sie mehr als alles andere auf der Welt – mit Ausnahme ihres Hundes vielleicht –, aber im Moment hatte sie genug von allem.

Heute war ein schöner, ungewöhnlich warmer Tag für diese Jahreszeit. Deshalb hatten sie alle beschlossen, ein Open-Air-Konzert zu besuchen. Arden hatte sich mit Sonnencreme geschützt, einen Hut aufgesetzt und ihr Bestes getan, um den Tag zu genießen. Manchmal war das jedoch leichter gesagt als getan, wenn man eine Krankheit hatte, die für die anderen nicht sichtbar war.

»Glaubst du, die Krankenschwester ist hier?«, fragte Prior grinsend, obwohl das Lächeln nicht ganz seine Augen erreichte.

Arden schnaubte und sah ihren Bruder an. »Ich glaube, sie ist verheiratet, Prior.«

»Nein, geschieden«, warf Macon ein. Alle wandten sich ihm zu, doch er zuckte nur mit den Schultern. »Was ist denn? Ich bin eben informiert.«

»Unglaublich. Du schaffst es, jede alleinstehende Frau im Umkreis von zehn Kilometern aufzuspüren. Wir könnten uns in einem abgeschiedenen, einsamen Wald befinden, und du würdest trotzdem zielstrebig auf die nächste Single-Frau zusteuern.«

Macon grinste. »Das ist eben eines meiner vielen Talente.«

»So ziemlich dein einziges«, murmelte Nate, woraufhin die beiden sich spielerisch gegen die Oberarme boxten. Jeder von ihnen ein Schlag. Arden verdrehte nur die Augen. Sie wusste, dass ihre Brüder sich nur so kindisch benahmen, weil sie sie aufmuntern wollten. Aber Arden hasste es, dass sie alle so verdammt gut darin waren. Und sie verabscheute die Gewissheit, dass Cross schon längst ihre Eltern angerufen hatte, um ihnen mitzuteilen, dass ihre Tochter wieder einmal im Krankenhaus lag.

Es spielte keine Rolle, dass Ardens Eltern nach Virginia gezogen waren und Tausende von Kilometern entfernt waren. Sie machten sich genauso viele Sorgen wie alle anderen. Arden würde immer schwach sein und Hilfe brauchen. Und das ärgerte sie. Sie wusste, dass sie sie liebten, und verstand ihren Wunsch, sie gesund und wohlauf zu sehen. Aber dieser Wunsch würde nie Wirklichkeit werden. Niemals.

Ungeachtet der anderen Probleme in ihrem Leben, die im Vergleich zu ihrer Krankheit ohnehin bedeutungslos erschienen, hielt sie an der Gewissheit fest, dass ihre Familie sie liebte, sich um sie sorgte und nur ihr Bestes wollte.

Denn Arden wappnete sich für das Unvermeidliche. Mit dem Fortschreiten ihrer Krankheit würden sich immer mehr Menschen von ihr abwenden. Für sie war sie nur das kranke Mädchen. Irgendwann wurden sie ihrer überdrüssig. Da Arden keine offensichtlichen Hilfsmittel wie einen Rollstuhl benutzte, war ihr Leiden nicht offensichtlich. Aber sobald ihr Körper begann, sich selbst anzugreifen, waren die Folgen unübersehbar.

Denn dann glänzte sie durch Abwesenheit, sagte Partys ab oder verschwand einfach, wenn sie zu müde wurde.

Die meisten stempelten sie als Faulenzerin oder Langweilerin ab.

Ihre Brüder hatten sie nie verurteilt, sondern waren immer für sie da gewesen. Und jetzt beschwerte sie sich darüber, dass sie an ihrer Seite blieben, wenn sonst niemand da war?

Cross stand plötzlich vor ihr und wischte ihr eine Träne von der Wange, noch bevor sie überhaupt realisierte, dass sie zu weinen begonnen hatte.

»Sollen wir die Krankenschwester rufen? Oder dir Schmerzmittel besorgen?«

Sie schüttelte den Kopf und rollte sich zu einer Kugel zusammen. »Ich habe keine Schmerzen.«

Ihr Brüder starrten sie an.

»Nicht mehr als sonst«, fügte sie hinzu. »Ich bin nur nachdenklich und ein bisschen traurig. Ein Buch würde vielleicht helfen.« Aber sie wusste, dass sie nicht lesen konnte.

Heute schmerzten sogar ihre Augen.

Bei dem Ausflug mit ihren Brüdern hatte sie sich einen Sonnenstich zugezogen. Jetzt hing sie am Tropf und war vollgepumpt mit Medikamenten, um die Symptome in Schach zu halten. Sie hatte einen Ausschlag und sie fühlte sich elend. Dabei war sie nicht einmal allergisch gegen diese verdammte Sonne.

Die Folge waren Krämpfe am ganzen Körper, die ihre Gelenke und ihre Haut peinigten. In diesem Moment schienen sogar ihre Haare zu schmerzen.

Auch ihr Verdauungssystem war betroffen, doch das hatte sie ihren Brüdern verschwiegen. Diese hatten in ihrem Leben schon genug davon mit ansehen müssen. Arden war es leid, mit ihnen darüber zu sprechen.

Ihre Geschwister hatten sie in ihren schwächsten Stunden erlebt. Und Arden fürchtete, dass sie sie nie wieder stark sehen würden.

»Ich hole die Krankenschwester«, verkündete Prior und erhob sich. Arden sah zu ihm auf und zwang sich zu einem Grinsen, auch wenn ihr Gesicht dabei wehtat.

»Du willst nur ihre Nummer haben«, sagte sie und lächelte etwas leichter. »Aber tu es für mich.«

»Ich teile keine Frau mit dir, Arden.«

»Das habe ich nicht gemeint, du Trottel«, erwiderte sie lachend.

»Sie gehört ganz dir, Prior«, warf Cross mit einem Augenzwinkern ein. Sie alle wussten, dass Prior nur die Stimmung auflockern wollte, und Arden war dankbar dafür. Niemand von ihnen hatte damit gerechnet, den Tag in der Notaufnahme statt wie gewohnt auf der Station zu verbringen, nur weil dort sämtliche Betten belegt waren.

Aber sie wusste, dass sie sie alle liebten, selbst wenn

sie ihr für den Rest des Tages – und wahrscheinlich auch für den Rest der Woche – auf die Nerven gehen würden. Arden liebte sie ebenfalls.

»Weißt du was? Ich werde mal schauen, ob wir dir ein Einzelzimmer besorgen können«, sagte Nate und stand ebenfalls auf.

Arden schüttelte den Kopf. »Mach dir keine Mühe. Der Raum erscheint nur so klein, weil ihr den ganzen Platz wegnehmt.«

»Wir sind eben ziemlich groß, das passiert uns oft«, sagte Macon, lehnte sich auf seinem Stuhl zurück und streckte seine Beine in den Flur. Eine der Krankenschwestern warf ihm einen finsteren Blick zu, woraufhin er die Füße sofort zurückzog. Obwohl die Frau augenscheinlich nur etwa einen Meter fünfzig groß war, hatte sie es fertiggebracht, Ardens großen Bruder in seine Schranken zu weisen. Gut. Das geschah ihm recht.

»Ich brauche kein Einzelzimmer.« Die Versicherung würde nicht dafür aufkommen, weil das Krankenhaus sie dann stationär aufnehmen müsste. Ihre Rechnung würde ohnehin hoch genug ausfallen. Sie wollte gar nicht daran denken. Als Selbstständige war ihre Versicherung teuer und die Zuzahlung würde trotz des bereits ausgeschöpften Jahresselbstbehalts immens sein.

»Das Krankenhausbett direkt neben dir wird nicht lange leer bleiben«, murmelte Cross. »Aber du hast recht. Ich denke, hier bist du gut aufgehoben.« Er begegnete ihrem Blick, und sie wusste, dass er dasselbe dachte wie sie. Geld war ein großes Problem. Es spielte keine Rolle, wie viel sie gespart hatte oder wie viel sie verdiente. Es war unerheblich, wie sehr ihre Familie sie unterstützte – und sie halfen ihr sehr, auch wenn das an ihrem Stolz nagte. Die Arztrechnungen trudelten immer weiter ein.

Aber darüber wollte sie im Moment nicht nachdenken. Stattdessen streckte sie ihre Beine so weit wie möglich aus und ignorierte die Schmerzen, da sie wusste, dass sie sich so viel wie möglich bewegen musste. Dann schloss sie für eine Weile die Augen.

Sie wusste nicht, wie lange sie geschlafen hatte, aber als sie schließlich die Lider aufschlug, war das Nachbarbett besetzt. Ein Mann lag darin. Einer seiner Arme war bandagiert, während im anderen eine Kanüle steckte, über die Blut aus einem Beutel floss. Offenbar war er bereits genäht worden, durfte das Bett aber noch nicht verlassen.

Sie fand es unfair, dass Patienten oft länger als nötig in der Notaufnahme festsaßen, während andere im Wartezimmer ausharren mussten, bis ein Bett frei wurde. Doch dies war das am stärksten frequentierte Krankenhaus der Gegend – und gleichzeitig das kleinste. Manche Dinge ergaben einfach keinen Sinn.

Dennoch gaben die Krankenschwestern, Ärzte und das restliche Personal alles. Arden war bereits unzählige Male hier gewesen und wusste, dass auf jeden Einzelnen Verlass war. Die Schwestern kannten sie beim Namen, auch wenn sie manchmal einen Moment brauchten, um ihn abzurufen. Das gesamte Team war fürsorglich und fleißig, und ganz entgegen der Behauptung einer gewissen Senatorin hatte es keine Zeit, zwischendurch Karten zu spielen.

Arden verzog die Lippen zu einem Lächeln, das der Mann im Nachbarbett sofort erwiderte.

Beinahe wäre sie zusammengezuckt. Sie hatte nicht vorgehabt, ihn anzulächeln, doch sie konnte nicht anders. Denn dieser Mann sah verdammt gut aus.

Er kam ihr vage bekannt vor – allerdings auf eine Art, wie ein attraktiver Fremder einem im Gedächtnis blieb. Sein Gesicht wirkte wie aus Stein gemeißelt. Er hatte ein markantes Kinn und scharfe Wangenknochen, mit denen er wahrscheinlich Granit hätte schneiden können. Sein Haar, das oben füllig und an den Schläfen kurz geschnitten war, fiel ihm in Strähnen in die Stirn und betonte seine leuchtenden haselnussbraunen Augen.

Selbst in einem Krankenhauskittel sah er verdammt sexy aus.

Da seine Beine zugedeckt waren, konnte sie nur erahnen, wie muskulös er wirklich war. Vielleicht war das auch besser so – es war ohnehin schon unhöflich genug, einen Mitpatienten anzustarren.

Verlegen wandte sie den Blick ab und hielt nach ihren Brüdern Ausschau. Als ihr klar wurde, dass sie gegangen waren, runzelte Arden die Stirn. War so etwas schon einmal vorgekommen?

»Sie sind gerade gegangen«, sagte der Mann.

Erschrocken wandte Arden sich ihm zu. »Wie bitte?« Sie bemühte sich um einen gelassenen Tonfall, doch soziale Interaktionen waren nicht unbedingt ihre Stärke. Das einsame Leben im Homeoffice und ihr

Mangel an Sozialkontakten forderten ihren Tribut. Außer ihrem Hund hatte sie eigentlich nicht viele Freunde. Doch das war momentan nicht von Bedeutung.

»Sie haben geschlafen, als ich eingeliefert wurde. Aber vorhin waren vier Männer hier. Drei von ihnen meinten, sie hätten noch etwas zu erledigen, und sind gegangen. Der größte von ihnen erhielt einen Anruf und musste den Raum verlassen, da hier striktes Handyverbot herrscht.« Der Mann zuckte mit den Schultern. »Beim Rausgehen hat er mir einen finsteren Blick zugeworfen. Ich habe keine Ahnung, ob er nicht wollte, dass ich mit Ihnen spreche, oder ob ich Ihnen ausrichten soll, dass sie gegangen sind. Jedenfalls hat er kein Wort gesagt.«

Arden blinzelte ihn an und fragte sich, warum er so viel redete. Niemand sprach mit ihr. Eigentlich war sie zufrieden in ihrer kleinen Blase aus sozialer Unbeholfenheit. Dort musste sie sich nicht mit Menschen auseinandersetzen.

Aber er war einfach so ... schön. Arden war vollkommen überfordert.

»Ich heiße übrigens Liam. Liam Montgomery.«

»Oh.« Sie räusperte sich. »Ich bin Arden Brady. Und diese vier großen Typen sind meine Brüder. Du kannst mich Arden nennen.«

Er nickte. »Also ist keiner von ihnen dein Freund? Oder sogar gleich alle zusammen? Glaub mir, das klingt abwegiger, als es ist.«

Arden zog überrascht die Augenbrauen in die Höhe.

»Auf keinen Fall sind sie meine Freunde. Nicht einmal ansatzweise. Und gleich vier?«

»Ja, vier sind vielleicht ein bisschen viel auf einmal. Aber ich habe eine Cousine, die mit zwei Männern verheiratet ist, also ist das nicht so ungewöhnlich.«

Arden schluckte schwer und versuchte, nicht darüber nachzudenken, was sie mit zwei Liams anstellen würde. Mein Gott. Zwei Liams? Sie kannte den Mann nicht einmal. Aber er war einfach so unverschämt gut aussehend. Scheinbar war in dem Tropf auch eine gehörige Portion Schmerzmittel. Normalerweise war ihr Verstand nicht derart benebelt. Sie konnte kaum einen klaren Gedanken fassen.

»Aha, das ist gut.« Sie seufzte. »Entschuldige, ich bin nach dem Nickerchen noch etwas benommen. Also nein, das waren meine Brüder. Und deine Cousine hat meinen vollen Respekt. Zwei Ehemänner? Ich habe nicht mal einen.«

Liam lächelte. »Gut zu wissen.«

Flirtete er etwa mit ihr? Oh Gott, er tat es wirklich. Sie fragte sich, wie sie aussah. Dann erinnerte sie sich an den Schmetterlingsausschlag auf ihren Wangen und die Rötungen an Hals und der linken Körperhälfte. Und als sei das nicht genug, verspürte sie einen stechenden Schmerz im Unterleib. Wenn sie nicht augenblicklich eine Toilette fand, würde die Situation verdammt peinlich werden. Vielen Dank auch an die Krämpfe und den Lupus. Meine Güte, sie hasste ihr Leben.

Aber sie würde sowohl die Schmerzen als auch die Kanüle in ihrem Arm ignorieren, mit der sie gerade Flüssigkeit zugeführt bekam. Stattdessen würde sie zurückflirten und so tun, als sei sie nicht am Ende.

Denn, bei Gott, sie war am Ende.

»Also, warum bist du hier?«, fragte Liam und lehnte sich in seinem Bett zurück.

»Oh, ich bekomme nur Medikamente und Flüssigkeit. Ich habe mich heute ein bisschen zu viel in der Sonne aufgehalten.«

Sie wollte nicht unbedingt ein Geheimnis aus ihrer Diagnose machen, aber sie war auch nicht leicht zu erklären. Die meisten Leute wussten nichts über Lupus, und die Symptome hätten auch zu hundert anderen Krankheiten passen können.

Seit ihrem achtzehnten Lebensjahr lebte sie mit der Krankheit und kannte die Reaktionen ihres Körpers. Hinzu kam, dass ständig zusätzliche Symptome auftraten, die weitere Diagnosen nach sich zogen.

Es stand also nicht gerade weit oben auf ihrer Prioritätenliste, vor einem attraktiven Mann ihre Krankheitsgeschichte auszubreiten. Schon gar nicht, wenn sie ihn vermutlich nie wiedersehen würde.

»Nun, ich hoffe, es geht dir bald besser«, sagte er. Seinem Gesichtsausdruck nach zu urteilen meinte er seine Worte ernst. Seltsam. Sie war es nicht gewohnt, dass Leute tatsächlich mit ihr redeten.

»Und warum bist *du* hier?«, wollte sie wissen.

»Ein Gerüst ist über meiner Schwester und mir eingestürzt. Wir waren gerade auf einer Hochzeit.« Er hob den Arm und zuckte zusammen. »Die Wunde wurde genäht, aber wegen des Blutverlustes bekomme ich jetzt eine Transfusion.« Er deutete auf den Beutel und wurde eine Nuance blasser.

»Kein Fan von Blut?«, fragte Arden.

»Nicht wirklich. Das ist mir erst jetzt klar geworden. Sie wollten mich eigentlich einweisen, aber die Betten sind alle belegt, also behandeln sie mich in der Notaufnahme.«

»Das Gleiche gilt für mich«, sagte Arden. »Wie geht es deiner Schwester?«, fragte sie und schalt sich dafür, sich nicht sofort nach ihr erkundigt zu haben.

»Bristol geht es gut. Sie hat nicht einmal einen blauen Fleck – obwohl ich sie ziemlich hart zu Boden gerissen habe, als ich mich auf sie stürzte.«

Er hatte sich auf seine kleine Schwester geworfen, um sie vor dem einstürzenden Gerüst zu schützen. Mein Gott, dieser Mann war einfach ... alles. Vielleicht träumte sie; eine durch die Medikamente befeuerte Fantasie. Wenn dem so war, wollte sie nie wieder aufwachen. In Liam Montgomerys Nähe fühlte sie sich gut.

»Aber du wirst doch wieder?«, fragte er besorgt.

»Mir geht es gut.« Jedenfalls so gut wie möglich. Aber das behielt sie für sich.

»Das freut mich.«

»Und was ist mit dir?«, wollte Arden wissen.

»Ich war etwa zehn Sekunden lang bewusstlos, aber die Ärzte haben mir versichert, dass ich keine Gehirnerschütterung habe. Wahrscheinlich habe ich dem Organ nur einen gewaltigen Schrecken eingejagt«, fügte er mit einem Lachen hinzu. »Vielleicht behalten sie mich zur Beobachtung über Nacht hier, sofern sie ein Bett frei haben. Ansonsten bleibe ich hier oder gehe direkt nach Hause. Es hängt ganz von den Ärzten ab.«

»Ist das nicht immer so?«, fragte sie und lachte traurig.

»Da hast du wohl recht. Aber immerhin ist die Aussicht hier gar nicht schlecht.« Als sie eine Augenbraue in die Höhe zog, sagte er hastig: »Tut mir leid. Für gewöhnlich stelle ich mich beim Flirten geschickter an.«

»Du musst ziemlich verzweifelt sein, wenn du in der Notaufnahme mit mir flirtest.« Das hatte sie nicht sagen wollen, aber nun, da sie die Worte ausgesprochen hatte, zeigte sie auf den Ausschlag in ihrem Gesicht. »Ich meine ... ernsthaft?«

»Ich finde dich ziemlich süß.« Er zuckte mit den Schultern, nur um sofort schmerzhaft das Gesicht zu verziehen. Offenbar hatte er durch die Bewegung die Kanüle leicht verschoben.

Süß. Genau darauf hatte sie gewartet. Arden Brady, die Süße. Die kleine Schwester. Die Kranke.

Nun, zumindest war »süß« besser als »krank«. Immerhin.

»Ich würde mich ja bedanken. Aber ... süß?«

»Komm schon, ich trage einen Krankenhauskittel. Momentan bin ich nicht gerade in Bestform.«

»Ich auch nicht. Aber danke, dass du mich zum Lächeln gebracht hast«, sagte sie aufrichtig.

»Ich habe zu danken. Und da ich da draußen gerade eine Horde Menschen höre, ist entweder deine Familie im Anmarsch oder meine.«

Arden spitzte die Ohren. Es hörte sich an, als sei eine

ganze Herde auf dem Weg hierher. »Wie viele Familienmitglieder hast du?«, fragte sie matt.

»Zwei Brüder, eine Schwester und unsere Eltern. Soweit ich weiß sind auch einige Hochzeitsgäste hier. Und von den Cousins und Cousinen will ich gar nicht erst anfangen.«

Sie schnaubte und schüttelte den Kopf. »Nun, anscheinend kommen wir beide aus großen Familien.«

»Siehst du? Noch eine Gemeinsamkeit.«

»Noch eine? Was haben wir denn sonst noch gemeinsam?«

»Zum Beispiel, dass wir beide in einem Krankenhausbett liegen.«

»Mag sein.«

Sie grinste, hörte ihm zu und fühlte sich so unbeschwert wie schon lange nicht mehr. Ja, ihr Körper schmerzte, ihre Gelenke taten weh und ihre Kopfhaut schien in Flammen zu stehen. Aber für einen Moment genoss sie das Gefühl von Normalität. Es war unbezahlbar.

Wer auch immer dieser Liam Montgomery war, sie würde ihm danken. Auch wenn sie ihn nach dem heutigen Tag nie wiedersehen würde. Denn das würde sie ganz sicher nicht. So viel Glück hatte sie nicht.

Das hatte sie nie.

KAPITEL DREI

Liam zuckte zusammen, als er versuchte, eine bequeme Position in seinem Krankenhausbett zu finden. Arden streckte die Hand aus, als wollte sie ihm helfen, bemerkte jedoch, wie sehr die Schläuche und Maschinen ihre Bewegungsfreiheit einschränkten.

»Geht es dir gut?«, fragte sie und schüttelte den Kopf. »Tut mir leid. Ich weiß, dass es dir nicht gut geht, aber trotzdem ...« Sie verzog die Lippen zu einem Lächeln, das ihre Augen erreichte. Liam kam nicht umhin zu bemerken, dass sie trotz des Ausschlags und der augenscheinlichen Erschöpfung wunderschön war.

Wer hätte gedacht, dass er ausgerechnet an einem Ort wie diesem einer Frau wie ihr begegnen würde? Natürlich war eine Notaufnahme kaum die richtige Umgebung, um jemanden aufzureißen, aber nach diesem höllischen Tag konnte er sich genauso gut amüsieren. Und wenn er ihr noch ein weiteres Lächeln entlocken konnte, umso besser.

Ihr honigblondes Haar war zwar im Nacken zusammengebunden, doch ein paar Strähnen fielen ihr lose über die Schulter. Er verspürte den Drang, die Hand auszustrecken und zu prüfen, ob es so weich war, wie es aussah. Natürlich würde er dem Impuls nicht nachgeben, schließlich kannte er sie kaum.

Obwohl eine Gesichtshälfte noch immer von dem Ausschlag gezeichnet war, wirkte ihr alabasterfarbener Teint unter dem grellen Licht der Deckenlampen wunderschön. Ihr Kinn war leicht spitz zugeschnitten, was ihrem Lächeln etwas ungemein Ansteckendes verlieh. In ihren großen, fast braunen Augen spiegelte sich ein haselnussgoldener Glanz. Er hatte das unbestimmte Gefühl, dass die Farbe sich passend zu ihrer Stimmung änderte. Er liebe Augen wie diese.

»Es ist alles in Ordnung. Ich versuche nur, eine bequeme Position zu finden. Das Gerüst hat mich glücklicherweise nicht schwer verletzt. Aber wenn ich nicht rechtzeitig reagiert hätte, sähe die Sache jetzt wahrscheinlich anders aus.«

»Außerdem hast du deine Schwester gerettet«, warf Arden mit gedämpfter Stimme ein. »Dafür nimmst du die Schmerzen doch sicher gern in Kauf, oder?«

»Bristol ist kleiner als ich. Wenn ihr etwas zugestoßen wäre, hätte ich mir das niemals verziehen.«

»Aber du bist nicht dafür verantwortlich, was passiert ist. Schließlich hast du das Gerüst wohl kaum sabotiert.«

»Nein, aber ich bin ihr großer Bruder. Es ist meine Aufgabe, sie zu beschützen.«

Als Arden die Augen verdrehte, sah Liam sie überrascht an. »War das etwa nicht die richtige Antwort? Soll ich einfach zulassen, dass sie sich verletzt?«

»Das habe ich nicht gesagt. Aber du musst dich nicht wie ein überfürsorglicher Höhlenmensch benehmen.«

»Reden wir noch darüber, dass ich mich auf sie geworfen habe, um sie vor dem Gerüst zu schützen? Oder geht es hier um etwas anderes?«

Arden schüttelte nur den Kopf, zuckte jedoch sogleich zusammen. Liam wollte ihr helfen, doch er befand sich in derselben Lage wie sie. Er war zu weit entfernt und durch die Schläuche ans Bett gefesselt.

»Ich spreche nicht von der Tatsache, dass du dich schützend auf sie geworfen hast. Das könnte man fast als heldenhaft bezeichnen.«

»Nur fast?«, hakte er nach. Er wollte nicht an den Unfall denken. Nicht auszudenken, was passiert wäre, wenn Bristol von einem der Stahlteile getroffen worden wäre. Sie war nun einmal kleiner als er. Ein Schlag gegen den Kopf hätte katastrophale Folgen haben können.

»Nein, ich rede davon, dass du meinst, sie beschützen zu müssen, weil sie deine kleine Schwester ist. Das kommt mir vertraut vor.«

»Deine Brüder sind wohl etwas überfürsorglich, nicht wahr?«

Das könnte ein Problem werden, wenn er und Arden tatsächlich zusammenkommen würden.

Wow. Woher kam dieser Gedanke? Im Moment flirtete er lediglich mit einer hübschen Frau im Krankenhaus. Er zog doch nicht wirklich in Erwägung, mit ihr auszugehen. Oder doch?

»Das ist noch untertrieben. Sie glauben, sie hätten das Recht, sich in mein Leben einzumischen und mich wie eine Sechsjährige zu behandeln. Meiner Meinung nach sind ihre Beweggründe nicht so gerechtfertigt, wie sie denken.« Sie betrachtete ihre Hände. Er folgte ihrem Blick, bevor er wieder aufsah und ihr Gesicht musterte.

»Ihre Beweggründe?«

Sie schüttelte den Kopf. »Das ist eine lange Geschichte, auf die ich jetzt nicht wirklich eingehen möchte. Sagen wir einfach, meine Brüder reagieren extrem territorial, wenn es darum geht, was ich tue oder wen ich in meiner Nähe haben möchte. Wenn sie also zurückkommen, entschuldige ich mich schon im Voraus dafür, dass sie dich in die Mangel nehmen werden.«

Liam musste unwillkürlich lachen. »Du kannst dich also nicht einmal mit einem Kerl im selben Raum aufhalten, ohne dass sie dich im Auge behalten?«

»Ich kann mich nicht einmal mehr daran erinnern, wann ich das letzte Mal überhaupt mit einem Mann allein in einem Raum war.« Kaum waren ihr die Worte über die Lippen gekommen, riss sie die Augen auf und schlug sich die Hand vor den Mund. Trotz des Ausschlags konnte er sehen, wie sie erbleichte. »Vergiss, was ich gesagt habe. Tu einfach so, als sei ich total cool und wüsste genau, was ich sage.«

»Soll ich es auf die Medikamente schieben?«

Das brachte sie zum Lachen. »Ja, gute Idee.«

Die Tatsache, dass sie schon lange nicht mehr mit einem Mann allein gewesen war, bedeutete, dass sie nicht vergeben war. Gut zu wissen. Hatte er vor, mit ihr auszugehen? Vielleicht sollte er sie um eine Verabredung bitten. Auch bei ihm lag die letzte Verabredung schon eine Weile zurück, und es war schön, jemanden um sich zu haben, der ihn zum Lächeln brachte – auch wenn die aktuelle Situation alles andere als amüsant war. Es musste ja nichts Ernstes sein. Dafür war er noch nicht bereit. Vielleicht würde er niemals bereit sein. Aber ein wenig Gesellschaft würde ihm guttun, wenn auch nur für kurze Zeit.

»Wann wirst du entlassen?«, fragte er, lehnte sich auf dem Bett zurück und versuchte, es sich etwas bequemer zu machen. Sein Kopf und sein Arm schmerzten, aber er würde gesund werden. Zum Glück erforderte sein aktueller Job keine körperliche Schwerstarbeit. Dass er noch immer so gut in Form war wie zu seinen Zeiten als Model, verdankte er allein seiner Vorliebe für das Wandern und dem Training im heimischen Fitnessraum.

Damals war er jedoch etwas schlanker gewesen. Inzwischen hatte er sowohl an Muskelmasse als auch an Gewicht zugelegt. Gott sei Dank.

Der übertrieben hagere Look hatte ihm noch nie wirklich zugesagt. Als Jugendlicher war er an Schultern und Brust etwas in die Breite gegangen. Doch als die ersten Lachfältchen sich schließlich in seinem Gesicht abzeichneten, blieben die Modeljobs aus. Zumindest die Aufträge im Modebereich, mit denen er damals seine Karriere begonnen hatte.

Also hatte er der Branche den Rücken gekehrt. Heute saß er vierzehn Stunden am Tag am Schreibtisch und starrte auf einen Computer, wenn er nicht aufpasste. Die Tätigkeit als Schriftsteller war nicht einfach und für die körperliche Fitness nicht unbedingt förderlich. Zum Glück liebte er seinen Job. Meistens jedenfalls.

Ardens Stimme riss ihn erneut aus seinen Gedanken. »Hoffentlich kann ich bald gehen. Ich habe keine Lust, über Nacht hierzubleiben.«

Liam nickte. »Ich auch nicht. Aber heute ist ziemlich viel los.«

»An sonnigen Tagen herrscht im Krankenhaus immer Hochbetrieb, weil die Leute leichtsinnig werden. Glaub mir.«

Er zog fragend die Augenbrauen in die Höhe. »Du warst wohl schon häufiger im Krankenhaus.« Eigentlich hatte er nur scherzen wollen, aber als sie ein langes Gesicht machte, fluchte er innerlich. »Tut mir leid. Ich wollte nicht indiskret sein.«

»Schon gut. Ich verbringe tatsächlich viel Zeit in Krankenhäusern, nicht nur in diesem. Da lernt man die Abläufe kennen. Aber mir geht es gut«, fügte sie hastig hinzu, als wollte sie jede Bekundung von Mitleid im Keim ersticken. Doch er empfand kein Mitleid. Er war neugierig und hoffte, dass es ihr gut ging. Es war jedoch offensichtlich, dass sie ihm nicht mehr erzählen wollte, also würde er nicht weiter nachbohren.

»Ich war bei Weitem noch nicht so oft im Krankenhaus wie der Rest meiner Familie«, warf er ein.

»Deine Geschwister sind also auch Stammgäste?«,

fragte Arden, hielt dann aber sofort inne. »Tut mir leid. Jetzt fange ich an, dich auszuhorchen, dabei habe ich eben noch von dir verlangt, deine Nase nicht in meine Angelegenheiten zu stecken.«

»Keine Sorge. Ich meinte eigentlich meine Cousins und Cousinen. Sie scheinen ständig wegen irgendwelcher Notfälle im Krankenhaus zu liegen. Und da sind Geburten und Routineuntersuchungen nicht eingeschlossen.«

»Geht es ihnen gut?«

»Inzwischen schon. Aber sie haben in den letzten Jahren einiges durchgemacht. Bei etwa zwanzig Cousins und Cousinen landet zwangsläufig der ein oder andere auch mal in der Notaufnahme.«

Arden riss die Augen auf und setzte sich so weit auf, wie die Infusion es zuließ. »Zwanzig? Und sie mussten alle schon wegen eines Notfalls eingeliefert werden?«

»Ganz so häufig kam es nun auch wieder nicht vor. Aber wir sind eben eine große Sippe. Wenn man alle Kinder dazuzählt, kommen wir mittlerweile auf etwa hundert Familienmitglieder. Es ist schon fast lächerlich.«

»Wow. Ich hätte nicht gedacht, dass das überhaupt möglich ist.«

»Allein in einem Familienzweig habe ich acht Cousins und Cousinen, in einem anderen vier. Wir selbst sind ebenfalls zu viert, und dann kommen noch einmal fünf weitere dazu. Mit der Zeit summiert sich das.«

»Das ist tatsächlich lächerlich«, pflichtete sie ihm bei.

Er lachte. »Wem sagst du das. Familientreffen sind ziemlich anstrengend.«

»Wo findet ihr denn Platz, um alle unterzubringen?«

»Einer meiner Onkel in Denver hat ein riesiges Anwesen. Meistens feiern wir im Garten, aber wenn es regnet, drängen wir uns alle im Haus zusammen. Das kann ziemlich eng werden, aber irgendwie funktioniert es immer. Allerdings bin ich mir nicht sicher, ob das heute noch möglich ist, da sie alle Nachwuchs bekommen haben.«

»Hast du auch Kinder?«

»Nein. Weder ich noch meine Geschwister. Verglichen mit dem Rest des Clans hinken wir ein bisschen hinterher.«

»Gut zu wissen.«

Er verzog die Lippen zu einem Lächeln. Für eine Weile unterhielten sie sich über dies und das, wobei sie weder die Arbeit noch ihre körperlichen Leiden erwähnten. Es war schön.

Als Liam zur nächsten Untersuchung abgeholt wurde, überraschte Arden ihn, indem sie ihm ihre Nummer gab. Er freute sich darüber. Vielleicht würde er sie anrufen. Wahrscheinlich sollte er es tun. Eigentlich war ein Krankenhaus ein denkbar seltsamer Ort für ein Kennenlernen, doch er wollte nicht zu verzweifelt wirken. Und da er das Gefühl hatte, dass sie selbst ein paar Geschichten zu erzählen hatte, wollte er sie nicht unter Druck setzen.

»Es hat mich gefreut, dich kennenzulernen, Arden«, sagte er, bevor sie ihn hinausrollten.

»Mich hat es auch gefreut, Liam.«

»Ich hätte ja einen Scherz darüber gemacht, dass wir erst im Krankenhaus landen mussten, um uns zu begegnen, aber ich weiß nicht, wie ich es ausdrücken soll, ohne wie ein Spinner zu klingen«, frotzelte er.

Damit entlockte er ihr ein Lachen. Sie schüttelte den Kopf. »Bitte verletze dich nicht noch mehr, während du nach den richtigen Worten suchst.«

»Jedenfalls bin ich froh, dass du mir deine Nummer gegeben hast, obwohl du mich in diesem jämmerlichen Zustand erlebt hast«, sagte er.

»Und ich bin froh, dass du danach gefragt hast, obwohl du mich in einer meiner weniger glanzvollen Phasen gesehen hast.«

Er hakte nicht nach, denn er hatte das Gefühl, dass hinter diesen geheimnisvollen Worten noch mehr steckte, denn das war meistens der Fall.

Stattdessen verließ er den Raum, ohne ihre Brüder getroffen zu haben. Und glücklicherweise ohne von seiner Familie bedrängt zu werden.

Die Montgomerys konnten ziemlich anstrengend sein. Und nach dem zu urteilen, was Arden angedeutet hatte, waren ihre Brüder ähnlich aufdringlich. Aber Arden und er hatten ein wenig Zeit miteinander verbringen können, und das war ein guter Anfang. Jedenfalls hoffte er das.

Als Liam schließlich nach Hause zurückkehrte, war er vollkommen erschöpft und sehnte sich nur noch nach einer Mütze voll Schlaf. Seine Eltern, seine Brüder und seine Schwester hatten ihn nicht in Ruhe gelassen. Tatsächlich war die ganze Familie vorbeigekommen, um nach ihm zu sehen. Sogar Craig und Cain hatten auf dem direkten Weg in die Flitterwochen einen Zwischenstopp eingelegt, um sich bei ihm für das Geschehene zu entschuldigen.

Liam hegte jedoch keinen Groll. Er komplimentierte sie sanft hinaus, damit sie endlich ihre Hochzeitsreise antreten konnten. Sie hatten sich etwas Zweisamkeit redlich verdient. Er wollte nicht, dass sie sich Sorgen um ihn machten. Es war nicht ihre Schuld, dass das Gerüst nachgegeben hatte, sondern die des Bauunternehmers. Damit würden sie sich möglicherweise später noch befassen. Oder auch nicht. Ihm ging es soweit gut, er war gut versichert, und vor allem war Bristol unversehrt geblieben. Alles andere war nebensächlich.

Ein ganzer Tag war bereits verstrichen, und obwohl er immer noch Schmerzen hatte, hatte er dank der Medikamente erstaunlich gut geschlafen. Von Ruhe konnte jedoch nicht die Rede sein, denn er war nicht allein in seinem Haus. Offenbar fand in seinem verdammten Wohnzimmer gerade eine Familienzusammenkunft statt. Sie hatten ihn in seinen Sessel gesetzt, seine Füße hochgelegt und ihm ein Glas Wasser gebracht. Wahrscheinlich würden seine Mutter oder seine Geschwister ihm jeden Wunsch von den Augen ablesen, sollte er einen solchen äußern. Doch das wollte er nicht, also blieb er schweigend sitzen und bemühte sich um eine ausdruckslose Miene.

Seine Eltern waren in der Küche und kochten das Abendessen. Scheinbar hatten sie alle beschlossen, heute bei ihm zu speisen.

Ethan hatte seinen Busenfreund Lincoln mitgebracht, mit dem er sich angeregt über Sport unterhielt. Liam folgte dem Gespräch kaum. Bristol war mit ihrem besten Freund Marcus hier. Die beiden tuschelten über Bücher und ignorierten Liam. Aaron saß schweigend auf dem Sofa direkt neben ihm und warf ihm hin und wieder einen prüfenden Blick zu.

Dass alle sich bei ihm zu Hause versammelt hatten, ohne jedoch ein Wort mit ihm zu wechseln, war bizarr. Vermutlich wollten sie sich alle nur vergewissern, dass es ihm gut ging, während sie nicht recht wussten, wie sie sich verhalten sollten. Seine Familie war nicht sonderlich gut darin, ihren Gefühlen Ausdruck zu verleihen oder konkrete Hilfe anzubieten. Stattdessen neigten sie dazu, überzureagieren und ihn mit Fürsorge zu überschütten, ähnlich wie Arden es von ihren eigenen Brüdern geschildert hatte.

Bei dem Gedanken an Arden fiel ihm ein, dass er ihre Nummer in seinem Handy gespeichert hatte. Ein Lächeln huschte über seine Lippen.

»Warum lächelst du?«, fragte Aaron und lehnte sich in seinem Stuhl zurück.

»Aus keinem bestimmten Grund.«

»Ist es wegen des Mädchens, das im Krankenhaus neben dir lag?«, fragte Ethan mit einem Grinsen. »Ich habe sie gesehen, als ich an deinem Zimmer vorbeigegangen bin.«

Liam runzelte die Stirn. »Wen meinst du?«

»Aha«, warf Lincoln lachend ein. »Du spielst den Unwissenden. Aber du hast sie zweifellos bemerkt.« Er wandte sich Ethan zu. »Haben die beiden sich nicht unterhalten?«

Ethan nickte und sah seinen besten Freund an. »Ja, das haben sie. Es sah sogar aus, als hätten sie miteinander geflirtet. Obwohl ihr beide am Tropf hingt, habt ihr gelacht.«

»Oh? Wer ist sie? Was macht sie?« Bristol beugte sich vor, woraufhin Marcus sie lachend zurückzog. »Lass deinen Bruder in Ruhe.«

Bristol verengte die Augen und lehnte sich an ihn. Die beiden waren seit Jahren unzertrennlich und benahmen sich längst wie ein altes Ehepaar. Liam war sich ziemlich sicher, dass sich zwischen den beiden nie mehr als eine Freundschaft entwickelt hatte, denn Bristol konnte kein Geheimnis für sich behalten. Spätestens nach einem Drink zu viel hätte sie ihm davon erzählt.

Liam mochte tatsächlich übertrieben fürsorglich sein, wie er Arden gestanden hatte, doch er und Bristol erzählten einander alles. Sie waren Montgomerys. Sie waren Geschwister, aber vor allem waren sie beste Freunde. Sie hatten keine Geheimnisse voreinander.

»Sie ist nur ein Mädchen, das ich im Krankenhaus kennengelernt habe.«

»Und?«, hakte Aaron nach.

»Und sie war sehr nett.«

»Geht es ihr denn gut?«, fragte Bristol besorgt.

»Ich denke schon. Sie hat mir erzählt, dass sie in Behandlung war, weil sie zu viel Sonne abbekommen hat.«

»In Behandlung?«, wiederholte Ethan. »Das klingt fast so, als hätte sie schon länger mit etwas zu kämpfen.«

»Ich weiß. Ich habe das Thema irgendwann angesprochen, doch sie hat sich verschlossen. Aber es ging mich nichts an.«

»Jedenfalls noch nicht«, meinte Bristol mit einem Lächeln. »Aber wenn du mit ihr zusammen bist, könnte es dich etwas angehen. Du hast doch ihre Nummer, oder?«

Liam verdrehte die Augen. »Manchmal gehst du mir wirklich auf die Nerven, kleine Schwester.«

»Deiner Meinung nach nerve ich dich ständig. Ich wette, du hast ihre Telefonnummer.«

»Schon möglich.«

»Gut gemacht, mein Junge«, sagte Lincoln.

Ethan boxte seinem Freund spielerisch in den Bauch. »›Gut gemacht, mein Junge?‹ Hast du das wirklich gerade gesagt?«

»Allerdings. Aber das klingt gar nicht nach mir.« Lincoln grinste und rieb sich dann den Bauch. »Hör auf, mich zu schlagen. Du hast dich nicht unter Kontrolle.«

»*Du* hast dich nicht unter Kontrolle.«

Liam rieb sich mit Daumen und Zeigefinger die Nasenwurzel und überlegte, eine weitere Schmerztablette einzunehmen, um noch eine Runde zu schlafen.

Die letzte hatte er vor einer Weile geschluckt. Also könnte er auch ein Bier trinken. Ganz sicher wäre das kein Problem.

»Wie dem auch sei. Du musst noch die Papiere für das Krankenhaus ausfüllen«, warf Ethan ein. »Scheinbar wollen sie eine Kopie deiner Geburtsurkunde. Frag mich nicht warum. Ich hasse unser Gesundheitssystem.«

Liam runzelte die Stirn. »Meine Geburtsurkunde? Im Ernst? Reicht die Versicherungskarte nicht aus?«

»Keine Ahnung. Sie haben nur gesagt, dass sie eine Kopie brauchen. Ich habe nicht richtig zugehört. Wahrscheinlich ist es für die Versicherung. Was weiß ich.«

Liam versuchte, sich zu erinnern, wo er seine Geburtsurkunde verstaut hatte. Eigentlich war er ziemlich ordentlich, aber ihm saß ein Abgabetermin im Nacken und er hatte Kopfschmerzen. »Ich glaube, das Original ist in meinem Tresor oben in meinem Büro. Ich hatte eine Kopie für die Schule, aber die habe ich bei einem Umzug verloren. Doch das Original ist meines Wissens oben.«

»Okay, ich hol sie. Hast du den Schlüssel?«

»An meinem Schlüsselbund. Der sollte auf der Anrichte liegen.«

»Verstanden.«

Liam schüttelte nur den Kopf und ruhte sich aus, während seine Geschwister und ihre Freunde miteinander diskutierten und lachten. Seine Eltern waren noch immer in der Küche beschäftigt, und wenn er sie richtig einschätzte, kochten sie nicht nur, sondern knutschten auch miteinander herum. Selbst nach all den Jahren waren sie noch immer ineinander verliebt. Liam war es ein Rätsel, wie die Liebe eine so lange Zeit überdauern konnte, aber seine Eltern waren der lebende Beweis dafür, dass es möglich war.

»Was gibt es heute wohl zu essen?«, fragte Bristol und warf einen Blick auf ihr Handy. Marcus lugte über ihre Schulter. Wahrscheinlich suchten sie gerade nach Spoilern ihrer Lieblingsserie, da sie eine Folge verpasst hatten.

»Ich weiß es nicht. Aber so langsam bekomme ich Hunger.«

»Das ist ein Zeichen, dass es dir besser geht. Sehr gut.«

Ein seltsamer Unterton in der Stimme seiner Schwester ließ Liam aufhorchen. »Was ist los?«

»Nichts. Es ist nur ... danke.«

Liam seufzte. »Du hast dich doch schon bedankt. Es war keine große Sache. Du hättest für mich genau dasselbe getan.«

»Ich weiß. Wir alle hätten es getan. Aber du warst es nun einmal, der mich gerettet hat. Das werde ich dir nie vergessen.«

»Ich auch nicht«, murmelte Marcus.

Liam legte die Stirn in Falten, doch er kam nicht mehr dazu, Marcus' Worte zu hinterfragen, denn Ethan kam zurück ins Zimmer. Sein Gesicht war blass.

»Was ist los? Hast du sie gefunden?«

Ethan nickte. Seine Hand, in der er das Dokument hielt, zitterte.

»Stimmt etwas nicht? Ist das nicht die richtige

Urkunde? Muss ich eine neue beantragen?« Liam versuchte, sich aufzurichten, zuckte jedoch sofort wegen des stechenden Schmerzes in seinem Arm zusammen. Er starrte Ethan an.

»Ich habe sie gefunden. Aber ... ich glaube, sie ist fehlerhaft.«

Liam streckte die Hand danach aus. »Was meinst du damit? Es ist nur eine Geburtsurkunde. Darauf stehen mein Name, mein Geburtsort, vielleicht sogar mein Gewicht. Außerdem sind die Namen von Mom und Dad darauf vermerkt. Was kann daran fehlerhaft sein?«

Ethan begegnete Liams Blick. »Da steht ... Moms Name. Aber ... da stimmt etwas nicht, Liam.«

»Raus mit der Sprache.«

Es wurde still im Raum, und alle starrten ihn an. »Was ist los?«

»Dads Name ist nicht erwähnt. Statt *Timothy Montgomery* steht da irgendein Typ namens Steve. Wer zum Teufel ist Steve?«

Ein erschrockenes Keuchen hinter Ethan ließ Liam aufhorchen. Liam spähte an seinem Bruder vorbei und sah seine Mutter. Ihr Gesicht war leichenblass und sie hatte eine Hand an ihren Mund gepresst. Sein Vater stand neben ihr und wirkte ähnlich schockiert.

Liam blinzelte und starrte den Mann an, von dem er sein Kinn, seine Statur und seine Augen geerbt hatte ... und fragte sich, was zum Teufel gerade passiert war.

KAPITEL VIER

»Liam«, begann seine Mutter, doch er hob die Hand, um sie zum Schweigen zu bringen. Zuerst musste er seine Gedanken ordnen. Er wollte dieses Gespräch nicht führen. Er wollte nicht hören, was sie zu sagen hatte.

Er hatte das seltsame Gefühl, dass alle im Raum im selben Takt atmeten. Er glaubte, das Pochen ihrer Herzen zu hören, während alle versuchten, die Fassung wiederzuerlangen. Keiner wusste, was er sagen oder tun sollte.

Liam wandte sich von seinen Eltern ab. Er musste sich auf etwas anderes konzentrieren, damit ihm nicht aus Versehen etwas herausrutschte, was er später bereuen würde. Stattdessen sah er seine Geschwister an und suchte verzweifelt nach einer Möglichkeit, die Situation für sie zu retten.

Er war der große Bruder. Von ihm wurde erwartet, dass er die Probleme löste. Aber er hatte panische Angst, dass er dieses Problem nicht würde lösen können. Bristol starrte ihn mit ihren blauen Augen an. Ihr dunkles Haar hatte sie sich aus dem Gesicht gekämmt. Er atmete tief durch und wandte sich dann Aaron zu, der ihn mit angespanntem Kiefer und verengten Augen fixierte. Auch seine Iriden waren blau, während seine dunklen Strähnen ihm ins Gesicht fielen. Schließlich betrachtete er Ethan mit seinen ebenfalls blauen Augen, seinem dunklen Haar und seinem kräftigen Kiefer.

Sie alle hatten blaue Augen. Nur Liams Iriden waren haselnussbraun.

Genau wie die der Familie seiner Mutter.

Jedenfalls hatte er das gedacht. So war es ihm erzählt worden.

Herrgott.

»Liam«, begann sein Vater. Liam sah auf und fragte sich, welche Erklärung dieser Mann ihm bieten könnte. Denn es gab keine Worte, die die Situation hätten retten können. Absolut keine.

»Ich brauche einen Moment.« Liam klappte die Fußstütze seines Sessels nach unten und stand auf. Er zuckte zusammen, als ein stechender Schmerz durch seinen Arm und seinen Kopf schoss. Bei dem Unfall war er noch glimpflich davongekommen, doch im Moment fühlte er sich, als hätte man ihn durch die Mangel genommen. Er war vollkommen verwirrt.

»Lass mich mal sehen«, sagte Liam und streckte Ethan die Hand entgegen. Sein Bruder zögerte. »Gib mir das verdammte Papier, Ethan.«

Ethan begegnete seinem Blick. Mit bleichem Gesicht

reichte er ihm die Geburtsurkunde. Seine Eltern streckten die Hände aus, als wollten sie ihn aufhalten.

Aber es war zu spät.

»Ich … was zum Teufel?«, flüsterte er, als er das Dokument in seinen Händen las.

Steve Stark.

Wer war dieser Mann und warum stand sein Name in Liams Geburtsurkunde? Warum hatte er das zuvor noch nie gesehen? War es ein Tippfehler? Liam blickte in die tränengefüllten Augen seiner Mutter und dann auf die angespannte Miene seines Vaters und wusste, dass es kein Fehler war.

Doch jemand hatte einen Fehler begangen. Sogar mehrere.

Aber der Name in der Geburtsurkunde war keiner davon.

»Was hat das zu bedeuten?«, fragte Liam mit überraschend ruhiger Stimme. Obwohl er liebend gern das ganze Haus zusammengeschrien hätte, bewahrte er die Fassung.

Bristol stand plötzlich neben ihm und streichelte ihm sanft über den Rücken. Doch Liam spürte die Berührung kaum. Tatsächlich fühlte er überhaupt nicht viel. Dies musste ein Irrtum sein. Ein Missverständnis, und sie machten aus einer Mücke einen Elefanten. Ganz sicher.

Marcus gesellte sich zu Bristol. Genau wie Lincoln wirkte er, als wollte er die Flucht ergreifen. Aber sie blieben. Sie gehörten zur Familie – das hatten zumindest Liams Eltern immer wieder gesagt. Sie gehörten dazu.

Und wo stand er selbst?

»Wer zum Teufel ist Steve Stark?«, fragte Liam und ignorierte Aaron und Ethan, die auf ihn zukamen.

Entweder versuchten sie alle, ihm Halt zu geben, oder sie waren genauso verwirrt wie er. Er wusste es nicht. Aber er brauchte Antworten.

»Vielleicht sollten wir uns alle erst einmal setzen?«, schlug Timothy Montgomery mit leiser, beherrschter Stimme vor. Viel zu beherrscht.

»Vielleicht erklärst du mir erst einmal, was ich hier vor mir sehe. *Danach* können wir uns meinetwegen setzen und ihr erzählt mir, was zum Teufel hier eigentlich gespielt wird. Es muss ein Irrtum sein. Ethan hat das falsche Dokument gegriffen, oder irgendjemandem ist ein Fehler unterlaufen. Aber wenn ich Moms Tränen und dein blasses Gesicht sehe, dann denke ich, dass ihr mir ein paar Antworten schuldig seid.«

»Liam«, warf Aaron mit gedämpfter Stimme ein.

»Nein, komm mir jetzt nicht mit Ruhe und Gelassenheit. Nicht jetzt«, blaffte Liam und verengte die Augen. Er war weder auf Aaron noch auf seine restlichen Geschwister wütend, aber ... waren sie wirklich seine Geschwister? Herrgott. Ihm schnürte sich die Brust zusammen und er rang nach Atem, während er versuchte, einen klaren Gedanken zu fassen.

»Ich glaube, wir sollten gehen«, flüsterte Lincoln, und Liam sah aus den Augenwinkeln, wie Marcus dem anderen Mann kurz zunickte. Die beiden zogen sich diskret zurück.

Nachdem die Tür hinter den beiden Männern ins

Schloss gefallen war, herrschte Stille. Liam suchte nach den richtigen Worten, um die Situation zu entschärfen, denn normalerweise war er derjenige, der die Wogen glättete. Aaron war der Ruhige und Besonnene, Ethan war der Macher, der immer einen Scherz auf den Lippen hatte, und Bristol war die Fürsorgliche, die alle zusammenhielt.

Doch im Moment ergab nichts für Liam einen Sinn. Er konnte sich kaum konzentrieren.

»Also schön, dann reden wir jetzt darüber«, sagte Timothy und stieß den Atem aus. »Bevor du geboren wurdest, waren deine Mutter und ich schon eine Weile zusammen.«

Liam blickte auf und hätte seinem Vater am liebsten Einhalt geboten. Er wollte es nicht hören. Genauso wenig wie er das Dokument lesen wollte, das er zerknüllt in der Hand hielt. Er wollte nichts davon. Aber nun gab es kein Zurück mehr. Das Geheimnis war gelüftet und er konnte sich nicht davor verschließen. Er konnte sich der schmerzhaften Wahrheit nicht entziehen. Das hatte er schon vor langer Zeit gelernt. Seine ganze Familie hatte es gelernt.

Für ihn gab es kein Entrinnen. Zu gern wäre er Lincoln und Marcus einfach zur Tür hinaus gefolgt. Sie hatten die Möglichkeit zu gehen, weil sie nicht mit ihnen verwandt waren.

Plötzlich überkam Liam die Angst, dass ihn genauso wenig mit den Montgomerys verband und auch er einfach gehen könnte.

»Damals waren wir schon länger ein Paar«, fuhr

Timothy fort. »Obwohl wir uns liebten, haben wir uns häufig gestritten.«

Timothy ergriff Francines Hand und drückte sie. Liam stand nur da und blinzelte.

Seine Geschwister gaben keinen Ton von sich. Es war, als würden sie alle darauf warten, dass Liam als Erster reagierte. Vielleicht waren sie auch einfach nur neugierig, die ganze Geschichte zu erfahren.

Er wusste es nicht. Er war sich nicht einmal sicher, ob es ihn überhaupt interessierte. Krampfhaft versuchte er, das dröhnende Pochen in seinen Ohren zu ignorieren und sich auf seine Atmung zu konzentrieren, während er das Gefühl hatte, sich jeden Moment übergeben zu müssen. Vielleicht hätte er vor der letzten Schmerztablette etwas essen sollen. Vielleicht sollte er einfach gehen.

»Wir liebten uns, aber wir waren jung«, erklärte Timothy. »Manchmal lässt man sich in seiner Jugend zu törichten Dingen hinreißen.«

»Wir haben uns getrennt«, erklärte Francine und hob das Kinn an. »Wir haben uns nicht einfach eine ›Auszeit‹ genommen, wie Ross und Rachel in *Friends*. Nein, wir haben uns tatsächlich getrennt.«

Liam beobachtete, wie Francine Bristols Blick begegnete. Seine Mutter zwang sich zu einem Lächeln, das jedoch nicht ihre Augen erreichte. Liam konnte nicht sehen, ob seine Schwester die Geste erwiderte, aber er wusste, dass die beiden eine tiefe Verbindung zueinander hatten und Francine den Trost ihrer Tochter suchte.

Aber Liam war das egal. Jedenfalls für den Moment. Vielleicht würde es ihn nie wieder interessieren.

»Wir waren erst seit ein paar Wochen getrennt, aber ich litt furchtbar. Es fühlte sich an, als sei unsere Trennung erst gestern gewesen und zugleich Monate her. Es tat einfach weh. Ich begriff erst, wie sehr ich ihn liebte, als ich ihn verloren hatte. Eines Abends ging ich mit einer Freundin aus und betrank mich. Und ich ließ mich etwas zu sehr gehen.«

Francine schluchzte und straffte dann die Schultern. In Liams Augen wirkte sie in diesem Moment wie eine Fremde. »Ich habe mit einem anderen Mann geschlafen. Es ist nur einmal passiert, aber eine Nacht hat ausgereicht. Obwohl wir verhütet hatten, wurde ich schwanger. Kurz darauf haben dein Vater und ich uns wieder versöhnt und einen Monat später erfuhr ich, dass ich mit dir schwanger war. Aufgrund der Umstände wussten wir, dass es nicht von Timothy sein konnte.«

Liam blinzelte nur und versuchte, ihre Worte zu verarbeiten. »Du hattest einen One-Night-Stand, als du betrunken warst, und hast mit einem Mann namens Steve geschlafen? Und trotzdem hast du Dad geheiratet?« Als er das Wort »Dad« aussprach, hatte es einen seltsamen Beigeschmack. Die anderen stolperten offenbar ebenfalls darüber, denn seine Eltern zuckten sichtlich zusammen.

Aber sie waren nicht seine Eltern, nicht wahr? Nun, Francine war seine leibliche Mutter, aber Timothy war nicht sein Vater. Zumindest waren sie nicht blutsverwandt. Was zum Teufel? Liam konnte kaum einen klaren Gedanken fassen.

»Wir haben geheiratet, nachdem du geboren wurdest. Das haben wir dir erzählt.«

Liam nickte knapp. »Ja, ich wusste, dass ich vor der Heirat geboren wurde. Das ist für mich nichts Neues.«

»Dein Vater und ich machten während meiner Schwangerschaft eine schwierige Zeit durch. Wir versuchten herauszufinden, was wir tun sollten und ob wir eine gemeinsame Basis für eine Zukunft hatten. Wir waren beide ziemlich durcheinander und wussten nicht, was richtig oder falsch war, also haben wir Steves Namen in die Geburtsurkunde eintragen lassen.«

»Also ist dieser Mann, Steve Stark, mein Vater?«

»Nein, dieser Mann, der neben mir steht, ist dein Vater. Er hat dich großgezogen und war immer für dich da, Liam. Daran ändert sich nichts. Ein Name auf einem Stück Papier, von jemandem, dem ich nur zweimal im Leben begegnet bin, kann daran nichts ändern.«

Liam straffte die Schultern. »Zweimal?«

Seine Mutter hob erneut das Kinn an. Ihre Tränen waren inzwischen versiegt. »Ich habe ihn ausfindig gemacht, damit er das Sorgerecht abgeben konnte. Er hatte seine eigenen Pläne, und ich war kein Teil davon. Das wollte ich auch gar nicht sein. Als dein Vater und ich heirateten ...«

»Du meinst Timothy«, unterbrach Liam sie schroff.

»Liam«, flüsterte Bristol.

Liam sah seine kleine Schwester an und schüttelte den Kopf. »Nein, jetzt nicht.«

Er kniff sich in die Nasenwurzel und versuchte, seine Gedanken zu ordnen. Er konnte weder atmen noch klar denken. Mein Gott.

»Nur damit ich das richtig verstehe. Du hast mit einem anderen Mann geschlafen, bist schwanger geworden, und während du und dieser Kerl hier«, sagte er und zeigte auf Timothy, »versucht habt herauszufinden, was zu tun war, habt ihr den Namen eines anderen Mannes in meine Geburtsurkunde eintragen lassen. Und zwar genau diese hier.« Er wedelte mit dem Dokument in der Luft. »Warum stand Timothys Name dann in der Geburtsurkunde, die ich die ganze Zeit benutzt habe?«

»Weil ich dich adoptiert habe«, blaffte Timothy. »Deine Mutter und ich haben geheiratet, Steve hat seine Rechte abgetreten und ich habe dich adoptiert. Hier in Colorado ist es möglich, die Geburtsurkunde nachträglich ändern zu lassen, vor allem innerhalb des ersten Jahres. Ich bin dein Vater. Ich habe dich großgezogen. Gemeinsam mit deiner Mutter. Ich war immer dein Vater. Du bist Liam Montgomery. Mit diesem Steve verbindet dich nichts.«

»Nein, weil er mich nicht wollte, nicht wahr? Ihr habt mich alle belogen. Mein Leben lang. Ich bin verdammt noch mal fünfunddreißig Jahre alt. Ist euch nie der Gedanke gekommen, dass ich ein Recht auf die Wahrheit habe? Was, wenn ich einen dieser DNA-Tests gemacht hätte, die gerade im Trend liegen? Was, wenn ich es eigenständig herausgefunden hätte? Warum zum Teufel musste ich es auf diese Weise erfahren?«

»Liam, es ist nicht so, wie du denkst. Wir waren immer deine Eltern.«

»Das entspricht nicht ganz der Wahrheit, oder?« Liam trat einen Schritt zurück und rang nach Luft, während eine Leere sich in seiner Brust ausbreitete. Bristol griff nach seiner Hand, und Ethan und Aaron legten ihm jeweils eine Hand auf die Schulter, aber er schüttelte sie ab. Er wollte allein sein. Er musste nachdenken.

»Sprich nicht in diesem Ton mit deiner Mutter!«, herrschte Timothy ihn an.

Doch Liam schüttelte nur den Kopf. »Ihr solltet jetzt gehen. Alle.«

»Nein, wir werden darüber reden.« Sein Vater hob die Stimme und starrte ihn an. »Ja, wir hätten einen Weg finden sollen, dir zu sagen, was passiert ist. Es ist unsere Schuld, dass wir es dir nicht erzählt haben. Aber wir hatten fünfunddreißig Jahre mit dir. Ich bin dein Vater. Ich war dabei, als du dein erstes Wort gesagt hast, das übrigens ›Dad‹ war. Ich war da, als du deine ersten Schritte gemacht hast. Ich habe dir sowohl das Fahrradfahren als auch das Autofahren beigebracht. Und ich habe dich zu deinem ersten Job gefahren. Ich und deine Mutter waren immer für dich da. Wir sind deine Eltern. Nicht irgendein Typ, dessen Name einen Monat lang in deiner Geburtsurkunde stand.«

»Ihr müsst jetzt gehen«, flüsterte Liam mit hohler Stimme. Seine Hände zitterten, während er auf das zerknüllte Papier in seiner Faust starrte, auf dem der falsche Name stand, der eigentlich der richtige war.

Trotzdem war er ein Montgomery. Zumindest hatte er das immer geglaubt.

Die Montgomerys hielten zusammen und waren füreinander da, egal was passierte. Sie trugen sogar alle dieselbe Tätowierung mit dem Familienwappen am Körper. Ein M und ein I für *Montgomery Ink* und die Iris der Montgomerys. Liams prangte auf seinem Unterarm, eingebettet in sein Ärmeltattoo. Aber … war es überhaupt echt? War er überhaupt ein verdammter Montgomery?

»Geht«, flüsterte Liam. »Geht einfach.«

»Wir werden das klären«, beharrte sein Vater. »Wir geben dir Zeit, aber wir werden darüber reden. Denn du bist mein Sohn. Egal was du gerade denkst, du bist mein verdammter Sohn.«

Seine Mutter streckte die Hand nach ihm aus, aber Liam trat einen Schritt zurück. Er fürchtete sich vor den Worten, die ihm herausrutschen könnten, wenn sie ihn berührte. Er hasste sie nicht. Er hasste keinen von ihnen. Aber er konnte nicht klar denken.

Als er den Schmerz im Gesicht seiner Mutter und die Verwirrung in dem seines Vaters sah, wusste er, dass es falsch gewesen war zurückzuweichen. Aber sie gingen dennoch. Sie verließen sein Haus und ließen ihn mit seinen Gedanken und seinen Geschwistern zurück.

»Liam, das ändert gar nichts«, ergriff Bristol das Wort. »Du bist immer noch unser Bruder. Wie du schon gesagt hast, ist es nur ein Name. Er bedeutet nichts. Dad war immer für uns da.«

»*Dein* Dad«, murmelte Liam, wohl wissend, dass er sich wie ein Idiot verhielt. Ihm war klar, was Vaterschaft wirklich bedeutete, denn es zählte nicht nur das Blut, das durch deine Adern floss. Im Moment konnte er sich jedoch nicht darauf konzentrieren. Er war vollkommen durcheinander.

»Ihr solltet jetzt auch gehen«, bellte Liam.

»Wenn du denkst, wir würden dich jetzt einfach so allein lassen, dann irrst du dich«, fuhr Ethan ihn an. »Ja, ich wäre an deiner Stelle auch wütend. Ich *bin* wütend, schließlich haben sie uns alle belogen. Aber das ändert nichts daran, dass du mein Bruder bist.«

»Du wirst immer unser Bruder sein«, fügte Aaron hinzu.

»Aber ich bin kein verdammter Montgomery, oder?«, knurrte Liam und warf die Hände in die Luft. Er zuckte zusammen, als die Bewegung die Nähte an seinem Arm strapazierte, dann stieß er einen Fluch aus. »Verschwindet einfach. Ich brauche Zeit zum Nachdenken.«

»Wenn du dir zu viel Zeit lässt, wirst du dich verrennen und etwas Dummes tun«, platzte Bristol heraus, während ihr Tränen über die Wangen kullerten.

»Danke für dein Vertrauen«, erwiderte Liam sarkastisch. »Ich brauche nur eine Minute, um einen klaren Kopf zu bekommen.«

»Dann helfen wir dir dabei«, sagte Aaron leise. »Es hat sich nichts geändert. Du bist immer noch unser Bruder. Verstehst du das nicht?«

»Bin ich das wirklich? Wenn es so unbedeutend ist, warum haben sie uns dann jahrzehntelang belogen? Ich ... ich weiß nicht mehr, was ich glauben soll. Diese Lügen ... ich weiß nicht, ob ich damit zurechtkomme. Ich brauche Zeit. Nur ein bisschen Zeit für mich, okay? Verschwindet einfach. Ich brauche nur Zeit zum Nachdenken.« Er sprach die Worte laut aus und wiederholte sie immer wieder in Gedanken. Aber er konnte sie nicht ordnen.

Wie sollte er nachdenken, wenn er keine Ahnung hatte, was los war? Er hatte immer gewusst, dass er ein Bastard war, zumindest in dem Sinne, dass er vor der Hochzeit seiner Eltern zur Welt kam. Aber er hatte die Gründe dafür nicht gekannt. Sie hatten ihn nie gekümmert.

Doch plötzlich waren sie von Belang. Er begriff nur nicht warum.

Er warf einen Blick auf das Familienwappen auf seinem Arm, das zwischen den Blumen und anderen Mustern auf seiner Haut leuchtete. Was sollte er jetzt tun?

»Du wirst immer unser Bruder sein«, wiederholte Bristol unter Tränen. »Egal was passiert.«

Liam blickte auf und schüttelte den Kopf. »Vielleicht. Aber wenn ich kein Montgomery bin, was bin ich dann?«

Niemand konnte diese Frage beantworten. Er glaubte nicht einmal, dass es eine Antwort darauf gab.

Alle hatten ihn von Anfang an belogen. Und wenn es eine Sache gab, die er nicht verwinden konnte, dann war es Unaufrichtigkeit. Und jetzt?

Jetzt hatte er nichts mehr.

Nicht einmal seinen eigenen Namen.

KAPITEL FÜNF

Arden wollte nicht jammern. Nun, das stimmte nicht ganz. Ihre Augen brannten, und obwohl sie sich besser fühlte als letzte Woche, hätte sie sich am liebsten zu einer Kugel zusammengerollt und ihren Tränen freien Lauf gelassen. Die Worte »Oh Gott, mir tut alles weh und ich sterbe gleich« waren heute schon mehrmals gefallen.

Meistens lautstark. Der Rest hallte nur in ihrem Kopf wider.

So etwas geschah nun mal, wenn man allein zu Hause arbeitete und kaum Kontakt zu Menschen pflegte. Arden hatte zwar eine Gruppe von Freunden, die sie online kennengelernt, aber noch nie persönlich getroffen hatte. Und entgegen der Meinung ihrer Brüder waren diese Leute ihre wahren Freunde. Nur weil sie ihnen nicht täglich gegenübersaß und mit ihnen Kaffee trank – was nicht möglich war, da sie über das ganze Land verstreut lebten –, hieß das nicht, dass diese Bindungen nicht echt waren.

Wenn sie sich das immer wieder einredete, würde sie es vielleicht irgendwann glauben, wenn sie ihren Brüdern mal wieder die Stirn bieten musste.

Das Problem war, dass sie nicht so viele Freunde hatte, wie manche es sich für sie gewünscht hätten. Durch ihren Job im Homeoffice beschränkten sich ihre sozialen Kontakte fast ausschließlich auf ihre Brüder und ihre Online-Freunde. Sie lebte relativ abgeschottet von der Welt. An den Tagen, an denen ihr der Lupus schwer zusetzte und sie sich elend fühlte, war ihr das nur recht. Doch an den restlichen Tagen? Da vermisste sie die menschliche Interaktion.

Arden ließ den Kopf kreisen, betrachtete ihre Arbeit auf dem Bildschirm und lächelte. Später würde sie tatsächlich noch hinausgehen und Menschen treffen.

Es war zwar keine Verabredung mit dem heißen Typen aus dem Krankenhaus, aber das war in Ordnung. Sie hatte nicht wirklich damit gerechnet, dass Liam Montgomery sie bitten würde, mit ihm auszugehen. Umwerfende Männer interessierten sich nicht für Frauen wie sie. Selbst wenn sie ihre Nummer hatten, meldeten sie sich nie bei ihr.

Arden erinnerte sich daran, wie sie an jenem Tag ausgesehen hatte. Der leichte Sonnenstich und die allergische Reaktion hatten einen Lupus-Schub ausgelöst.

Sie war überrascht, dass Liam überhaupt ein Wort mit ihr gewechselt hatte. Wahrscheinlich hatte er sie nur aus Mitleid um ihre Nummer gebeten.

Sie ignorierte das flaue Gefühl in ihrem Magen und konzentrierte sich wieder auf den Monitor. Tatsächlich hatte sie neben ihrem Job heute noch einiges zu erledigen.

Danach würde sie für eine Weile unter Menschen gehen und anschließend mit ihrem Hund den Tag ausklingen lassen.

Als hätte er gespürt, dass ihre Gedanken gerade um ihn kreisten, legte Jasper seinen Kopf auf ihren Schoß und fixierte sie mit seinen großen, traurigen Augen. Sie waren erst vor einer knappen Stunde von ihrem Spaziergang zurückgekehrt, daher wusste sie, dass er nicht darum bettelte, vor die Tür zu gehen. Wahrscheinlich wusste er instinktiv, dass es ihr nicht gut ging, und wollte sie durch seine Nähe trösten.

»Ich liebe dich auch, mein kleiner Jasper.« Sie küsste ihn auf den Kopf, woraufhin er leise grummelte und sich wieder zu ihren Füßen auf dem Boden zusammenrollte.

Jasper war ein weißer Siberian Husky und, wenn man Arden fragte, der niedlichste Hund der Welt. Er kam allmählich in die Jahre und war nicht mehr so geschwind wie früher, aber immer noch flinker als sie. Zum Glück war er kein Welpe mehr und genoss seine Ruhephasen, sodass sie sich ebenfalls ausruhen konnte.

Aber als er ein Welpe war? Mit ihrer Erkrankung war das die reinste Katastrophe gewesen.

Doch sie hatte auch diese Zeit überstanden und würde noch viel mehr überstehen. Das tat sie immer.

Fürs Erste musste sie zurück an die Arbeit.

Sie war die Inhaberin und alleinige Geschäftsführerin

von *Literally Addictive Research*. Das klang viel langweiliger, als es tatsächlich war.

Ihr Metier waren die Buchrecherche und das Verfassen von Kompendien für Science-Fiction-Epen und historische Romane. Obwohl sie privat eine Vorliebe für Liebesromane und Jugendliteratur hatte, hielt sie sich beruflich aus diesen Genres fern. Sie wollte ihre Freizeit-Lektüre genießen, statt Fakten und Daten zu ordnen oder sich damit auseinanderzusetzen, ob der Autor und der Lektor ausreichend recherchiert hatten.

In ihrem Beruf konnte sie sich beim Lesen eines Buches nicht einfach entspannen. Statt also ihre Lieblingsgenres für ihren Broterwerb heranzuziehen, konzentrierte sie sich auf zwei Genres, die sie zwar mochte, aber nicht so häufig zum Vergnügen las.

Aktuell befasste sie sich mit einer umfangreichen Science-Fiction-Reihe und las gerade den achten Band. Es war das vorletzte Buch in der Serie, doch aufgrund der Einführung neuer Randfiguren rechnete sie damit, dass bald eine Spin-off-Reihe erscheinen würde.

Das freute sie, denn der Autor war brillant und der Entwurf seiner Welten faszinierend. Doch er hasste es, seine eigene Serienbibel – auch Buchkompendium genannt – zu erstellen. Also übernahm Arden diese Aufgabe. Akribisch glich sie jedes Detail mit den Daten ab, die sie aus den Vorgängerbänden gesammelt hatte, um die Kontinuität zu wahren. Außerdem musste sie jede Nebenfigur und deren Entwicklung in ihrem Nachschlagewerk festhalten. Das erleichterte nicht nur dem Autor und dem Lektor die Arbeit, sondern führte auch dazu, dass sie das Werk noch ein wenig mehr genießen konnte.

Obwohl der Job zuweilen mühsam war, verband er perfekt Ardens Vorliebe für Tabellen und das Sammeln von Daten mit ihrer Leidenschaft für Literatur.

Für das nächste Buch musste sie einige wichtige Fakten recherchieren, doch dafür musste sie zunächst diesen Band lesen. Denn auch wenn der Autor fantastische Raumschiffe und andere Fantasiegebilde entwarf, basierten deren Antriebssysteme auf wissenschaftlichen Grundlagen. Jedenfalls teilweise. Demzufolge lag es in Ardens Verantwortung, dafür zu sorgen, dass die technischen Details Sinn ergaben. Ihr Job war gewiss nicht einfach, aber er war wie für sie geschaffen. Zudem freute sie sich auf ihr nächstes Projekt für einen Autor namens L. M. Berry, der historische Romane und Thriller verfasste.

Sie konnte zu Hause arbeiten und notfalls alles von ihrem Bett aus erledigen, wenn ihr Körper ihr wieder einmal einen Strich durch die Rechnung machte.

Heute fühlte sie sich zwar ein wenig schwächer, als ihr lieb war, aber von einem schweren Schub blieb sie zum Glück verschont. Vor jenen graute es ihr am meisten.

Ihre Kopfhaut schmerzte nicht allzu sehr und ihre Haut fühlte sich nicht an, als stünde sie in Flammen.

Der Ausschlag, den Liam gesehen hatte, war inzwischen komplett abgeklungen. Arden wusste jedoch, dass er täglich erneut ausbrechen könnte, solange die Sonne schien. Nichtsdestotrotz ging es ihr einigermaßen gut.

Und das war besser als nichts.

Arden machte für heute Feierabend. Sie hatte noch ein beträchtliches Pensum vor sich, doch sie wollte sich nicht beschweren, denn so hatte sie zumindest ein stetiges Einkommen. Sie war dankbar, dass sie die Möglichkeit hatte, ihre Leidenschaft zum Beruf zu machen und von zu Hause aus in gemütlicher Kleidung zu arbeiten. Nichtsdestotrotz brauchten ihre Augen hin und wieder eine Auszeit.

Der Lupus beeinträchtigte schließlich auch ihre Augen. Um sich dennoch über längere Zeit konzentrieren zu können, trug sie eine leichte Lesebrille mit Blaulichtfilter.

Sie hatte mit einem Haufen Problemen zu kämpfen, doch wer hatte das nicht? Sie verstaute ihre Unterlagen und erhob sich aus dem Sessel. Jasper folgte ihr. Das leise Klicken seiner Krallen auf dem Parkett entlockte ihr ein Lächeln und erinnerte sie daran, dass es Zeit für einen Besuch beim Hundefriseur war.

Die meisten Siberian Huskys benötigten keinen Friseur, aber Jasper liebte die Fellpflege. Und es kam häufig vor, dass Arden einfach zu schwach war, um ihn ausgiebig zu bürsten. Ihr Baby war eine Diva, und sie liebte ihn so wie er war.

Arden startete ein Hörbuch – einen ihrer Lieblings-Romantasy-Romane für junge Erwachsene. Sie erhöhte die Wiedergabegeschwindigkeit auf ihr bevorzugtes Tempo, während sie sich an die nächste Aufgabe machte.

Für das Backen wurde sie zwar nicht bezahlt, aber sie tat es leidenschaftlich gern. Heute wollte sie ein neues

Rezept für Butterscotch-Brownies mit weißen Schokoladenstückchen ausprobieren. Es stammte von einer der Teilnehmerinnen einer britischen Backsendung, die sie sich gern ansah. Die Kandidatin hatte gerade ihr erstes Kochbuch herausgebracht. Arden besaß bereits zehn oder elf solcher Werke, doch sie kaufte ständig neue.

Backen wirkte beruhigend auf sie. Obwohl sie die Leckereien selbst sehr genoss, würde sie heute nicht zu viele davon naschen.

Denn die meisten waren für das Seniorenheim.

Sie ging also doch unter Menschen und beschränkte sich nicht nur auf ihre Internet-Kontakte. Also würde sie heute backen. Die Brownies enthielten zwar Zucker, doch Arden war sich sicher, dass sie sowohl den Bewohnern als auch dem Personal des Seniorenheims damit eine Freude bereiten würde.

Sie würde einige Fotos von dem Gebäck schießen und sie auf ihrem Blog veröffentlichen.

Ja, sie hatte einen Food-Blog. Dieser beschränkte sich zwar auf einige wenige Seiten und hatte nicht viele Follower, aber er bot ihr eine Möglichkeit, um mit der Außenwelt in Kontakt zu bleiben.

Da es sich nicht um ihr eigenes Rezept handelte, wollte sie die eigentliche Autorin unterstützen, indem sie deren Buch erwähnte und ihr eigenes Backergebnis zeigte.

Zudem stellte sie auch Eigenkreationen ins Netz, die in Kombination mit Fremdrezepten die Zugriffszahlen zu steigern schienen. Die Werbeeinahmen der Seite halfen ihr, ihre Arztrechnungen zu decken.

Arden hatte viele Talente, aber das Verlassen des Hauses zählte nur selten dazu.

Nun tanzte sie beim Backen durch die Küche – oder versuchte es zumindest. Sie war nicht gerade ein Naturtalent, aber sie nutzte ihre wenige Energie, um sich zu amüsieren. Währenddessen lauschte sie ihrem Buch und bemühte sich, ihren Hund vom Backblech fernzuhalten.

Es gab Tage, da hatte sie das Gefühl, vollkommen von der Außenwelt abgeschnitten zu sein, während sie an anderen Tagen zufrieden war.

Sie hatte ausreichend soziale Kontakte in ihrem Leben. Sie brauchte keine Männer wie Liam Montgomery, die nur falsche Hoffnungen in ihr weckten.

Sie kam wunderbar allein zurecht.

Als Jasper mit der Schnauze sanft ihre Hand anstupste, blickte sie auf das Tier hinunter. »Dich brauche ich natürlich, mein Junge.«

Er schien sie anzulächeln, bevor er aus der Küche trottete. Da er keinen Brownie ergattert hatte, würde er wahrscheinlich irgendwo ein Nickerchen machen.

Nach wenigen Stunden hatte Arden unzählige Brownies gebacken, sie abkühlen lassen und in einem Behälter verstaut. Sie warf einen Blick auf die Uhr. Glücklicherweise war sie heute schon vor Sonnenaufgang aufgestanden und hatte den Tag früh begonnen. Auf diese Weise konnte sie alles erledigen und hätte trotzdem noch Zeit, um sich auszuruhen. Sie zog sich schnell eine hübsche Jeans und ein Oberteil an, das nicht so aussah, als hätte sie darin geschlafen. Ihre Haare waren heute kaum zu bändigen, aber mit einem ordentlich gekämmten Dutt war sie durchaus vorzeigbar.

Sie schlüpfte in eine leichte Jacke und ein Paar Stiefel und machte sich mit ihren Backwaren auf den Weg.

»Tut mir leid, Jasper, ich bin bald zurück. Dann gehen wir G-A-S-S-I.«

Arden wäre beinahe zusammengezuckt, als die Augen des Hundes aufleuchteten. Obwohl sie das Wort nur buchstabiert hatte, schien er dessen Bedeutung an ihrem Tonfall erkannt zu haben. Sie würde auf ein Synonym zurückgreifen müssen. Genau wie ihre Eltern früher, als Arden noch ein Kind war. Irgendwann hatten sie aufgehört, das Wort »Snack« zu verwenden und stattdessen begonnen, das Wort »Bonbon« zu buchstabieren. Ihr Hund wusste definitiv immer, wann es Zeit für einen Leckerbissen war.

Hunde waren viel schlauer, als die Menschen glaubten.

Auf dem Weg zum Seniorenheim ließ Arden ihr Hörbuch mithilfe einer Bluetooth-Verbindung weiterlaufen.

Beim Betreten des Heims wurde sie von Sandy, der Leiterin des Hauses, mit einem Lächeln begrüßt. »Oh, wie schön. Ich erinnere mich, dass Sie sich angekündigt haben, und bin froh, dass Sie tatsächlich kommen können.«

Arden nahm ihr diese Bemerkung nicht übel, denn es war schon vorgekommen, dass sie zwar Pläne für einen Besuch geschmiedet hatte, ihr Körper ihr aber einen

Strich durch die Rechnung gemacht hatte. Doch das Personal hatte viel Verständnis für ihre Situation.

Arden hasste es, andere zu enttäuschen. Deshalb war sie dankbar für den Job im Homeoffice, durch den sie die Zahl derer, die sich auf sie verließen, auf ein Minimum beschränken konnte.

Sie mochte ein paar Jahrzehnte jünger sein als die Bewohner dieses Heims, aber einige von ihnen plagte dasselbe Leiden wie sie. Es gab Momente, in denen Arden sich wie achtzig fühlte.

Heute war jedoch ein überwiegend guter Tag und sie wollte nicht weiter über ihre Krankheit nachdenken.

»Ich habe ein neues Rezept ausprobiert«, erklärte sie. »Es enthält Butterscotch.«

»George wird begeistert sein. Sie kennen ja seine Schwäche für Butterscotch.«

Arden lächelte und reichte ihr den Behälter. »Oh ja, allerdings. Außerdem hat ein Vögelchen mir gezwitschert, dass Sie ebenfalls eine Vorliebe dafür haben.«

Sandy strahlte. »Ich nehme gern einen kleinen Brownie. Mehr darf ich nicht essen.« Sie tippte sich an die Hüfte, was Arden mit einem Lächeln quittierte. Sandy war in ihren Vierzigern, sah aber mindestens zehn Jahre jünger aus und war ausgesprochen gut in Form. Die Arbeit im Seniorenheim war hart. Zudem absolvierte Sandy so viele Halbmarathons und Fünfkilometerläufe, wie sie nur konnte.

Arden hatte noch nie an einem Wettlauf teilgenommen. Sie lief nur, wenn sie glaubte, von einem Zombie verfolgt zu werden. Oder wenn Jasper während eines

Spaziergangs vor lauter Übermut lossprintete. Glücklicherweise geschah das nur selten. Jasper war ein wohlerzogener Hund und nahm Rücksicht auf sie. Also hütete er sich davor, sie hinter sich her zu schleifen.

»Sie sehen großartig aus«, sagte Arden.

»Danke für das Kompliment. Jetzt lassen Sie uns die Brownies genießen und die Bewohner im Fernseh- und Bastelraum begrüßen.«

»Ich möchte aber niemanden stören«, wandte Arden hastig ein.

»Das tun Sie nicht. George und die anderen werden sich freuen, Sie zu sehen.«

»Ich freue mich auch auf sie.«

Etwa achtzig Prozent der Bewohner hier hatten keine Angehörigen mehr. Das war nicht immer so gewesen, aber im Moment wohnten viele einsame Menschen in dieser Einrichtung. Wenn Arden ihnen allein durch ihre Anwesenheit ein wenig Freude schenken konnte, gab ihr das ein gutes Gefühl.

Es war eine ihrer größten Ängste, eines Tages selbst in einem solchen Heim zu leben, ohne Besucher.

Sie schob den Gedanken sofort beiseite, denn er war schlichtweg lächerlich. Mit vier überfürsorglichen Brüdern war es schier unmöglich, dass sie so enden würde. Selbst wenn sie ihre Eigenständigkeit eines Tages aufgrund ihrer Krankheit aufgeben müsste, hätte sie immer ein Zuhause und Menschen, auf die sie sich verlassen konnte.

Trotzdem wünschte sie sich, sie könnte ihrer Familie ebenfalls eine Stütze sein. Aber ... genug davon.

»Hallo, Schätzchen. Wie ich sehe, hast du mir etwas zum Naschen mitgebracht«, sagte George und wackelte lachend mit seinen buschigen Augenbrauen.

»Du kennst die Regeln. Nur einen Brownie«, erwiderte Arden mit gespielter Ernsthaftigkeit, als sie sich zu ihm gesellte. Sie winkte den anderen Bewohnern zu, die von ihren Büchern, ihren Schachspielen oder dem Fernsehbildschirm aufsahen.

Hier kannten sie alle, deshalb war das Heim so etwas wie ein zweites Zuhause für Arden. Sie war gern hier, auch wenn ihre Energie nach dem langen Tag allmählich schwand.

»Wann bringst du endlich einen netten Mann mit?«, wollte Samantha wissen und setzte sich zu ihnen. Samantha war bereits über siebzig und strotzte vor Vitalität. Wahrscheinlich wäre sie sogar noch in der Lage gewesen, einen Halbmarathon zu laufen. Arden fragte sich jedes Mal, woher sie die Energie nahm.

»Ich habe schon alle meine Brüder mitgebracht«, wandte Arden ein.

»Brüder, ha!«, erwiderte Samantha mit einer abwinkenden Geste. »Obwohl ich gestehen muss, dass ich den Anblick durchaus genossen habe. Sie sind ein echter Augenschmaus.«

»Nicht doch«, keuchte Arden und hob abwehrend die Hände. »Bitte verwende nie das Wort ›Augenschmaus‹ in Verbindung mit meinen Brüdern.«

»Ich weiß nicht, Arden. Das sind ein paar ansehnliche Kerle«, meldete George sich lachend zu Wort.

»Ich habe keine Ahnung, ob ich sie so bezeichnen

würde, aber reden wir nicht mehr davon. Und was den netten jungen Mann angeht, so habe ich doch George. Ich brauche keinen anderen Mann«, scherzte Arden.

Samantha begegnete Georges Blick, dann wandten die beiden sich Arden zu. Sie hob erneut die Hände, dann griff sie nach dem Behälter mit dem Gebäck. »Wie wäre es, wenn wir einfach einen Brownie genießen und das Thema nie wieder anschneiden?«

»Fürst Erste«, lenkte Samantha ein und nahm sich eine der süßen Leckereien. »Fürs Erste.«

Arden schüttelte nur den Kopf und lenkte das Gespräch auf den neusten Klatsch und Tratsch.

Sie blieb eine Stunde lang, bis ihre Kräfte spürbar schwanden. Schließlich verabschiedete sie sich und ging mit ihrem nun leeren Behälter zurück zu ihrem Wagen.

Diesmal schaltete sie das Radio ein, da sie sich kaum auf das Hörbuch konzentrieren konnte, und schlug den Weg nach Hause ein.

Jasper erwartete sie bereits sehnsüchtig und begrüßte sie mit seinem unverwechselbaren Hundelächeln. Arden ging auf die Knie und schlang die Arme um das Tier, wohl wissend, dass sie noch genügend Kraft für einen Spaziergang mit ihm aufbringen musste.

Aber sie lag nicht im Sterben. Im Großen und Ganzen ging es ihr gut. Doch an manchen Tagen hatte sie nicht ausreichend Energie, um all die Dinge zu tun, die sie sich vorgenommen hatte. Und dafür hasste sie sich manchmal selbst.

Doch bevor sie sich in Selbstvorwürfen verlieren

konnte, wurde die Haustür hinter ihr geöffnet. Sie warf einen Blick über die Schulter und verengte die Augen.

»Von Anklopfen haltet ihr wohl nichts, oder?«, fragte sie, als ihre Brüder mit Lebensmitteltüten beladen durch die Tür traten.

Sie war sowohl entnervt als auch erleichtert, sie zu sehen. Tränen traten ihr in die Augen, doch sie blinzelte sie hastig weg, bevor jemand sie sehen konnte.

Cross' vielsagender Blick verriet ihr jedoch sofort, dass sie nicht schnell genug gewesen war.

Ihre Brüder wussten immer genau, was sie brauchte, auch wenn sie sich dagegen sträubte.

»Wir waren einkaufen. Heute Abend veranstalten wir hier bei dir zu Hause ein Familienessen«, verkündete Cross, verschränkte die Arme vor der Brust und starrte sie an. »Und wehe, du beschwerst dich.«

Arden sprang auf und schlang ihre Arme um seine Taille. Als sie ihren Kopf an seine Brust schmiegte, zog er sie an sich.

»Danke«, flüsterte sie.

»Gern geschehen, Schwesterherz«, murmelte Cross und küsste sie auf den Kopf.

»Also schön, Zeit für einen Spaziergang«, sagte Prior, während Jasper bereits um ihn herumtänzelte.

Arden lächelte, als Prior die Leine an Jaspers Halsband befestigte. Die beiden traten dicht gefolgt von Macon durch die Tür. Sie hatten sich spontan für einen Lauf statt eines Spaziergangs entschieden. Arden war froh darüber, denn so konnte Jasper überschüssige

Energie loswerden, was ihnen beiden wiederum eine ruhige Nacht bescheren würde.

»Ich hatte an Lasagne zum Abendessen gedacht«, schlug Nate vor. »Was meinst du?«

»Hast du denn die nötigen Zutaten eingekauft?«, fragte Arden und umarmte ihren Bruder.

»Natürlich.«

»Soll ich kochen?«, fragte sie, denn sie ahnte bereits, worauf das Ganze hinauslief. Trotz der unbestrittenen Kochkünste ihrer Brüder hatte Arden von allen am meisten Talent. Und sie alle liebten ihre Lasagne.

»Also gut, du kochst, aber ich bin dein Assistent. Ich übernehme die schwere Arbeit und zwinge dich notfalls, dich zu setzen, wenn du zu müde wirst. Mir ist klar, dass es albern ist, mit Lebensmitteln hier hereinzuplatzen und dich dann das Abendessen kochen zu lassen. Aber im Supermarkt haben wir über deine Lasagne und das Knoblauchbrot gesprochen. Mir läuft immer noch das Wasser im Mund zusammen.«

Hinter ihr stieß Cross ein raues Lachen aus, und Arden verzog die Lippen zu einem Lächeln. Ihre Brüder konnten sich also auch auf ihre kleine Schwester verlassen. Und sie konnte sich nützlich machen.

Mehr brauchte sie nicht.

Sie hatte ihre Brüder, köstliche Mahlzeiten, ihre Arbeit und ihre Freunde, sowohl in der digitalen Welt als auch im echten Leben. Letztere waren zwar nicht in ihrem Alter, aber sie liebten Arden.

Sie hatte mehr, als sie brauchte.

Sie wartete gewiss nicht auf einen Anruf von dem heißen, tätowierten Typen aus dem Krankenhaus.

Sie genügte sich selbst und brauchte nur das, was sie bereits hatte.

KAPITEL SECHS

Arden legte ihr Buch beiseite und grinste. L. M. Berry war fraglos einer der besten Schriftsteller aller Zeiten, und dieser Roman hatte das Potenzial, zu ihrem Lieblingsbuch zu avancieren. Obwohl sie die Serienbibel erstellt und dem Autor bei einigen Recherchen geholfen hatte, war es ein Genuss, es einfach zum Vergnügen zu lesen.

Vor allem in L. M. Berrys Fall las sie seine Bücher erst nach der Veröffentlichung – oder zumindest kurz davor –, um ihr Kompendium zu ergänzen. Zum Glück schien der Autor das von ihr erstellte Nachschlagewerk ausgiebig zu nutzen, sodass sie bisher noch keine Kontinuitätsfehler entdeckt hatte. Entweder das, oder seine Lektoren und Korrektoren hatten gute Arbeit geleistet. Trotzdem ging sie davon aus, dass sich früher oder später ein Fehler einschleichen würde, den die Leser garantiert finden würden. Aber es war ihre Aufgabe, Abhilfe zu schaffen.

Heute las sie nur zum Vergnügen. Sie hatte den ganzen Vormittag gebacken und danach ein wenig gearbeitet, jetzt wollte sie sich einfach nur entspannen.

Sie zwang sich dazu, das Buch mit Bedacht zu lesen, statt es in einem Rutsch zu verschlingen. Allerdings fiel es ihr bei dieser Reihe schwer, an sich zu halten.

Aber sie konnte kaum widerstehen. Sie liebte die Geschichten, die um den Protagonisten Nash kreisten, der heroisch seine Feinde bekämpfte, verlorene Artefakte wiederfand und in die Welt realer historischer Helden eintauchte.

Die Erzählungen boten eine Mischung aus Indiana Jones, historischen Fakten und aufregenden Abenteuern.

Außerdem hatte der Autor offenbar beschlossen, Nash endlich eine Liebesbeziehung zu gönnen. Da Romantik Ardens Lieblingsgenre war, zauberte die Figur namens Penny ihr ein Lächeln ins Gesicht. Arden hoffte inständig, dass Penny nicht das Schicksal so vieler Nebenfiguren teilen und am Ende sterben würde.

Ernsthaft. Wie schwer konnte es schon sein, den Charakteren einfach ihr ewiges Glück zu gönnen?

Sie seufzte, stand vom Sofa auf und streckte sich. Ewiges Glück? Da sie selbst ihr Glück noch nicht gefunden hatte, war es vielleicht nur fair, dass die Romanfiguren ebenfalls leer ausgingen. Es war nicht immer einfach, an die Liebe zu glauben, wenn ein Mann es nicht einmal fertigbrachte, sich zu melden, nachdem man ihm seine Nummer gegeben hatte.

Aber genug davon. Nur weil ihre Begegnung mit Liam Montgomery im Krankenhaus bereits über zwei

Wochen zurücklag, war das noch nicht das Ende der Welt. Nach allem, was sie durchgemacht hatte, würde sie sich von einem Mann nicht aus der Bahn werfen lassen. Er war die Aufregung schlichtweg nicht wert.

Arden achtete darauf, dass das Buch auf dem Couchtisch nicht in Jaspers Reichweite lag. Wenn er zu übermütig wurde, stieß er hin und wieder Gegenstände vom Tisch. Es war nicht seine Schuld, die Dinge standen einfach im Weg.

Ihre Brüder zogen sie damit auf, dass sie ihren Hund immer in Schutz nahm. Doch das war ihr egal.

Es war nicht Jaspers Schuld, dass er der niedlichste kleine Welpe aller Zeiten gewesen war. Heute war er einfach ein großer Welpe, der ab und zu einen Tisch abräumte. Damit hatte sie sich längst abgefunden.

»Und dafür liebe ich dich umso mehr«, trällerte sie und beugte sich vor, um Jasper einen Kuss auf den Kopf zu drücken.

Dann zuckte sie zusammen und betrachtete ihn kopfschüttelnd. »Ich kann nicht fassen, dass ich das nicht aus deinem Fell herausbekomme.«

Er schenkte ihr ein breites Hundelächeln. Sein weißes Fell war nicht mehr ganz so makellos, sondern leuchtete in einem wunderschönen Blauton.

Sie hatte an diesem Morgen Törtchen für eines der Gemeindezentren in der Nachbarschaft gebacken und sie ausgeliefert, bevor sie sich in ihr Buch vertieft hatte.

Sie war froh, eine Extraportion Zuckerguss angerührt zu haben, denn ein gewisser perfekter Welpe hatte sich nicht ganz so vorbildlich verhalten. Jasper hatte sich kurzerhand über den blauen Zuckerguss hergemacht. Zum Glück hatte sie nur natürliche Zutaten verwendet, aber sein wunderschönes weißes Fell war jetzt bläulich verfärbt.

Sie hatte die Törtchen bunt verziert und obenauf eine Haube aus blauer Creme gesetzt. Jasper hatte die Glasur offenbar gemundet.

»Du bist eine echte Plage, mein kleines blaues Törtchen-Monster.« Jasper tänzelte um sie herum und brachte sie damit zum Lachen.

In den vergangenen drei Tagen hatte ihre körperliche Verfassung sich deutlich verbessert, was auch Jasper zu spüren schien. Ihr Hund neigte dazu, sich ihrer Stimmung anzupassen. Wenn es ihr nicht gut ging, war er etwas ruhiger und schmiegte sich an sie, als wollte er ihr Wärme und Trost spenden.

Aber wenn sie sich gut fühlte und in der Lage war zu tanzen, kam der Welpe in ihm wieder zum Vorschein. Dann jagte er durchs Haus und zeigte sich sogar von seiner widerspenstigen Seite. Im Großen und Ganzen war er ein braver Hund, deshalb gestand sie ihm diese Eskapaden bereitwillig zu.

Schließlich war er ihr Hund.

Ein wenig albern musste er schon sein, um zu ihr zu passen.

»Hast du Lust auf einen Spaziergang?«, fragte sie und hob am Ende die Stimme, sodass Jasper die Ohren spitzte. Er enttäuschte sie nicht und vollführte einen freudigen Tanz, bevor er sich hinsetzte und gesittet eine Pfote hob.

»Du bist so ein braver Junge. Ja, das bist du.« Sie schüttelte ihm die Pfote, tätschelte seinen Kopf und holte seine Leine.

Sie zog ihre neuen Sneaker an. Diese liebte sie heiß und innig, weil sie nicht nur bequem, sondern auch äußerst hübsch waren. Sollte sie jemandem aus der Nachbarschaft begegnen, würde er sie wenigstens nicht für eine Landstreicherin halten. Es war schon schlimm genug, dass sie häufig mit ungewaschenen Haaren, einem zerknitterten Oberteil und löchrigen Leggings unterwegs war. Ihre Nachbarn hielten sie wahrscheinlich für eine exzentrische Einsiedlerin, die das Haus nur verließ, um mit ihrem Hund Gassi zu gehen. Selbst die Wocheneinkäufe ließ sie sich meist liefern, da ihr Körper ihr hin und wieder einfach das Leben schwer machte.

Sie war keineswegs faul, aber sie musste abwägen, in was sie ihre begrenzte Energie investieren wollte. Häufig war sie einfach körperlich so eingeschränkt, dass sie nicht alles erledigen konnte. Dank verschiedener Annehmlichkeiten wie den Prime-Versand oder den Lieferservice für Lebensmittel und Wein musste sie ihre Energie nicht für soziale Interaktionen verschwenden.

Aber sie verließ durchaus hin und wieder das Haus. Schließlich hatte sie an diesem Morgen bereits eine ganze Stunde im Gemeindezentrum verbracht. Oder etwa nicht?

»Heute dreht sich alles um dich, mein Junge«, trällerte sie, während Jasper neben ihr aufgeregt tänzelte. Sobald sie das Haus jedoch verlassen hatten, schritt er mit ihr im Schlepptau majestätisch den Bürgersteig entlang.

Vielleicht offenbarte er seine alberne Seite nur ihr gegenüber, doch sie hätte schwören können, dass er sich draußen ganz anders bewegte. Als wollte er der Welt beweisen, was für ein prächtiges Tier er war.

Auch wenn sein Fell blau verfärbt war.

Er war eben ganz und gar ihr Hund.

Sie drehten ihre gewohnte Runde von eineinhalb Kilometern, die sie mehrmals am Tag absolvierten. Obwohl sie die Kraft für eine längere Strecke gehabt hätte, wollte sie sich nicht überanstrengen, aus Angst, sie könnte mitten auf dem Weg von einem Schub heimgesucht werden. Jasper schien mit der kurzen Distanz zufrieden zu sein, zumal sie sie täglich zurücklegten.

Sie hatten etwa die Hälfte der Strecke zurückgelegt, als Jasper plötzlich an der Leine zerrte.

»Jasper, benimm dich!«

Im nächsten Moment sah sie zwei Kaninchen aus einem Gebüsch hervorhoppeln und wusste, dass die mahnenden Worte bei ihrem Hund auf taube Ohren stoßen würden.

Jasper war heute ohnehin sehr ungestüm und jagte den Tieren hinterher.

Als sie versuchte, ihn zurückzuziehen, versagte plötzlich ihre Hand. Sie hatte einen Schwächeanfall und konnte ihn nicht mehr halten.

»Jasper!«, rief sie und nahm die Verfolgung auf.

Allerdings war ihr Hund äußerst flink und viel schneller als sie.

Im Laufschritt bog sie um eine Ecke und war dankbar, dass sie bequeme Schuhe trug. Dennoch wünschte sie sich, sie hätte ihre Turnschuhe angezogen. Aber sie hätte ja nicht damit rechnen können, dass sie ihrem Hund hinterhereilen würde.

Normalerweise jagte Jasper keine Kaninchen, zumindest nicht außerhalb ihres eigenen Gartens. Und eigentlich hörte er immer auf sie. Aber nicht heute. Heute war offenbar nicht ihr Tag.

Später würde er keine Belohnung bekommen. Verdammt. Was, wenn er von einem Auto erfasst würde? Was, wenn jemand ihn einfach mitnehmen würde? Was, wenn er sich verletzte? Sie würde sich niemals verzeihen, wenn er zu Schaden käme, nur weil sie nicht stark genug gewesen war, um ihn festzuhalten. Jasper war ein großer Hund und eine riesige Verantwortung. Sie musste besser aufpassen.

Als sie keuchend und mit klopfendem Herzen um eine weitere Ecke bog, wäre sie beim Anblick von Jasper fast ins Straucheln geraten. Ihr Hund saß seelenruhig vor einem hochgewachsenen Mann, wedelte mit dem Schwanz und schien die Lefzen zu einem breiten Lächeln zu verziehen.

Er warf ihr einen Blick über die Schulter zu. Der Hund. Nicht der Mann. Der Mann lächelte nicht. Nein, er hatte ein verschmitztes Grinsen im Gesicht, das ihren Magen zum Flattern brachte. Sie fragte sich, warum das Schicksal so grausam war.

Sie war sich bewusst, dass ihr Gesicht gerötet war und ihre Haare an ihrer verschwitzten Stirn klebten.

Außerdem trug sie für einen Sprint nicht den passenden BH und sie hatte das ungute Gefühl, dass ihr Oberteil verrutscht war.

Sie presste die Hand an ihre Seite und fragte sich, warum ihr Körper nach einem kurzen Lauf in den falschen Schuhen derart schmerzte.

Zum Glück war Jasper wohlauf. Doch ... er war nicht allein.

»Liam«, keuchte sie und rang nach Luft. »Das ist ... das ist mein Hund. Jasper. Komm her.« Sie bemühte sich um einen strengen Tonfall, woraufhin Jasper traurig den Kopf senkte.

Aber sie würde weder diesem herzerweichenden Blick noch den niedlichen blauen Flecken in seinem weißen Fell nachgeben.

»Du warst ein böser Junge. Komm her.«

Sie streckte ihre Hand aus, woraufhin Liam auf sie zukam und ihr die Leine reichte.

»Es tut mir leid. Ich habe ihn eingefangen, aber ich wollte ihn nicht in Schwierigkeiten bringen.«

»Nein, ich muss mich entschuldigen«, flüsterte sie und zuckte unwillkürlich zusammen. »Der strenge Tonfall galt meinem Hund. Ich dachte, er würde zu mir kommen. Mir war nicht klar, dass du erst die Leine übergeben musst. Ich kann gerade nicht klar denken. Ich war außer mir vor Angst.« Sie blickte auf Jasper hinab. »Hörst du? Ich habe mir Sorgen gemacht. Du darfst nicht einfach so weglaufen. Tu das nie wieder.« Dann kniete sie sich vor den Hund und schlang die Arme um ihn. Er legte seine Pfote auf ihre Schulter, während sie sich an ihn schmiegte.

»Jag mir nie wieder solche Angst ein!«

Sie war sich bewusst, wie seltsam sie gerade aussehen musste, während sie auf dem Boden kniete und ihren Hund umklammerte. Aber er war nun einmal eines der wichtigsten Wesen in ihrem Leben, obwohl er nicht einmal ein Mensch war.

Fast alle anderen hatten sich im Laufe der Zeit von ihr abgewandt. Zum Teil, weil ihr Leben sich weiterentwickelte, während Ardens im Stillstand verharrte. Es kostete viel Energie, krank zu sein und trotz der Symptome am Leben teilzunehmen. Manche Menschen hatten ihr eigenes Leben zu meistern und konnten nicht auf jemanden warten, der sich noch ein wenig mehr abmühen musste.

Arden stand auf, wohl wissend, dass sie wahrscheinlich von oben bis unten mit Hundehaaren bedeckt war.

»Keine Sorge«, sagte Liam. »Hier, lass mich dir helfen.« Er reichte ihr die Hand. Arden blinzelte, dann ergriff sie seine Hand, während sie mit der anderen Hand Jaspers Leine umklammerte.

»Äh ... hallo.« Sie wusste nicht recht, was sie sagen sollte.

Liam ließ ihre Hand los, steckte beide Hände in die Hosentaschen, wippte auf den Fersen zurück und musterte sie und Jasper. Arden fiel auf, wie sein Haar ihm in die Stirn fiel, während ein Lächeln seine Lippen umspielte.

Er sah genauso gut aus, wie sie ihn in Erinnerung

hatte. Trotz seiner markanten Gesichtszüge strahlte er eine Sanftheit aus, die wahrscheinlich von seiner humorvollen Art herrührte. Jedenfalls redete sie sich das ein. Vielleicht interpretierte sie zu viel in ihn hinein. Schließlich hatte er sie nicht angerufen. Nicht einmal eine Nachricht hatte er ihr geschickt.

Sie wusste nicht, warum sie in Gedanken immer wieder darauf herumritt. Es war nicht von Bedeutung.

»Du wohnst also hier in der Gegend?«, fragte Liam und schüttelte dann lachend den Kopf. »Dumme Frage, natürlich tust du das, sonst würdest du wohl kaum hier mit deinem Hund spazieren gehen.«

Der Ausdruck »Vorsicht vor Fremden« kam ihr in den Sinn, aber Arden ging nicht davon aus, dass Liam ihr nachstellte. Oder doch?

Als sie nicht sofort antwortete, zuckte Liam zusammen. »Entschuldige bitte. Ich sollte eine alleinstehende Frau, die mit ihrem Hund Gassi geht, wohl nicht nach ihrer Adresse fragen. Ich wohne übrigens dort drüben«, erklärte er und deutete auf ein schönes Haus mit Veranda und gepflegtem Rasen. Viele der Vorgärten in der Gegend waren verwildert. Vor einigen Jahren hatten einige der Bewohner sich für eine aufwendige Gartengestaltung entschieden, dann jedoch die Pflege vernachlässigt. Im Gegensatz dazu hatte Liam auf Minimalismus gesetzt, was bedeutete, dass sein Garten nach wie vor ordentlich aussah. Ardens Vorgarten war ähnlich anspruchslos, einfach weil sie sich keinen Gärtner leisten konnte. Ihre Brüder hätten ihr sicher geholfen und sie hätte den Anblick ihrer schlammbespritzten Gesichter zweifellos genossen, aber sie wollte ihnen das nicht auch noch aufbürden. Irgendwo musste sie die Grenze ziehen.

»Ich wohne ebenfalls ganz in der Nähe. Aber wie dem auch sei, ich bin dir wirklich dankbar dafür, dass du Jasper eingefangen hast. Er hat ein Kaninchen gesehen und offenbar beschlossen, dass er lieber jagen will statt einfach nur Gassi zu gehen. Also ist er losgelaufen. Ohne mich.« Arden plapperte unaufhörlich weiter und wusste nicht, wie sie aufhören sollte. Aber sie konnte nichts dagegen tun. Sie hatte solche Angst um Jasper gehabt und war mit den Nerven am Ende. Dass ausgerechnet Liam ihn eingefangen hatte, war zu viel für sie.

Liam nickte, musterte kurz den Hund und begegnete wieder ihrem Blick. »Also, ignorieren wir einfach die Tatsache, dass dein weißer Siberian Husky ein blaues Gesicht hat? Oder ist das ein besonderer Look, der nur für donnerstags reserviert ist?«

Arden hätte sich am liebsten in ihrem Oberteil verkrochen, doch sie wusste, dass sie die peinliche Situation nur noch unangenehmer machen würde. »Ich habe gebacken, und er hat die Zutaten gefunden. Eins führte zum anderen, und jetzt weiß ich, dass Jasper eine Vorliebe für Lebensmittelfarbe hat. Beim nächsten Mal muss ich vorsichtiger sein.«

Liam lachte mit einem Funkeln in den Augen. »Du backst? Gut zu wissen.«

Warum war das gut zu wissen? Er hatte nicht angerufen.

Sie musste wirklich aufhören, darüber nachzudenken. Das war das letzte Mal.

»Also, danke, dass du ihn gerettet hast. Und mich. Im Ernst. Ich weiß nicht, was ich getan hätte, wenn … Nein, ich will gar nicht darüber nachdenken.«

»Wir hatten früher auch einen Hund. Einmal ist er weggelaufen. Wir haben ihn zwar rechtzeitig eingefangen, aber wir haben stundenlang nach ihm gesucht. Das war beängstigend. Deshalb bin ich froh, dass ich zur richtigen Zeit am richtigen Ort war.«

Für einen Moment herrschte Schweigen, und Arden wusste nicht recht, was sie sagen sollte. Danke? Und auf Wiedersehen? Nein, wenn sie jetzt ginge, würde er ihr nachsehen, und das wollte sie vermeiden. Oder befürchtete sie, dass er ihr *nicht* nachsehen würde und all die Aufregung umsonst gewesen war?

»Hast du Lust auf einen Kaffee?«, fragte Liam hastig.

Arden riss die Augen auf. »Wie bitte?«

»Geh mit mir einen Kaffee trinken. Gleich um die Ecke gibt es ein Café, in dem ich oft arbeite, wenn es mir nichts ausmacht, unter Leute zu gehen. Dort kann man draußen sitzen, und heute scheint die Sonne. Ich sehe dort ständig Leute mit ihren Hunden.«

Arden schluckte schwer und streichelte Jaspers Kopf. »Ich kenne das Café. Ich war schon einmal mit Jasper dort. Aber wir müssen keinen Kaffee trinken gehen, Liam. Ich verstehe schon, in Ordnung?«

Na also. Sie konnte sich wie eine Erwachsene benehmen.

»Was verstehst du?«, fragte Liam und betrachtete sie mit aufrichtiger Verwirrung.

In diesem Moment wäre sie am liebsten im Boden

versunken. Sie wusste wirklich nicht, wie sie sich in einer solchen Situation verhalten sollte.

»Nichts. Nochmals vielen Dank.«

»Ich lade dich nicht bloß ein, weil ich deinen Hund eingefangen habe. Wenn du keine Lust hast, verstehe ich das natürlich. Aber ich würde mich freuen, wenn du mit mir einen Kaffee trinken gehst.« Er hielt kurz inne und fügte dann hinzu: »Bitte?«

Sie seufzte und begegnete seinem Blick. Er war noch genauso attraktiv und humorvoll wie bei ihrer ersten Begegnung, doch irgendwie wirkte er nicht so glücklich wie zuvor. Vielleicht waren es seine Augen, die etwas weniger strahlten. Im Krankenhaus hatte er zwar Schmerzen gehabt, aber er war ihr trotzdem fast sorglos erschienen. Aber jetzt? Etwas an ihm hatte sich verändert, und Arden fragte sich, warum ihr das auffiel.

Bevor sie den Mund öffnen konnte, um seine Einladung abzulehnen, verselbstständigte sich ihr Verstand. »Okay«, platzte es förmlich aus ihr heraus.

»Gut.« Er bedeutete ihr vorauszugehen. Sie seufzte und war insgeheim froh, dass sie nicht ihr übliches Gammel-Outfit trug und sich an diesem Morgen tatsächlich die Haare gekämmt hatte. Abgesehen davon, dass sie leicht verschwitzt war, wirkte sie durchaus vorzeigbar. Aber egal, wie sehr sie sich bemühte, sie sah immer ein wenig zerzaust aus.

Sie wählten einen Tisch in der Ecke, an dem Jasper sich ausstrecken konnte, ohne im Weg zu liegen. Liam war ins Café gegangen, um ihr einen Chai Latte, sich selbst einen Americano und für Jasper eine Schüssel Wasser zu holen.

Arden war immer noch vollkommen verwirrt. Sie tat sich wirklich schwer, wenn es darum ging, mit einem Mann zu flirten. Aber vielleicht war dies die perfekte Gelegenheit, um ein bisschen zu üben.

Sie musste schlucken, als Liam sich ihr gegenüber an den Tisch setzte. Für einen Mann seiner Größe bewegte er sich erstaunlich anmutig. Er hatte breite Schultern, eine muskulöse Brust und eine schlanke Taille. Es war offensichtlich, dass er regelmäßig trainierte und auf seine Fitness achtete. Das hieß nicht, dass sie selbst gar nichts für ihre körperliche Verfassung tat, aber sie zog es vor, mit ihrem Hund auf dem Sofa zu kuscheln, statt laufen zu gehen.

Genau genommen zog sie so ziemlich alles dem Laufen vor.

»Danke«, sagte Arden und schob die Gedanken an Liams Körper beiseite. Und die Art, wie seine Jeans sich an seine kräftigen Oberschenkel schmiegte. Oder wie gut sein Hintern darin aussah. *Sehr* gut sogar.

Tatsächlich erinnerte er sie an den Hintern von *Captain America* – alias Chris Evans.

Sie konnte nichts dagegen tun, sie hatte eine Schwäche für Hintern.

»Gern geschehen«, sagte Liam mit einem tiefen, raunenden Tonfall.

Verdammt sollte er sein.

»Also …«, begann sie, verstummte jedoch sogleich.

»Also«, sagte auch er und räusperte sich. »Es tut mir leid, dass ich nicht angerufen habe.«

Sie versteifte sich. Sie gab sich alle Mühe, gelassen zu wirken, obwohl vermutlich das Gegenteil der Fall war. Offenbar wollte er offen darüber reden. Das war gut. Aber sie hatte keine Ahnung, was sie als Nächstes sagen sollte. »Oh?«

»Unmittelbar nach unserer Begegnung sind in meinem Leben ein paar Dinge passiert, die mich ziemlich durcheinandergebracht haben. Also bitte ich dich um Verzeihung. Normalerweise bin ich nicht so ein Idiot.«

»Oh«, wiederholte sie nur. *Es sind ein paar Dinge passiert?* Das war zwar vage, aber immerhin hatte er sich entschuldigt. Außerdem hatten sie im Krankenhaus nur ein paar Worte miteinander gewechselt und er hatte ihr nie versprochen, sie anzurufen. Sie beschloss, die Sache einfach abzuhaken. Schließlich musste sich nicht alles um sie drehen.

»Es ist schon in Ordnung. Wirklich. So etwas kommt vor«, sagte sie aufrichtig. Nur weil sie wegen ihrer Probleme niedergeschlagen war, musste sie sich ihm gegenüber nicht wie eine Zicke verhalten.

»Danke für dein Verständnis. An deiner Stelle hätte ich mir wahrscheinlich ein paar Schimpfworte an den Kopf geworfen.«

»Nun, es ist gut möglich, dass ich dich ein paarmal in Gedanken verflucht habe«, gestand sie mit einem Lächeln.

»Er grinste. »Der Punkt geht an dich. Also, was machst du beruflich?«

»Hauptsächlich betreibe ich Recherche«, erklärte sie. Das war der einfachste Weg, um einem Außenstehenden ihren Job zu erklären, der nichts mit der literarischen Welt zu tun hatte. Selbst ihre Brüder verstanden kaum, was sie tat.

»Wirklich? Was für eine Art von Forschung?«, wollte Liam wissen.

Sicher hakte er nur nach, weil er höflich sein wollte, zumal sie sich sehr vage ausgedrückt hatte. »Ich unterstütze Autoren, indem ich bestimmte Details für sie recherchiere, die ihnen bei ihrem Schaffensprozess helfen. Außerdem erstelle ich Buchkompendien. Du weißt schon, eine Übersicht über die Charaktere und den zeitlichen Verlauf der Geschichte. Das ist viel Papierkram, aber die Arbeit macht mir Spaß.«

Für einen Moment weiteten sich Liams Augen, bevor er die Lippen zu einem Lächeln verzog. »Das klingt toll. Und sehr hilfreich.«

Sie nickte und hoffte, dass sie nicht zu stark errötete. Seine Stimme brachte sie völlig aus dem Konzept. »Und was machst du beruflich?«

»Ich, äh, schreibe«, antwortete er schlicht und senkte den Blick auf die Kaffeetasse, die er mit beiden Händen umfasste. Er beugte sich vor, um Jasper am Kopf zu kraulen.

Arden runzelte die Stirn. »Du schreibst«, stellte sie fest.

Liam zuckte mit den Schultern. »Ja, ich bin Autor. Entschuldige, ich tue mich mit der Frage immer schwer.« Er lachte. »Früher war ich Model, aber ich war es irgendwann leid, immer nur ›Schönling‹ genannt zu werden. Außerdem gefiel mir der Lebensstil in der Branche nicht. Und sobald man Zeichen des Alterns zeigt, ist man nicht mehr gefragt. Also, ja, heute bin ich Schriftsteller.«

»Das war aber eine ganze Menge auf einmal«, erwiderte sie lächelnd. »Es ist nicht zu übersehen, dass du gut aussiehst. Aber keine Sorge, ich werde dich nicht ›Schönling‹ nennen. Trotzdem bin ich beeindruckt, dass du als Model gearbeitet hast.«

»Es ist nicht so beeindruckend, wie du vielleicht denkst. Ich war jung und konnte auf diese Weise meinen Lebensunterhalt bestreiten. Mein jetziger Job ...«

»Ich werde dich nicht nach deinem Pseudonym fragen, da du es bisher nicht erwähnt hast. Und ich werde dir auch nicht die üblichen Fragen darüber stellen, ob ich schon von dir gehört habe, ob deine Bücher in Buchhandlungen ausliegen oder ob du Kinderbücher schreibst. Ganz sicher werde ich nicht so etwas sagen wie: ›Ich wollte schon immer mal ein Kinderbuch schreiben.‹ Ich habe mit vielen Autoren zusammengearbeitet und weiß, dass solche Fragen nicht angebracht sind.«

Er starrte Arden an, blinzelte ein paarmal und warf dann lachend den Kopf in den Nacken. Sie stimmte kopfschüttelnd mit ein.

»Ja, es ist erstaunlich, wie viele Leute in Verlegenheit geraten, wenn sie erfahren, dass man Autor ist«, erwiderte Liam. »Dann stellen sie Fragen wie: ›Wirklich? *Echte* Bücher?‹«

»Nein, die imaginären«, platzte Arden lachend heraus.

»Genau. Und dann erzählen sie mir, dass sie gerade selbst an einem Manuskript arbeiten. Oder sie behaupten, sie wollten schon immer Autor werden und müssten nur die Zeit dafür finden.«

»Als sei das so einfach.«

»Das ist es nicht. Ich liebe das Schreiben, aber es ist ein harter Job. Zweifellos sind viele Autoren heilfroh, dass du ihnen einen Teil der Arbeit abnimmst.« Er hielt inne und schüttelte den Kopf. »So habe ich es nicht gemeint.«

»Keine Sorge, ich weiß. Ich schreibe die Bücher nicht für sie, aber ich helfe ihnen beim Schaffensprozess. Ich bin ein Rädchen im Getriebe und ein fester Bestandteil des Teams. Damit bin ich vollauf zufrieden.«

Liam lachte. »Ich wette, deine Auftraggeber sind dir sehr dankbar. Du scheinst sehr bodenständig zu sein, also verrate ich dir mein Pseudonym. Es lautet L. M. Berry. Meine Spezialität sind historische Thriller.«

Völlig fassungslos lehnte Arden sich zurück. Ihr Mund war wie ausgetrocknet, während sie einen ihrer absoluten Lieblingsautoren anstarrte. Sie las zwar am liebsten Liebesromane und Jugendbücher, aber L. M. Berry war einmalig. Seine Werke ließen ihr Herz höherschlagen.

Die Erkenntnis, dass der Autor und der attraktive Mann, der ihr gegenübersaß, ein und dieselbe Person waren, war unglaublich.

Sie spürte, wie ihr Gesicht knallrot anlief, und rang nach Worten.

»Arden? Geht es dir gut?«, fragte Liam.

»Meine Güte. Das gibt's doch nicht.« Den letzten Satz schrie sie fast heraus und war dankbar, dass sonst niemand in Hörweite war. »Es tut mir leid«, fügte sie hastig hinzu. »Ich schwöre, ich werde dich nicht anfallen wie ein tollwütiger Fan. Aber ich liebe deine Bücher«, gestand sie, bevor sie sich vorbeugte, um Jasper den Kopf zu kraulen. »Du bist natürlich auch nicht tollwütig.«

Liam entfuhr ein Lachen. »Dann hast du also von mir gehört. Es ist immer seltsam, einem Fan zu begegnen.«

»Oh, das kann ich verstehen. Verzeih mir, aber ich liebe deine Arbeit wirklich. Ich bin *Literally Addictive Research*.« Sie lachte. »Vielmehr ist das der Name meiner Firma. Ich habe schon für dich recherchiert und deine Serienbibel erstellt. Es ist nicht zu fassen.«

Liam lehnte sich in seinem Stuhl zurück und betrachtete sie mit einem Funkeln in den Augen. Ungläubig schüttelte er den Kopf. »Du hast mir sehr geholfen. Besonders mit einem Handlungsstrang, der mir beim vorletzten Band Probleme bereitet hat. Ich kann mich nicht erinnern, worum genau es ging, aber ich habe dich in den Danksagungen erwähnt. Verdammt, ich wusste nicht einmal, dass deine Firma einen Namen hat. Ich kannte nur das Kürzel *LAR*.«

»Und ich wusste nicht, dass L. M. Berry für Liam Montgomery Berry steht.«

Liam schüttelte lachend den Kopf. »Den Namen Berry habe ich aus einer Laune heraus hinzugefügt, nachdem ich einmal in betrunkenem Zustand ein paar Beeren gegessen hatte. Kein Witz.«

Arden riss die Augen auf und schnaubte. »Wirklich?«

»Wirklich. Ich glaube, meine Lektorin schickt dir demnächst mein neuestes Manuskript zu. Das ist einfach verrückt.«

Arden klatschte vergnügt in die Hände und wippte aufgeregt auf ihrem Stuhl auf und ab. »Oh, sie hat es mir schon geschickt. Momentan lese ich es rein zum Vergnügen und bin schon zur Hälfte durch. Wenn ich fertig bin, werde ich es zerpflücken.«

Liam zuckte zusammen. »Autsch.«

»Ach, sei still. Du weißt genau, dass ich dir nur dabei helfe, deine Notizen zu ergänzen. Du hast alles im Griff. Das Buch ist übrigens hervorragend. Aber was genau hat Nash eigentlich vor?«, platzte sie heraus, bevor sie sich eines Besseren besinnen konnte.

»Das wirst du noch früh genug erfahren. Hab etwas Geduld«, sagte Liam.

»Dann kann ich dir wohl keine Antworten entlocken, indem ich dir einen Kaffee ausgebe?«

»Ich habe bereits bezahlt, Arden.«

»Der Punkt geht an dich«, konterte sie mit den Worten, die er zuvor selbst benutzt hatte.

Sie unterhielten sich noch eine Weile angeregt und lachten viel, wobei sie hin und wieder eine Pause einlegten, um nach Jasper zu sehen. Arden hatte das Gefühl, dass sie schon lange nicht mehr einen so schönen Tag gehabt hatte.

Nachdem sie ihren Kaffee ausgetrunken hatten, begleitete er sie nach Hause. Sie fragte sich, warum sie ihn noch nie in der Gegend gesehen hatte, obwohl er praktisch um die Ecke wohnte. Da er jedoch Schriftsteller war und vermutlich genau wie sie im Homeoffice arbeitete, war es eigentlich nicht verwunderlich. Es gab Tage, an denen sie außer ihren direkten Nachbarn niemanden zu Gesicht bekam.

»Es war wirklich schön«, sagte Liam und steckte die Hände in die Hosentaschen, als sie vor ihrer Haustür stehen blieben.

»Ja, das war es«, stimmte sie mit einem Lächeln zu.

»Vielleicht können wir das bald wiederholen«, schlug Liam vor und drückte ihr sanft einen Kuss auf die Wange.

Es war zwar nicht ihr Mund, aber so dicht daneben, dass Arden unwillkürlich den Atem anhielt.

Als er sich vorbeugte, begegnete sie seinem Blick. Mit wild pochendem Herzen öffnete sie leicht die Lippen, doch er küsste sie nicht. Im Grunde war sie dafür dankbar, denn sie wusste nicht, ob sie bereit dafür war. Momentan hatte sie keine Ahnung, ob sie überhaupt für irgendetwas bereit war.

Trotzdem nickte sie unwillkürlich und antwortete mit einem entschlossenen »Gern«, während sie sich fragte, was genau er mit »bald« meinte. Aber sie hatte das Gefühl, dass er sie diesmal anrufen würde.

Zudem hatte sie jetzt auch seine Nummer.

Gar nicht schlecht für einen Tag. Sie trat ins Haus, nahm das Buch zur Hand, von dem sie nun wusste, dass es aus der Feder von Liam Montgomery stammte, und fragte sich, was wohl als Nächstes geschehen würde.

KAPITEL SIEBEN

Wegen Nash und Penny würde Liam noch Migräne bekommen. Tatsächlich hatte ihm jedes Wort, das er heute getippt hatte, bereits Kopfschmerzen bereitet.

Dass Schreiben harte Arbeit war, hatte er gewusst. Aber heute? Am liebsten wäre er in den Monitor gekrochen, um seine beiden Hauptfiguren eigenhändig zu erwürgen.

Vielleicht bekam er jetzt die Quittung, dass er es sich bisher leicht gemacht und sich die gesamte Reihe hindurch auf einen Protagonisten beschränkt hatte.

Bis zu diesem Zeitpunkt hatte Nash in acht Bänden im Alleingang die Welt gerettet und ein Artefakt nach dem anderen geborgen. Dabei hatte Liam ihn durch die Hölle gehen lassen. Nash hatte seine Eltern, seinen Bruder und so gut wie jeden Freund verloren, den er je gewonnen hatte. Einmal hatte Liam ihn sogar sterben lassen, nur um ihn kurz darauf wiederzubeleben. Zu gern hätte Liam ihm anhand von Magie wieder Leben eingehaucht, doch sein Verlag hatte sich dagegen gesträubt. Also hatte er auf die gewöhnliche Reanimation und eine Adrenalin-Injektion zurückgegriffen.

Liam hatte Nash gehörig durch die Mangel gedreht, doch der Mann lebte noch und rettete weiterhin die Welt. Nun, zumindest den Teil der Welt, in dem er sich gerade befand, denn nicht in jedem Band drohte gleich eine Apokalypse.

Hm, eigentlich war das gar keine schlechte Idee ...

Liam lehnte sich in seinem Schreibtischstuhl zurück und rieb sich mit der Hand übers Gesicht. Er sollte sich rasieren, langsam wurden die Bartstoppeln wirklich zu lang. Doch er zwang sich zur Konzentration, oder versuchte es zumindest.

Was wäre, wenn eine Apokalypse drohte, die nur durch ein einziges Artefakt abgewendet werden könnte? Würde er einen solchen Plot realisieren können?

Möglicherweise.

Er öffnete eine Datei, in der er seine Notizen abspeicherte, und fügte einige Ideen für das nächste Buch hinzu. Vielleicht auch das übernächste.

Er schrieb ein Buch pro Jahr und verbrachte fast acht Monate mit der Recherche historischer Fakten.

Gelegentlich bediente er sich auch des magischen Realismus und webte Zeitreisen in die Handlung mit ein, aber trotz allem legte er großen Wert darauf, dass die historischen Gegebenheiten stichhaltig waren. Andernfalls würden ihm seine Leser einen Strick aus jedem Fehler drehen.

Manchmal hatte er das Gefühl, dass seine Leser jedes noch so kleine Detail genau überprüften. Das bedeutete, dass Liam sich doppelt absichern musste.

Aber ein echter Weltuntergang?

Hm. Das könnte Spaß machen.

Leise lachend schloss er das Fenster auf seinem zweiten Bildschirm und kehrte zu seinem Manuskript zurück. Der blinkende Cursor schien ihn förmlich zu verhöhnen.

Aber bevor er sich mit Ideen für eine Apokalypse oder der historischen Genauigkeit bestimmter Fakten auseinandersetzen konnte, musste er sich auf seine neue Hauptfigur konzentrieren.

Penny.

Ursprünglich hatte er nicht geplant, sie zu einer Protagonistin zu machen. Im Laufe der Serie hatte Nash zwar immer wieder flüchtige Affären genossen, aber keine von ihnen war sonderlich ernst gewesen. Liam legte zwar Wert darauf, dass die Frauen in seinen Büchern nicht nur dazu dienten, die Fantasie der männlichen Leser anzuregen. Er verabscheute es, wenn andere Autoren sich dazu hinreißen ließen. Aber Nash war nie in einer Position gewesen, in der er sich hätte häuslich niederlassen oder überhaupt an eine feste Bindung denken können. Sein Protagonist blickte ständig dem Tod ins Auge, sodass die Menschen, die ihm nahestanden, ebenfalls in Gefahr schwebten. Liam hatte nie eine Nebenfigur einem solchen Risiko aussetzen wollen. Doch Penny hatte offenbar andere Pläne.

Penny war Lehrerin und hatte zufällig ein fotografisches Gedächtnis, in dem sie unzählige historische Fakten abgespeichert hatte, auf die Nash angewiesen war. Er konsultierte sie immer öfter, wenn er wieder einmal nicht weiterwusste.

Penny war klug, sarkastisch und zwang Nash dazu, sich mit seiner Zukunft auseinanderzusetzen.

Allerdings konnte Liam ihm dabei nicht helfen.

Die beiden tanzten nun schon seit einer Weile umeinander herum, sodass Penny fast genauso viel Raum beanspruchte wie Nash. Liam war fasziniert von dieser Entwicklung, obwohl es ihm bisweilen schwerfiel, sich in eine andere Figur hineinzuversetzen. Aber vielleicht war das ein Segen. Vielleicht musste er genauso wachsam bleiben wie Nash.

Langsam erreichte Liam jedoch einen Punkt in der Serie, an dem er entscheiden musste, ob Nash zu einer festen Bindung mit Penny bereit war oder ob eine Trennung der beiden – oder sogar Schlimmeres – unvermeidlich war.

Liam wollte sich eigentlich noch nicht festlegen, aber sein Verleger drängte ihn zunehmend zu einer Entscheidung.

Ihm gefiel die Idee, Nash als den ewigen Draufgänger im Stile eines James Bond darzustellen, aber Liam hatte sich damit nie so richtig anfreunden können. Er hatte Pläne für seinen Helden. Er stellte sich vor, dass Nash eines Tages erwachsen werden und eine Familie gründen würde, während er natürlich weiterhin die Welt rettete. Doch er würde die Menschen, die ihm nahestanden, aus einer gefestigten Position beschützen können.

Liam verzog das Gesicht, speicherte sein Dokument erneut und schaltete den Computer aus.

Eine Familie? Was für ein Schwachsinn. Er wurde nicht einmal aus seiner eigenen Sippe schlau. Wie zum Teufel sollte er für Nash das ewige Glück erschaffen?

Er war es leid. Vielleicht sollte er die Reihe einfach zu Schutt und Asche zerfallen lassen und sich einem neuen Projekt zuwenden, in dem die Charaktere an Depressionen litten und zu viel tranken.

Er kniff sich in die Nasenwurzel und unterdrückte einen Seufzer.

»Ich brauche ein Privatleben«, murmelte er vor sich hin, stand auf und holte sich ein Glas Wasser. Ein Whisky mit einem einzelnen Eiswürfel wäre ihm deutlich lieber gewesen, aber er wollte tagsüber keinen Alkohol anrühren. Er hielt ohnehin nichts davon, betrunken zu schreiben und nüchtern zu redigieren.

Er brauchte einen klaren Kopf, wenn er sich mit seinen Figuren auseinandersetzte, die zuweilen genug faselten.

Da musste er nicht noch nachhelfen, indem er sich betrank.

Liam schenkte sich ein Glas Wasser ein und leerte es in einem Zug. Er überlegte, ob er heute noch etwas zu tun hatte, und kam zu dem Schluss, dass er keinerlei Verpflichtungen hatte.

Weder Hausarbeit noch Gartenarbeit noch irgendwelche anderen Aufgaben.

Oh, es gab durchaus etwas zu tun, doch er weigerte sich. Stattdessen wollte er einfach nur herumsitzen und sich in seinem Elend suhlen.

Timothy Montgomery war nicht sein Vater.

Wie sollte er damit umgehen? Wie sollte er einfach so tun, als sei alles in bester Ordnung und als hätten ihre Lügen keinerlei Bedeutung?

Was sollte er mit der Information anfangen, dass es irgendwo einen Mann namens Steve gab, der weder ihn noch seine Mutter gewollt hatte? Diesem Kerl schien es völlig gleichgültig zu sein, dass er eines Tages zufällig seinem Sohn begegnen könnte, ohne es zu ahnen.

Sah Liam diesem Steve ähnlich? Bisher war Liam davon ausgegangen, dass er die Züge von Timothy geerbt hatte, doch er hatte sich geirrt.

Offenbar verdankte er sein markantes Kinn, seine breiten Schultern und sein Lächeln nicht seinem Vater. Oder vielmehr Timothy. Stammte all das von Steve?

Er wusste es nicht, und da er keine Antworten hatte, war er kaum in der Lage, einen klaren Gedanken zu fassen.

Als hätte seine Mutter gespürt, dass er sich gerade den Kopf zerbrach, vibrierte sein Handy auf der Küchentheke. Er warf einen Blick auf das Display.

Darauf erschien ein albernes Foto von seiner Mutter und ihm, auf dem sie beide die Zunge herausstreckten. Er schüttelte den Kopf und fragte sich, was sie in jenem Moment gedacht hatte.

War sie glücklich gewesen? Oder hatte sie sich insgeheim überlegt, wann und ob sie ihm beichten würde, dass sie ihn sein ganzes Leben lang belogen hatte?

Vermutlich hätte er sich sogar damit abgefunden, dass er genetisch nicht mit Timothy verwandt war. Immerhin gab es in seiner Familie Cousins mit Adoptivkindern oder sogar mit zweiten Ehepartnern. Vielleicht wäre das für ihn also kein Problem gewesen. Aber die Tatsache, dass sie ihn über dreißig Jahre lang belogen hatten? Er war sich nicht sicher, ob er das jemals verwinden würde.

Er warf erneut einen Blick auf das Foto, ließ es noch einmal klingeln und drückte dann auf die rote Taste, um den Anruf auf die Mailbox weiterzuleiten.

Dabei hatte er nicht einmal ein schlechtes Gewissen.

Wie konnte er sich auch schuldig fühlen, wenn er im Grunde nichts empfand?

Seine Mutter rief nicht noch einmal an, was ihm tatsächlich zu denken gab. Hatte sie aufgegeben? Plagte sie das schlechte Gewissen? Gut so. Er war belogen und betrogen worden, verdammt noch mal. Und alle erwarteten von ihm, dass er einfach darüber hinwegkam. Scheiß drauf. Er war kein Montgomery. Wie sollte er darüber hinwegkommen?

Er betrachtete die Tätowierung auf seinem Arm.

Dort prangte das Familienwappen.

Dabei war er nur zur Hälfte mit ihnen blutsverwandt.

Diejenigen, die in die Familie einheirateten, bekamen dieselbe Tätowierung. Aber Liam hatte sich nie bewusst dafür entschieden, weil er nie an seiner Herkunft gezweifelt hatte. Doch dann musste er feststellen, dass er sich geirrt hatte.

Gerade als er darüber nachdachte, was er zum Abendessen kochen sollte, klingelte es an seiner Tür. Im nächsten Moment wurde sie geöffnet. Das Läuten war wohl nur eine Formalität gewesen, mit der seine Geschwister sich ankündigten.

Es spielte keine Rolle, dass er abgeschlossen hatte. Sie alle besaßen einen Schlüssel.

»Verschwindet«, knurrte er aus der Küche, wo er den Kopf in den Kühlschrank gesteckt hatte.

»Wir werden nicht verschwinden. Du wirst dich wohl oder übel mit uns abfinden müssen«, konterte Bristol, als sie beladen mit diversen Vorratsbehältern in die Küche marschierte. Ethan und Aaron folgten ihr und begrüßten Liam mit einem Knurren. Während Ethan mehrere Bierflaschen in den Händen hielt, schleppte Aaron weitere Schüsseln. In seine Armbeuge hatte er zusätzlich eine Tüte Chips geklemmt.

»Wie ich sehe, wollt ihr eine Party feiern, ohne mich zu fragen, ob ich überhaupt Lust dazu habe«, blaffte Liam, wohl wissend, wie unfreundlich er klang. Aber stand ihm das nicht zu?

»Ja, wir haben etwas zu essen und zu trinken mitgebracht und wollen etwas Zeit mit dir verbringen. Oh, du Armer, du hast Leute um dich, die dich lieben.« Bristol stellte die Behälter auf der Anrichte ab und boxte ihm spielerisch gegen den Oberarm. »Hör auf, dich wie ein Idiot zu benehmen. Wir lieben dich. Also lass uns für dich da sein.«

»Du musst das nicht gleich mit so viel Überzeugung hinausposaunen«, meinte Ethan trocken, während er die Bierflaschen im Getränkekühlschrank verstaute. Liam hatte sogar einen Weinkühlschrank installiert, wo früher die alte Müllpresse gestanden hatte. Doch im Moment wollte er nicht, dass jemand die Schränke füllte. Er hatte keine Lust auf Gesellschaft. Stattdessen wollte er sich einfach nur in seinem Elend suhlen. Warum konnten die Montgomerys das nicht verstehen?

Der Gedanke traf ihn wie ein Schlag in die Magengrube.

Die Montgomerys. Als würde er nicht zu ihnen gehören.

Denn das tat er nicht. Herrgott.

»Ich kann gern so tun, als sei ich verrückt, wenn du willst«, sagte Bristol. »Aber eigentlich bin ich das von Natur aus. Also wirst du mit uns Videospiele spielen und geschichteten Dip, hausgemachte Guacamole und dieses Mozzarella-Auflauf-Ding essen, das ich zubereitet habe. Und es wird dir schmecken. Außerdem haben wir Bier dabei. Wir wissen, dass du gern Bier trinkst.«

»Mozzarella-Auflauf-Ding?«, fragte Liam, wobei ein Lächeln seine Lippen umspielte.

»Ich habe den Namen vergessen. Aber es enthält Frischkäse, scharfe Soße und Hähnchen. Es schmeckt wirklich gut. Glaub mir, nach ein paar Bier wirst du dich mit mir darum streiten.«

»Und was, wenn ich schon etwas vorhabe?«, fragte Liam, lehnte sich gegen die Anrichte und verschränkte die Arme vor der Brust.

Aaron schnaubte und musterte Liam von Kopf bis Fuß. Liam erwiderte die Geste.

»Ich glaube nicht, dass du mit einer löchrigen Hose und einem ärmellosen Hemd vor die Tür gehen willst«, spottete Aaron. »So würdest du dich doch nicht in der Öffentlichkeit zeigen. Wir kennen dich. Du bist ohnehin ein Stubenhocker, aber wenn du schlechte Laune hast, verschanzt du dich regelrecht.«

Liam zeigte Aaron den Mittelfinger und half Bristol, die Behälter zu öffnen.

»Ich will nicht darüber reden«, knurrte Liam.

»Wir müssen nicht reden«, warf Ethan ein. »Jedenfalls nicht gleich. Wenn wir erst einmal ein paar Bier intus haben, werden wir vielleicht neugierig und emotional. Aber fürs Erste können wir uns in Schweigen ergehen.«

»Ich habe das unbestimmte Gefühl, er macht sich gerade über uns Frauen lustig, aber ich weiß nicht genau wie«, bemerkte Bristol, während sie eine Tüte Chips öffnete und den Inhalt in eine von Liams großen Schüsseln kippte.

»Ich mache mich nicht über Frauen lustig«, erwiderte Ethan gedehnt. »Eigentlich war das ein Seitenhieb gegen uns selbst. Erst knurren wir uns an und weigern uns, miteinander zu reden. Aber kaum haben wir ein paar Drinks intus, lockert der Alkohol unsere Zungen und wir unterhalten uns.«

»Ich will heute aber nicht reden«, versicherte Liam ihnen. »Ich musste mich heute schon mit Nashs

Charakter herumschlagen und habe keine Lust, mich auch noch mit meinem eigenen auseinanderzusetzen.«

»Du denkst also nicht, dass du etwas von dir selbst in deine Figuren einfließen lässt?«, fragte Aaron und musterte ihn mit ernstem Blick.

»Wie viele Folgen von *Criminal Minds* schaust du dir eigentlich pro Tag an?«, konterte Liam lachend und überraschte sich damit selbst. Bis jetzt war ihm nicht zum Lachen zumute gewesen. Das war ein Fortschritt.

»Willst du damit etwa andeuten, dass du ein Serienmörder bist? Oder dass du das Potenzial hast, ein Serienmörder zu werden? Verrate uns doch, wie es dir dabei ergeht«, forderte Aaron mit einem Augenzwinkern.

»Er sieht sich diese Serie wirklich viel zu oft an«, meldete Bristol sich zu Wort.

»Was soll ich sagen? Die ersten drei Staffeln waren fantastisch. Aber als Mandy Patinkin ausgestiegen ist, ging es nur noch bergab.«

»Bitte fang nicht wieder mit Mandy an.«

»Hey, er hat Inigo Montoya gespielt. Er ist einer der größten Schauspieler aller Zeiten.«

Liam begegnete Ethans Blick, und im nächsten Moment brachen beide in schallendes Gelächter aus. Liam bebte am ganzen Körper, während Aaron weiter über die Tiefe von Mandy Patinkins Charaktere philosophierte.

»Hör auf, über diesen Mann zu reden«, meinte Ethan und wischte sich die Tränen aus den Augen.

»Ich kann nicht anders. Immerhin habe ich Liam

damit zum Lachen gebracht. Ich glaube, ich habe gewonnen.«

Schlagartig erstarb Liams Lachen und er verengte die Augen. »Habt ihr etwa gewettet, wer mich als Erster zum Lachen bringt? Falls ja, mache ich euch die Hölle heiß.« Er wandte sich seiner Schwester zu und bedachte sie mit einem finsteren Blick. »Und dir auch. Glaub bloß nicht, dass ich dich verschonen werde.«

Bristol verdrehte die Augen und hob abwehrend die Hände. »Es gab keine offizielle Wette, okay? Wir hatten es nur angesprochen. Aber du hast gelacht, also geht der Punkt an Aaron. Und wir haben alle gewonnen. Und jetzt lasst uns das Essen ins Wohnzimmer bringen. Ich würde sagen, wir spielen zuerst Mario Kart.«

»Meine Güte, du wirst zur Furie, wenn du Mario Kart spielst«, brummte Ethan und schnappte sich die Guacamole und die Chips.

»Das ist wahr. Deshalb spielen wir es, bevor wir betrunken sind. Ihr werdet nämlich gewalttätig und flucht wie die Kesselflicker, wenn ihr betrunken spielt.«

»Das ist nicht unsere Schuld. Mario Kart ist ein gewalttätiges Spiel«, erklärte Ethan, während Liam den Kopf schüttelte.

Eigentlich wollte Liam sie nicht um sich haben, aber er konnte sie nicht einfach vor die Tür setzen.

Er war keineswegs über die Sache hinweg und wusste immer noch nicht, wie er damit umgehen sollte. Aber seine Geschwister würden nicht lockerlassen.

Irgendwann würde er ihnen dafür dankbar sein.

Aber im Moment? Im Moment würde er mit seiner

Familie Mario Kart spielen und sie in Grund und Boden stampfen.

Nach einem zweistündigen Spielmarathon hallten die Schimpfwörter durch die Luft, das Bier ging allmählich zur Neige und alle waren satt und zumindest zufrieden.

Liam weigerte sich, das Wort »glücklich« zu benutzen, denn das war keine treffende Beschreibung seines momentanen Gemütszustands, aber seine Geschwister brachten ihn immer wieder zum Lachen. Außerdem war es das reinste Vergnügen, Ethan dabei zuzusehen, wie er von allen anderen vernichtend geschlagen wurde. Ethan war fraglos der schlechteste Mario-Kart-Spieler der Welt.

»Manipuliert«, schrie Ethan. »Das ganze Spiel ist manipuliert.«

Liam schüttelte nur den Kopf. »Sicher. Nintendo scheut keine Mühen, um sicherzustellen, dass Ethan Montgomery kein Rennen gewinnt. Das ist alles eine Verschwörung.«

»Danke. Das sage ich auch immer«, meldete Aaron sich zu Wort. Liam begegnete seinem Blick und sie prusteten los. Ethan war ein brillanter Computerchemiker, aber was Videospiele anging, war er unfähig. Ihm beim Verlieren zuzusehen war jedoch das reinste Vergnügen und machte den Nachmittag perfekt.

Während sie eine kurze Pause einlegten, um für Ordnung zu sorgen und mehr Essen aus der Küche zu holen, warf Liam einen Blick auf sein Handy. Nach drei

Bier hatte sich seine Stimmung deutlich gebessert, also schrieb er Arden eine Nachricht.

Liam: *Bleibt es bei unserer Verabredung morgen?*

Arden antwortete nicht sofort, aber zum Glück waren seine Geschwister noch in der Küche beschäftigt.

Arden: *Auf jeden Fall. Hast du einen schönen Abend?*

Liam grinste.

Liam: *Ja, meine Geschwister sind hier und wir spielen Videospiele, als seien wir zwölf.*

Arden: *Meine Brüder sind auch da, aber wir spielen Scrabble. Ich hätte auch lieber Videospiele gezockt, aber ich habe den Münzwurf verloren.*

Liam musste unwillkürlich lachen. In diesem Moment kamen seine Geschwister zurück ins Wohnzimmer und beäugten ihn argwöhnisch.

Liam: *Bist du etwa nicht gut in Scrabble?*

Arden: *Oh, ich bin unschlagbar. Schließlich gehört die Wortfindung zu meinem Job. Aber ich würde heute Abend wirklich lieber etwas anderes spielen. Ich freue mich, dass du dich amüsierst.*

Liam: *Nun, ich hoffe, dein Abend wird auch noch spannender. Ich muss jetzt Schluss machen. Meine Geschwister sind zurück, was bedeutet, dass ich ihnen die nächste Abreibung verpassen muss.*

Arden: *Zeig's ihnen. Bis morgen.*

Grinsend steckte Liam sein Handy zurück in die Tasche. Als er aufblickte, standen seine Geschwister vor ihm und starrten ihn erwartungsvoll an.

»Was ist?«, fragte Liam und suchte nach seinem Controller.

»Wem hast du geschrieben?«, trällerte Bristol.

»Niemandem«, brummte Liam. Wahrscheinlich hätte er Arden nicht schreiben sollen, während seine Geschwister zu Besuch waren, aber die drei Bier hatten ihn wohl beflügelt.

»Ganz sicher ist es eine Frau«, meinte Bristol und wandte sich ihren anderen Brüdern zu.

Ethan und Aaron tauschten einen vielsagenden Blick und bedachten Liam mit einem diabolischen Grinsen. Die beiden waren zwar keine Zwillinge, aber manchmal verhielten sie sich so. Es war geradezu unheimlich.

»Wirklich? Wem hast du geschrieben?«, hakte Ethan nach und zuckte dann mit den Schultern. »Ich wette, es ist das Mädchen aus dem Krankenhaus.«

Liam erstarrte. »Wie bitte?«

»Wir haben dich alle mit ihr gesehen, auch wenn wir uns Mühe gegeben haben, uns unauffällig zu verhalten. Wie war noch mal ihr Name?«

Liam knurrte, aber er wusste, dass er nun mit der Sprache herausrücken musste. »Sie heißt Arden. Und ja, sie ist das Mädchen aus dem Krankenhaus. Ich habe mich anfangs nicht bei ihr gemeldet, aus Gründen, auf die wir jetzt nicht näher eingehen wollen. Ihr versteht, was ich meine?« Die drei nickten. »Offensichtlich wohnt sie gleich um die Ecke, und wir sind uns zufällig begegnet, als ich ihren Hund eingefangen habe.«

»Oh, wie süß«, begann Bristol, verstummte jedoch, als Liam sie mit einem finsteren Blick fixierte.

»Wir haben uns für morgen verabredet. Ich wollte

mich nur vergewissern, dass es dabei bleibt. Seid ihr jetzt zufrieden?«

»Und ob. Wir freuen uns für dich. Eine Verabredung. Arden ist sehr hübsch.«

»Es ist irgendwie niedlich, dass ihr beide euch gleich zweimal auf so verrückte Weise begegnet seid«, sagte Ethan. Als die anderen ihn mit seltsamen Blicken beäugten, warf er entnervt die Hände in die Luft. »Was ist denn? Ich habe eben eine Schwäche für Romantik. Verklagt mich doch.«

»Wie dem auch sei«, fuhr Liam fort, »ich glaube nicht, dass sie oft ausgeht, deshalb wollte ich mich vergewissern, dass sie immer noch Lust hat, etwas zu unternehmen.«

»Du gehst auch nicht oft vor die Tür, Schönling«, erwiderte Bristol grinsend.

»Fick dich«, knurrte Liam und bedachte seine Brüder mit einem vernichtenden Blick. »Und fickt euch beide.«

»Nein danke«, entgegneten die beiden im Chor und klatschten einander ab.

Meine Güte, kaum hatten sie ein paar Bier getrunken, verwandelten sie sich in zwei Schwachköpfe. Eigentlich galt das für sie alle, ihn eingeschlossen.

»Wie dem auch sei, ich treffe mich morgen mit Arden. Also lasst mich in Frieden und lasst uns eine Runde spielen.«

»Willst du uns denn gar nichts über sie erzählen?«, fragte Bristol und setzte sich neben ihn.

»Viel weiß ich nicht über sie. Sie hat einen weißen Siberian Husky namens Jasper. Bei unserem letzten zufälligen Treffen war sein Gesicht allerdings blau verfärbt, weil er von ihrer blauen Lebensmittelfarbe genascht hatte.«

Bristol verzog die Lippen zu einem Lächeln. »Sie backt also? Ist sie Bäckerin?«

»Nein, sie ist keine Bäckerin. Tatsächlich arbeitet sie in meiner Branche. Wir haben sogar schon zusammengearbeitet, ohne uns dessen bewusst zu sein.«

»Das sind gleich drei verrückte Begegnungen«, rief Ethan freudig aus, woraufhin Aaron ihn spielerisch in den Bauch boxte. »Autsch. Wofür war das denn?«

»Es schien mir einfach angemessen«, antwortete Aaron trocken und griff nach seinem Controller. »Wie auch immer, Arden klingt sympathisch. Und dass ihr zusammenarbeitet, ist irgendwie cool.«

»Wir arbeiten nur entfernt zusammen. Aber es ist faszinierend.« Liam hielt inne und fragte sich kurz, ob er die nächsten Worte wirklich aussprechen sollte. Aber warum eigentlich nicht? Schließlich hatte er drei Bier getrunken. »Ich glaube, sie hat nicht viele Freunde. Selbst wenn es nicht klappen sollte, ist es irgendwie schön, sie kennengelernt zu haben, versteht ihr?«

»Oh, wie süß«, wiederholte Bristol. »Du magst sie.«

»Ich kenne sie kaum. Es ist nur eine Verabredung. Und ich kann ... ich weiß auch nicht, eine Ablenkung gebrauchen.«

»Nenn sie nicht Ablenkung, Mann«, warf Ethan ein. »Das ist degradierend.«

»Dem stimme ich zu«, meldete Aaron sich zu Wort.

»Ich auch«, warf Bristol ein. »Aber ich hoffe, du

amüsierst dich. Und sie auch. Und ich hoffe, ihr heiratet und bekommt einen Haufen Kinder. Das wäre wunderbar.«

»Und ... ich glaube, Bristol hat genug Bier für heute getrunken«, sagte Liam und nahm ihr die Flasche weg.

»Tequila!«, johlte sie. Die drei Brüder wechselten einen amüsierten Blick und brachen in schallendes Gelächter aus, bevor sie – wie könnte es anders sein – den Tequila holten.

KAPITEL ACHT

»Bitte geht. Bitte, bitte, bitte geht.« Arden verschränkte die Arme vor der Brust und flehte ihre Brüder förmlich an, ihr Haus zu verlassen. Ja, sie bettelte – in ihrem eigenen Zuhause! Als hätten sie das Recht, hier zu sein.

Wirklich? Herrje.

»Wir gehen ja schon.« Prior hob beschwichtigend die Hände, aber Arden konnte sehen, dass er sich nicht von der Stelle rührte. Keiner von ihnen bewegte sich. Ihre vier Brüder standen nach wie vor in ihrem Wohnzimmer und starrten sie an.

»Ihr geht nicht«, stellte Arden fest.

»Keine Sorge, wir gehen schon.«

Sie wartete darauf, dass Cross den Satz beendete, und wurde nicht enttäuscht.

»Wir gehen, sobald du uns erzählt hast, was du heute Abend mit Liam Montgomery vorhast.«

»Ich muss euch gar nichts erzählen«, entgegnete

Arden, trat auf sie zu und versuchte, sie aus dem Weg zu schieben. Allerdings ohne Erfolg, denn ihre Brüder waren alle über eins achtzig groß, breit und muskulös. Das genaue Gegenteil von ihr.

Verdammt sollten sie und ihre guten Gene sein. Im Gegensatz zu ihren Brüdern war Arden bei der Verteilung der Erbanlagen etwas zu kurz gekommen. Leider konnte sie ihre Brüder weder zwingen, sich ihrem Willen zu beugen, noch konnte sie ihnen etwas Anstand einbläuen.

»Ich hätte euch nicht davon erzählen sollen. Ich habe keine Ahnung, warum ich es überhaupt erwähnt habe.«

Das war ihr eine Lehre. Nie wieder würde sie ihnen von einer Verabredung erzählen. Aber sie waren einfach zum Mittagessen aufgetaucht und hatten sie überrumpelt. Ihre Brüder konnten von Glück reden, dass Arden sie liebte. Diese Kerle hatten nicht nur einen unstillbaren Appetit, sondern waren auch überfürsorglich. Als sie Arden beiläufig gefragt hatten, was sie heute vorhabe, hatte sie etwas von einer Verabredung gemurmelt. Seitdem bombardierten sie sie mit Fragen.

Sie wollten wissen, wer dieser Typ sei. Wie hatte er es wagen können, ihre kleine Schwester zum Essen einzuladen! Es schien ihnen vollkommen egal zu sein, dass Arden alt genug war, um mit Männern auszugehen.

Schließlich hatten sie ihr Liams Namen entlockt, weil sie von selbst darauf gekommen waren, wer der Mann war. Scheinbar war ihr Liebesleben derart unspektakulär, dass außer dem Typ im Krankenhaus niemand sonst infrage gekommen wäre.

Verdammt sollten sie alle sein.

»Geht einfach«, flehte Arden. »Ihr habt keinen Grund, euch darüber aufzuregen. Ich gehe lediglich mit einem Mann essen. Es ist nicht das erste Mal.«

»Heißt das, du hast dich schon öfter mit Liam Montgomery getroffen?«, fragte Macon und verengte argwöhnisch die Augen.

»Nein. Dies ist unsere erste Verabredung. Und genau deshalb muss ich jetzt duschen und mich zurechtmachen. Ich würde es vorziehen, heute Abend nicht wie eine Spinnerin auszusehen.«

»Du bist eine Spinnerin, aber du bist unsere Spinnerin«, sagte Nate in einem Versuch, die Stimmung aufzulockern. Aber Arden hätte ihm und dem Rest ihrer Brüder am liebsten einen Tritt in den Hintern versetzt.

»Er findet dich also nicht hübsch genug, wenn du dich nicht für ihn zurechtmachst? Was für ein Kerl ist das denn?«, knurrte Cross.

»Oh mein Gott. Nun geht schon.«

»Nein, auf keinen Fall. Ich habe ihn gegoogelt.«

Arden vergrub ihr Gesicht in den Händen. »Es ist nicht zu fassen.«

»Und wenn es nach uns ginge, würden wir eine Hintergrundüberprüfung durchführen lassen«, fügte Prior hinzu. Arden hoffte inständig, dass er nur einen Scherz machte, und glaubte, einen amüsierten Unterton in seiner Stimme zu hören.

»Er war früher Model«, stellte Cross fest. »Ein Model, Arden.«

Sie ließ die Hände sinken und hob trotzig das Kinn an. »Willst du damit etwa andeuten, er sei zu schön für mich? Glaubst du, ich bin seiner nicht würdig, weil er ein Model war? Wenn ja, dann trete ich dir gehörig in den Arsch, Cross Brady. Und ich werde dir dabei solche Schmerzen zufügen, dass du den Tag verfluchen wirst, an dem du behauptet hast, ich sei nicht gut genug für Liam Montgomery.«

»Das habe ich nicht gemeint«, sagte Cross hastig und hob abwehrend die Hände.

»Oh, ich glaube schon.« Natürlich dachte sie das nicht wirklich, aber nun war sie in Fahrt. Wenn sie ihn auf diese Weise dazu bewegen konnte, sich zu entschuldigen und zu gehen, dann wäre ihr das nur recht.

»Nein, das ist nicht wahr. Ich habe nur festgestellt, dass er früher Model war.«

»Und was ist falsch daran? Verurteilst du ihn dafür, dass er gearbeitet hat, um seinen Lebensunterhalt zu verdienen? Sollte er sich deiner Meinung nach für seine Vergangenheit schämen? Denn ich könnte eine ganze Liste von Dingen aufzählen, derer ihr euch schuldig gemacht habt. Zumindest hat er sein Geld auf altmodische Weise verdient.« Im nächsten Moment riss Arden die Augen auf und prustete los.

»Willst du damit etwa andeuten, dass wir unser Geld auf dem Strich verdienen könnten?«, fragte Prior und lachte ebenfalls.

»Ich habe wohl irgendwo den Faden verloren«, gab Arden zu. »Wie dem auch sei, ihr solltet jetzt wirklich gehen. Ich muss mich fertig machen. Damit meine ich nicht, dass er von mir verlangt, perfekt zu sein. Gott weiß, dass ich das nicht bin.«

»Du bist unsere perfekte kleine Schwester. Etwas anderes lassen wir nicht gelten«, entgegnete Macon.

»Und dafür liebe ich euch. Aber keiner von uns ist perfekt. So etwas wie Perfektion gibt es nicht. Nichtsdestotrotz muss ich jetzt duschen, mir die Haare frisieren und mir überlegen, was ich anziehen soll. Eben all den Mädchenkram, den die Frauen, mit denen ihr ausgeht, auch vor jeder Verabredung erledigen. So wie ihr bin ich kein Neuling. Ich bin schon mit Männern ausgegangen und hatte schon feste Freunde.« Nun, genau genommen hatte sie eine langjährige Beziehung gehabt, die jedoch in die Brüche gegangen war. Das musste sie nicht erst erwähnen. Ihre Brüder wussten darüber Bescheid. Nur allzu gut.

»Ich hatte sogar schon Sex«, verkündete Arden und beobachtete, wie ihre Brüder gleichzeitig erbleichten und dann ein Knurren ausstießen. »Ganz recht, ich hatte Sex.« Oh, das war das reinste Vergnügen. Wenn sie so weitermachte, würden sie vielleicht angewidert gehen. »Heißen, schmutzigen Sex. Und wer weiß, vielleicht habe ich heute Abend sogar Sex mit Liam Montgomery.« Verdammt. Damit war sie eindeutig zu weit gegangen.

»Auf keinen Fall wirst du heute mit ihm schlafen. Nicht wenn wir hierbleiben«, konterte Nate mit einem Grinsen, woraufhin Arden frustriert die Hände in die Luft warf.

»Hört endlich auf damit. Verzieht euch. Ich weiß, dass ihr gern die Beschützer spielt, und normalerweise seid ihr gar nicht so schlimm. Aber wenn ihr so weitermacht, überspannt ihr den Bogen wirklich. Wenn ihr nicht bald verschwindet, werde ich herausposaunen, wie unmöglich ihr euch verhaltet. Ich werde jedem Mädchen, an dem ihr ein Interesse zeigt, berichten, dass ihr unhöfliche Kontrollfreaks seid, die ihr das Leben zur Hölle machen werden. Und dass ihr euch in Machos verwandelt, die sich auf die Brust trommeln und ihren Besitzanspruch geltend machen, sobald ihre Freundin einen anderen Mann auch nur ansieht.«

»Schon gut, wir gehen ja«, knurrte Cross. »So schlimm sind wir nun auch wieder nicht.«

»Manchmal schon. Aber ich liebe euch trotzdem. Und jetzt raus hier. Danke für das Mittagessen und dafür, dass ihr immer für mich da seid. Aber ich brauche etwas Freiraum. Im Ernst, ich brauche Luft zum Atmen.«

»Du solltest dir so viel Freiraum nehmen, wie du willst. Vor allem zwischen dir und Liam«, fügte Prior hinzu.

Arden verdrehte nur die Augen. »Sehr clever. Wirklich.«

»Ich gebe mir Mühe. Sollen wir jetzt noch einmal die Verhaltensregeln für heute Abend durchgehen?«, fragte Prior.

»Nein. Weil ich keine sechzehn mehr bin. Und wenn ihr nicht augenblicklich verschwindet, trete ich euch in den Hintern. Ich denke schon den ganzen Nachmittag darüber nach.«

»Mit deinen erbärmlichen Tritten kannst du uns nicht aus der Ruhe bringen«, neckte Macon sie. Kaum hatte er die Worte ausgesprochen, ging Arden auf ihn zu und versetzte ihm einen Tritt gegen das Schienbein. Zum

Glück trug sie ihre Hausschuhe und setzte genügend Kraft ein, um ihm einen blauen Fleck zu bescheren.

»Autsch. Was soll das, Arden?«

»Oh, habe ich dir etwa wehgetan?«, fragte sie ohne einen Hauch von Reue in der Stimme. Denn sie bereute nichts.

»Also schön, wenn sie schon Gewalt anwendet, sollten wir wohl besser gehen.« Cross drückte ihr einen Kuss auf die Stirn und zog sie in seine Arme, bevor die anderen es ihm gleichtaten. Macon ließ allerdings Vorsicht walten. Gut. Wenn nötig, würde sie ihn noch einmal treten.

»Ich liebe euch. Habt einen schönen Abend.«

»Ich hoffe, dein Abend wird nicht ganz so schön«, murrte Cross.

»Oh, hör schon auf, du Idiot.«

»Ich kann nichts dafür. Du bringst einfach meine überfürsorgliche Seite zum Vorschein.«

»Das kann ich ja verstehen. Aber wenn ihr nicht bald verschwindet, trete ich wirklich um mich. Und diesmal werde ich ganz andere Stellen treffen. Ihr könnt von Glück reden, dass Jasper draußen ist, sonst würde er euch bellend aus dem Haus komplementieren.«

Jasper hatte den ganzen Tag mit Arden und ihren Brüdern im Haus verbracht, bevor Letztere mit ihm Gassi gegangen waren. Jetzt lag er auf der Veranda und genoss die letzten Sonnenstrahlen, und sie wollte ihn nicht stören. Aber wenn sie seine Hilfe bräuchte, um ihre Brüder aus dem Haus zu werfen, würde sie nicht zögern, ihn auf sie zu hetzen.

»Ich liebe euch. Und jetzt geht.«

Mit diesen Worten schob sie ihre Brüder durch die Tür, schloss hinter ihnen ab und schob die Kette vor. Sie besaßen zwar alle einen Schlüssel, aber um hereinzukommen, würden sie nun die Tür aufbrechen müssen. Arden wusste, dass keiner ihrer Brüder Lust darauf hatte, ihre Tür auszutauschen, also wäre sie eine Weile vor ihnen sicher.

Oh Gott. Was sollte sie nur tun? Sie hatte eine Verabredung mit Liam Montgomery. Mit L. M. Berry. Trotz all ihrer Bemühungen war ihr jetzt schon klar, dass sie auf keinen Fall so souverän wirken würde, wie ihr lieb wäre.

In Sachen Flirten war sie eine Katastrophe. Vor ihren Brüdern hatte sie zwar die Gelassene gemimt und so getan, als wüsste sie, was sie tat, doch in Wahrheit hatte sie keine Ahnung. Langsam, aber sicher packte sie die Panik.

Um sich zu beruhigen, musste sie mit jemandem reden.

Sie eilte zu ihrem Computer und öffnete den Messenger einer Social-Media-App.

Abgesehen von ihren Online-Bekanntschaften hatte Arden nicht viele Freunde. Da sie häufig krank war, hatten viele Menschen sich von ihr abgewandt. Das war nicht in böser Absicht geschehen, aber so spielte das Leben nun einmal. Je öfter man eine Einladung ablehnte, desto seltener wurde man eingeladen.

Und da die anderen sich nicht auf Ardens Unterstützung verlassen konnten, waren sie auch nicht immer für sie da.

Arden hegte jedoch keinen Groll. Und Reue empfand sie genauso wenig. Schließlich hatte sie keinen Einfluss darauf, wenn ihr Körper wieder einmal entschied, ihr den Dienst zu versagen.

Immerhin hatte sie noch ihre Online-Clique. Diese setzte sich aus Buchliebhaberinnen zusammen, die allesamt ebenfalls mit einer chronischen Krankheit zu kämpfen hatten. Eine Freundin litt an rheumatoider Arthritis, eine andere an Fibromyalgie. Eine dritte lebte mit Multipler Sklerose, während die vierte noch immer keine endgültige Diagnose hatte, wobei der Verdacht auf Borreliose bestand. Sie alle hatten im Laufe der Jahre verschiedene Diagnosen erhalten und unzählige Rückschläge erlitten. Genau wie Arden.

Sie waren eine kleine Gruppe aus Menschen, die alle nur selten das Haus verließen. Indem sie sich miteinander austauschten, hielten sie den Kontakt zur Außenwelt aufrecht.

Ohne das Internet wäre so etwas gar nicht möglich gewesen.

Diese Menschen waren wirklich ihre Freunde, obwohl sie ihnen nie persönlich begegnet war.

Arden sandte einen Hilferuf in den Chat. Lacey war momentan die Einzige, die online war. Sie lebte mit Multipler Sklerose, doch sie weigerte sich, sich über ihre Krankheit zu definieren.

Lacey: *Was ist los?*

Arden: *Ich gehe heute mit einem Mann aus und habe keine Ahnung, was ich anziehen soll.*

Lacey: *Oh mein Gott, eine Verabredung. Du musst mir*

alles erzählen. Und wenn du es schaffst, unauffällig ein Foto von ihm zu knipsen, wäre ich dir sehr dankbar. Wohin führt er dich aus?

Arden musst unwillkürlich grinsen.

Arden: *Ich glaube, wir gehen italienisch essen, in ein nettes kleines Restaurant in der Nachbarschaft. Also nichts allzu Ausgefallenes. Aber wahrscheinlich sind Jeans und T-Shirt nicht angebracht.*

Lacey: *Dunkle Jeans könntest du durchaus anziehen. Oder deine Leggings mit einer hübschen Tunika. Neulich hast du ein Foto von dir gepostet. Darauf trägst du eine geblümte Tunika, die zu deinen neuen schwarzen flachen Schuhen passt. Das sähe bestimmt hübsch aus.*

Arden grinste. Sie war nicht einsam, sondern hatte echte Freunde, auch wenn sie am anderen Ende des Landes in einer anderen Zeitzone lebten.

Arden: *Okay, ich werde mir was überlegen. Hoffentlich.*

Lacey: *Denk an die Fotos.*

Arden: *Bei der ersten Verabredung ist das vielleicht ein wenig seltsam. Aber ich schicke dir eins in einer Privatnachricht. Nur nicht öffentlich.*

Lacey: *Keine Sorge, ich kenne die Regeln. Niemals öffentlich. Niemals seltsam. Viel Spaß heute Abend. Amüsier dich. Und gehe sparsam mit deinen Kräften um!*

»Also schön, Zeit, sich fertig zu machen«, murmelte sie zu sich selbst, als Jasper schwanzwedelnd ins Wohnzimmer trottete. Er war heute schon zweimal Gassi gewesen und hatte ausgiebig mit ihren Brüdern auf dem Boden gespielt. Also sollte er ein paar Stunden ohne sie überstehen. Sie ließ ihn nur ungern allein zu Hause, aber sie hatte nicht vor, die halbe Nacht wegzubleiben. Obwohl sie ihre Brüder damit aufgezogen hatte, kam das nicht infrage.

Sie wollte gerade in ihr Schlafzimmer gehen, als es an der Tür klingelte.

»Ich schwöre bei Gott, wenn es einer meiner Brüder ist …«, murmelte sie und warf einen Blick durch den Spion. Verwirrt runzelte sie die Stirn.

Sie öffnete die Tür nur einen Spaltbreit, soweit es die Kette zuließ, und war froh, dass sie auch die Glasscheibe verriegelt hatte. »Hallo? Kann ich Ihnen helfen?« Die Frau kam ihr vage bekannt vor, aber Arden konnte sich beim besten Willen nicht entsinnen, wo sie sie gesehen hatte.

»Hallo, ich bin Bristol. Bristol Montgomery. Liams Schwester. Wir sind uns im Krankenhaus begegnet. Ich weiß, wie seltsam das wahrscheinlich ist, aber ich werde dir alles erklären. Versprochen.«

Arden blinzelte nur. »Aha, Liams Schwester? Woher … woher weißt du, wo ich wohne?«, fragte sie gedehnt. Sie war bereit, der Frau notfalls die Tür vor der Nase zuzuschlagen und die Flucht zu ergreifen. Jasper stand direkt neben ihr, hatte die Ohren gespitzt und gab ein leises warnendes Knurren von sich.

Erschrocken riss Bristol die Augen auf und trat einen Schritt zurück. Sie hob abwehrend eine Hand in die Höhe, während sie in der anderen eine Tasche hielt. Arden beäugte sie misstrauisch.

»Also schön«, begann Bristol. »Mein Bruder ist ein Ordnungsfreak und hat deine Adresse in seinem Handy gespeichert. Er meinte, er habe dich neulich zufällig getroffen, als du deinem Hund Jasper hinterhergelaufen bist. Danach hat er dich wohl nach Hause gebracht. Ich habe mir sein Handy geschnappt, um herauszufinden, wo du wohnst. Ich dachte, du könntest vielleicht etwas Hilfe gebrauchen, wenn du dich für deine Verabredung heute Abend fertig machst. Liam hat angedeutet, dass du möglicherweise nicht viele Freunde hast. Meine Güte, das klingt furchtbar. So habe ich es nicht gemeint. Es tut mir leid. Könntest du deinen Hund beruhigen? Ich kann dir das alles viel besser erklären, wenn er mich nicht die ganze Zeit über anknurrt.« Bristol ratterte die Worte in einem Atemzug herunter, sodass Arden ihr kaum folgen konnte.

»Er hat gesagt, ich hätte keine Freunde?«, fragte Arden ungläubig.

»Nein. Er glaubt nur, dass du das Haus nicht oft verlässt. Aber er hat es nicht böse gemeint. So ein Idiot ist er nicht. Tatsächlich geht er selbst nicht oft aus. Eigentlich wollte er uns nur davon abhalten, ihn über dich auszufragen. Aber ich dachte, ich komme vorbei und frage dich, ob du Hilfe brauchst. Außerdem bin ich neugierig und will dich nur wissen lassen, dass eure Verabredung heute steht. Aber jetzt erkenne ich, dass das wahrscheinlich keine so gute Idee war. Dein Hund könnte mich wahrscheinlich zerfleischen und du starrst mich an, als sei ich wahnsinnig geworden. Ich werde einfach gehen. Bitte verrate Liam nicht, dass ich hier war, in Ordnung?«

Arden war so perplex, dass sie unwillkürlich lachen musste.

»Nur damit ich das richtig verstehe. Du hast angenommen, dass ich keine Freunde habe, weil Liam so etwas in der Richtung erwähnt hat. Und deshalb wolltest du mir helfen, mich für die Verabredung mit deinem Bruder fertig zu machen?«

»Ja. Ich weiß, es ist verrückt. Ich sollte einfach gehen.«

Arden hatte schon Schlimmeres gehört. Wahrscheinlich beging sie einen Fehler, aber angesichts von Bristols entsetztem Gesichtsausdruck lachte Arden, zog die Kette zurück und schloss die Fliegengittertür auf. Sie tätschelte Jaspers Kopf, der sofort zurücktrat, um ihr und Bristol Platz zu machen.

»Also gut, fangen wir noch mal von vorn an«, sagte Arden. »Obwohl ich dich nur flüchtig gesehen habe, erinnere ich mich an dich aus dem Krankenhaus. Liam hat nur Gutes über dich erzählt, also tun wir so, als sei diese Begegnung völlig normal.«

Bristol wirkte sichtlich beschämt und sah aus, als könnte sie selbst eine Freundin gebrauchen. Arden könnte zusätzlich zu Laceys Rat sicher noch ein paar Tipps gebrauchen. Vielleicht war sie auch selbst im Begriff, den Verstand zu verlieren.

»Oh, Gott sei Dank«, hauchte Bristol. »Verrate Liam bloß nichts davon.«

Arden lachte und schüttelte den Kopf. »Oh, ich bin mir ziemlich sicher, dass das heute Abend das Hauptgesprächsthema sein wird«, erwiderte Arden lachend.

»Hallo. Ich bin Arden Brady.« Sie deutete auf ihren Hund. »Und das ist Jasper.« Jasper bellte zur Begrüßung, schnüffelte an Bristols Hand und trottete dann zurück in den Garten, um die letzten Sonnenstrahlen des Tages zu genießen. »Offenbar sieht Jasper in dir keine Bedrohung. Also, willkommen in meinem Zuhause.«

»Oh, Gott sei Dank. Ich bin so eine Idiotin. Wie schon gesagt, ich heiße Bristol Montgomery. Und glaub mir, Liam hat nicht schlecht über dich gesprochen. Ich schwöre es. Wir waren alle gestern Abend bei ihm zu Hause und haben Videospiele gespielt.«

»Ich weiß, er hat es mir erzählt.«

Bristol grinste. »Und er hat uns verraten, dass er es dir erzählt hat. Er hat dir gerade eine Nachricht geschrieben, als wir ins Wohnzimmer kamen. Wir haben ihn daraufhin mit Fragen gelöchert. Dabei hat er erwähnt, dass du im Homeoffice arbeitest, in derselben Branche tätig bist wie er und dass ihr praktisch Nachbarn seid.«

»Das stimmt. Alles davon.«

»Jedenfalls habe ich aus seinen Worten geschlossen, dass du wahrscheinlich nur selten das Haus verlässt und nicht häufig unter Leute gehst. Vielleicht liege ich mit dieser Einschätzung auch vollkommen falsch. Ich hätte vollstes Verständnis, wenn du mich jetzt in hohem Bogen rauswirfst. Ich bin einfach nur furchtbar neugierig.«

»Zugegeben ist das alles ziemlich seltsam, aber irgendwie auch cool.«

»Wie schon gesagt, ich habe deine Adresse unerlaubt in seinem Handy nachgeschlagen. Er hat sie mir nicht gegeben. Auch wenn ich dadurch wie eine Stalkerin wirke, wollte ich vorbeikommen und sehen, ob du Lust auf einen Plausch unter Frauen hast. Währenddessen kann ich dir bei deinem Styling helfen. Außerdem bin ich furchtbar aufdringlich, aber das liegt uns Montgomerys einfach im Blut.«

»Er hat erwähnt, dass ihr etwa vierzig Familienmitglieder seid. Das sind ziemlich viele aufdringliche Leute auf einmal«, sagte Arden etwas zittrig.

Bristol lachte. »Oh, ich fürchte, mittlerweile sind wir sogar noch mehr. Ich gehöre definitiv zu den aufdringlicheren von uns, aber im Vergleich zu meiner Cousine Maya aus Denver bin ich harmlos. Sie wäre wahrscheinlich schon längst deine beste Freundin und ihr würdet euch jetzt gegenseitig die Nägel lackieren. Ich habe Nagellack mitgebracht, aber wie ich sehe, sind deine Nägel perfekt manikürt. Also werden wir den wohl nicht brauchen.«

Arden lachte und fragte sich, ob sie nicht einfach den Moment genießen sollte. Sie ließ sich viel zu selten gehen, und Bristol schien keine Psychopathin zu sein. Aber das dachten wahrscheinlich alle Opfer, kurz bevor der Serienmörder zuschlug.

»Wahrscheinlich nicht«, antwortete sie nur.

»Ganz ehrlich, Liam hat nicht behauptet, dass du einsam bist, aber ...« Bristol verstummte und Arden schüttelte den Kopf.

»Keine Sorge, ich glaube dir. Vielleicht hast du es einfach aus seinen Worten geschlossen. Er hat nicht unrecht. Ich lebe tatsächlich eher zurückgezogen.«

»Er auch. Außerdem ...«, begann Bristol und seufzte,

»befindet er sich momentan in einer seltsamen Situation. Ich kann nicht darüber sprechen, denn das muss er dir selbst erzählen. Aber ich wollte mich nur vergewissern, dass du für heute Abend alles hast. Nun, wie du jetzt weißt, bin ich etwas verrückt.«

Arden lachte. »Dasselbe könnte ich von mir behaupten.«

»Gut. Dann steht unserer Freundschaft ja nichts im Wege. Vorausgesetzt du hasst meinen Bruder am Ende des Abends nicht. Aber darüber wollen wir gar nicht reden. Wir werden einfach nur Freundinnen sein. Ich habe eine Flasche Bourbon Creme vom Schwarzmarkt mitgebracht. Okay, nicht ganz, aber früher hat man das Zeug nur in Kentucky bekommen. Ich habe eben meine Mittel und Wege.«

Bristol fischte eine schwarze Flasche mit einem karamellfarbenen Etikett aus der Tasche. Arden fragte sich, worauf sie sich da eingelassen hatte. War es zu spät, die Polizei zu rufen?

»Äh, ich trinke eigentlich nicht«, erklärte Arden. Sie erwähnte nicht, dass sie wegen der Medikamente oft keinen Alkohol zu sich nehmen durfte. Obwohl sie sich bemühte, sich auf Bristols überraschenden Besuch einzulassen, war die Situation nach wie vor ein wenig seltsam. Auf keinen Fall wollte sie bei ihrem ersten Treffen gleich all ihre Unsicherheiten und Schwächen offenbaren.

»Oh, schon gut. Du kannst die Flasche einfach bei dir zu Hause aufbewahren, wenn du willst. Wenn nicht, kann ich sie wieder mitnehmen. Und wenn du Hilfe beim Styling willst, bin ich für dich da.«

»Nun, du könntest mir helfen, ein Outfit auszusuchen. Ich habe wirklich keine Ahnung, was ich anziehen soll.«

»Gern. Meine Ex-Freundin ist Beauty-Bloggerin und Influencerin und berät mich auch häufig.«

»Du lässt dir von deiner Ex-Freundin helfen?«

»Ja, als Paar haben wir einfach nicht zusammengepasst, aber sie liebt es, mich einzukleiden, also lasse ich sie gewähren. Ich greife dir gern unter die Arme, wenn du magst. Aber wenn ich dir zu viel werde, musst du es sagen. Ich weiß, dass ich manchmal übertreibe. Glaub mir, meine Brüder und mein bester Freund Marcus reiben mir das ständig unter die Nase.«

Arden lachte nur und ließ sich von Bristol stylen.

Die Situation war bizarr. Absolut bizarr. Unter normalen Umständen hätte Arden Bristol als Stalkerin abgestempelt oder geglaubt, sie hätte sich den Kopf gestoßen. Doch diese Frau besaß eine Ausstrahlung, die das Ganze fast schon normal erscheinen ließ. Bei jedem anderen Menschen hätte sie dieses Verhalten als absurd und verrückt eingestuft, aber Bristol war einfach unglaublich. Sie nahm Arden die Befangenheit und brachte sie zum Lachen.

Während der einen Stunde, in der Bristol bei ihr war, wurde Arden nach allen Regeln der Kunst herausgeputzt. Sie trug nun ein Outfit, das Bristol aus dem hinteren Teil ihres Schranks gefischt hatte. Es ähnelte dem Look, zu dem Lacey ihr geraten hatte, nur mit etwas mehr Pep.

Arden lieh sich sogar ein Paar Ohrringe von Bristol. Unter anderen Umständen wäre das vielleicht seltsam gewesen, aber nach diesem bizarren Nachmittag fiel es kaum noch ins Gewicht.

Als sie fertig waren, hatte Arden das Gefühl, eine Freundin gefunden zu haben.

Bristol Montgomery war wirklich etwas Besonderes.

Vermutlich zeichnete diese Offenheit alle Montgomerys aus. Und in zwanzig Minuten war sie mit einem von ihnen verabredet.

»Okay, du hast meine Nummer. Ich habe auch gleich meine Adresse in deinem Handy gespeichert, falls du spontan vorbeikommen willst, um dich für meinen Überfall zu rächen«, sagte Bristol lachend.

»Nicht doch, wenn ich auf Rache aus wäre, würde ich einen meiner Brüder bei dir vorbeischicken«, konterte Arden schmunzelnd.

Bristols Augen leuchteten auf. »Du hast vier Brüder, nicht wahr?«

»Ja, aber ich würde sie nicht einmal meinem ärgsten Feind an den Hals wünschen.«

»So schlimm können sie nicht sein. Ich habe auch Brüder.«

»Nein, ganz so schlimm sind sie nicht. Eigentlich sind sie wunderbar, liebevoll und fürsorglich. Manchmal übertreiben sie es allerdings ein wenig. Momentan habe ich noch ein Hühnchen mit ihnen zu rupfen, daher würde ich sie dir nicht zumuten.«

»Du meinst wohl eher, dass du mich ihnen nicht zumuten willst«, scherzte Bristol.

Arden schenkte ihr ein Lächeln. »Danke für deine Hilfe heute.«

»Danke, dass du mich nicht zum Teufel gejagt hast. Sobald ich hier ankam, wurde mir klar, dass das Ganze wahrscheinlich nicht so ein guter Plan war, wie ich ursprünglich dachte. Also danke ich dir, dass du weder die Polizei alarmiert noch Liam angerufen hast. Ich zweifle nicht daran, dass du ihm heute Abend davon erzählen wirst, aber mit den Konsequenzen werde ich mich später auseinandersetzen. Du siehst toll aus, und ich hoffe, du hast einen schönen Abend. Alles, was Liam im Moment ein Lächeln entlockt, ist die Standpauke wert, die ich mir später sicher von ihm anhören muss.«

»Nochmals vielen Dank«, sagte Arden und ignorierte Bristols letzte Bemerkung. Es schien, als hätte Liam Montgomery tatsächlich einige Geheimnisse, aber Arden war nicht überrascht. Immerhin hatte er angedeutet, dass er einige Dinge klären müsse. Und Bristol schien zu wissen, worum es dabei ging.

Nachdem Arden ihre neue Freundin verabschiedet und Jasper gefüttert hatte, blickte sie an sich hinab und fragte sich, ob sie einen Fehler beging.

Der heutige Tag war seltsam gewesen und sie fürchtete, er könnte noch merkwürdiger werden, wenn Liam auftauchte.

Sie wurde aus ihren Gedanken gerissen, als es erneut klingelte. Sie eilte zur Tür, zog sie auf und spürte, wie ihr Herz einen Schlag aussetzte. Vor ihr stand ein absolut umwerfender, überaus sexy Liam Montgomery.

KAPITEL NEUN

Liam lehnte sich in seinem Stuhl zurück und konnte den Blick nicht von der Frau abwenden, die ihm gegenübersaß.

Dass Arden hübsch, umwerfend und geradezu atemberaubend war, war für ihn nichts Neues.

Obwohl sie bei ihrer ersten Begegnung einen Ausschlag an Gesicht und Armen hatte und eindeutig krank war, hatte er sie schön gefunden.

Er hatte sehen können, dass sie zu dem Zeitpunkt Schmerzen gehabt hatte, doch ihre innere Stärke und ihr Lächeln hatten ihn unweigerlich in den Bann gezogen.

Und als sie keuchend und lachend ihrem Hund hinterhergejagt war und das Tier mit gespielter Strenge getadelt hatte, war er hin und weg gewesen.

Ja, sie war wunderschön, doch in Verbindung mit ihrer Persönlichkeit war sie unwiderstehlich.

Das war zumindest seine Meinung.

Als sie ihm an diesem Abend die Tür geöffnet hatte, wäre er vor lauter Dankbarkeit fast auf die Knie gefallen.

Sie trug eine hautenge schwarze Hose, die fast wie Leggings wirkte. An den Nähten konnte er jedoch sehen, dass es sich um eine Jeans handelte. Darüber trug sie eine luftige Bluse, die an der Taille eingefasst war und ihre Brüste perfekt zur Geltung brachte. Er bemühte sich, nicht auf ihre Brust zu starren, schließlich war er kein Lustmolch. Jedenfalls meistens.

Ihre zierlichen Füße steckten in niedlichen flachen Schuhen, die ihrem Look eine Mischung aus Liebreiz und Sinnlichkeit verliehen.

Bisher war für ihn das kleine Schwarze, sexy Pumps und eine leicht zerzauste Mähne das Sinnlichste der Welt gewesen. Doch er hatte sich geirrt. Arden in dieser engen schwarzen Jeans, einem lässigen Oberteil und bezaubernden Schuhen brachte ihn viel mehr in Wallung.

Entweder hatte er ein Alter erreicht, in dem seine Vorlieben sich geändert hatten, oder Arden war schlichtweg etwas Besonderes.

Als sie über eine seiner Bemerkungen lächelte, hatte er das unbestimmte Gefühl, dass es die Mischung aus beidem war.

Es lag an Arden.

Sie war so verdammt stark. Ganz gleich, was sie tat, sie strahlte eine unbändige Kraft aus.

Sie hatte ihm erzählt, dass sie hin und wieder auch schlechte Tage durchlebte. Also wusste er, dass sie immer noch gegen etwas ankämpfte, obwohl er keine Ahnung hatte, was dieses »etwas« war. Trotzdem saß sie mit ihm hier in diesem Restaurant, auch wenn er wegen des Chaos in seinem Leben nicht ganz bei der Sache war.

Im Stillen ermahnte er sich, dass dies lediglich ihre erste Verabredung war. Arden war eine Ablenkung, die er bitter nötig hatte. Er brauchte eine Möglichkeit, für eine Weile seinen Sorgen, seinen Gedanken und sogar seiner Familie zu entfliehen.

Und Arden eignete sich perfekt für diese Aufgabe. Vielleicht könnte er ihr im Gegenzug ebenfalls ein wenig Ablenkung bieten. Er hatte das Gefühl, dass sie sich auch nach einer Atempause sehnte.

»Also, soll ich jetzt mit dem üblichen Geplänkel beginnen und dir etwas über mich erzählen?«, fragte Liam lächelnd. Dann schüttelte er den Kopf. »Meine Brüder würden dir wahrscheinlich weismachen wollen, dass ich ein charmanter, souveräner Typ bin. Sie würden mich als ›Schönling‹ bezeichnen, aber darauf will ich gar nicht erst eingehen.«

Arden lachte und beugte sich vor. »Meine Brüder denken exakt dasselbe über mich. Allerdings nennen sie mich nicht ›Schönling‹.«

»Oh je, das hätte ich niemals erwähnen dürfen. Ich wäre dir dankbar, wenn wir diesen Ausdruck einfach vergessen könnten.«

»Ich weiß nicht. Wenn ich dir mal zufällig im Supermarkt begegne, hätte es durchaus seinen Reiz, dir lautstark ›Schönling‹ quer durch die Gänge zuzurufen. Du könntest auch deine Schecks mit dem Namen unterschreiben und deine E-Mails auf diese Weise signieren. Jeder wüsste sofort, mit wem er es zu tun hat.«

»Ich hasse meine Brüder dafür. Im Ernst.«

»Du hast damit angefangen«, konterte Arden.

»Ich wollte es nur erwähnen.« Er räusperte sich. »Wie wäre es, wenn du mir etwas über dich erzählst?«

Arden schmunzelte. »Was würdest du denn gern wissen?«

»Ich weiß auch nicht. Wie bist du zu deinem Beruf gekommen?«, fragte Liam, zuckte dann aber zusammen. »Du musst das nicht beantworten. Ich hasse es, anderen erklären zu müssen, wie ich Schriftsteller wurde.«

»Ach wirklich?« Arden hatte ein schelmisches Funkeln in den Augen. »Wie bist du Schriftsteller geworden?«

»Siehst du, ich liefere dir die Frage auf dem Silbertablett.«

»Das tust du wirklich«, stimmte Arden ihm zu. »Aber ich werde die Frage beantworten, wenn du es auch tust.«

»Abgemacht.«

Sie starrten einander an und brachen in Gelächter aus.

»Soll ich den Anfang machen?«, fragte Liam.

»Warum nicht.«

»Als Kind war ich ein echter Büchernarr. Während meiner Schulzeit habe ich das Lesen jedoch gehasst, da mir die Lektüre auf dem Lehrplan ganz und gar nicht gefallen hat.«

Arden nickte. »Mir ging es genauso. Ich konnte mit der Pflichtlektüre auch nichts anfangen. Vor allem habe ich die Interpretationen nie verstanden, die die Lehrer uns vermitteln wollten. Ständig mussten wir uns mit Symbolik auseinandersetzen, die eigentlich keine war. Was will uns der Autor damit sagen, dass die Vorhänge blau sind?«

»Ganz genau«, pflichtete Liam ihr bei. »Wenn ich mich dabei ertappe, wie ich einen Raum beschreibe und mir plötzlich entschieden zu viele Gedanken über die Farbe der Tapete mache, weiß ich, dass ich das alles beiseiteschieben und mich voll und ganz auf die Motivation der Figur konzentrieren muss.«

»Gott sei Dank«, seufzte Arden.

»Wie dem auch sei, in der Schule habe ich aufgehört, zum Vergnügen zu lesen. Als Teenager habe ich hin und wieder als Model gearbeitet und nach meinem Highschool-Abschluss habe ich Vollzeit in der Branche angefangen. Der Job hat mir gefallen und die Bezahlung war gut, also habe ich das College-Studium erst einmal auf Eis gelegt. Sehr zum Leidwesen meiner Eltern.«

Fast wäre er zusammengezuckt, doch er unterdrückte die Reaktion. Er wollte im Moment nicht über seine Eltern sprechen, denn er wusste nicht, wie er seine Gefühle in Worte fassen sollte. Außerdem war dies seine erste Verabredung mit Arden. Eine willkommene Ablenkung. Das musste er sich immer wieder vorsagen. Er brauchte keine Verpflichtungen. Nicht jetzt, und vielleicht auch in Zukunft nicht.

»Ich sollte mal deine alten Model-Fotos googeln«, sagte Arden mit einem Lächeln. »Denn du hast kein Autorenfoto, was in der heutigen Zeit sehr ungewöhnlich ist.«

Liam zuckte beiläufig mit den Schultern. »Anfangs wollte ich verhindern, dass die Leute mich mit meiner Vergangenheit als Model in Verbindung bringen. Es ist zwar unwahrscheinlich, aber wir wissen ja, wie ergiebig das Internet ist. Außerdem meide ich Signierveranstaltungen, auch wenn ich mich häufiger in der Öffentlichkeit zeigen sollte. Aber bei meinem nächsten Buch werde ich mich wohl nicht mehr davor drücken können.«

»Wirklich?«

»Ja, der Verlag zwingt mich, auf Tour zu gehen. Das bereitet mir Kopfzerbrechen, aber mein letztes Buch hat es irgendwie in die *New York Times* Bestsellerliste geschafft. Also komme ich wohl nicht mehr drumherum.«

»Ich erinnere mich, als du den Durchbruch geschafft hast. Das war eine große Sache.«

»Ja, das war es wirklich. Einerseits freue ich mich darüber, aber andererseits jagt es mir ein wenig Angst ein. Verstehst du, was ich meine? Das ist ein bedeutender Schritt. Jedenfalls wird mein Porträt sowohl auf meiner Webseite als auch in den sozialen Medien meines Verlags veröffentlicht werden. Damit kann jeder, der sich dafür interessiert, über mich und meine Vergangenheit im Internet recherchieren.«

»Und die Leute googeln gern solche Sachen«, stimmte Arden zu.

»Ganz richtig. Aber zurück zum Thema, wie ich bei der Schriftstellerei gelandet bin. Die Fotoshootings waren oft mit langen Wartezeiten verbunden, was ziemlich langweilig war. Und damals war ich noch zu jung, um mir auf andere Weise die Zeit zu vertreiben. Jedenfalls nicht legal.«

»Keine Sorge, ich werde nicht nachhaken. Noch nicht.«

»Danke für die Gnadenfrist. Jedenfalls ist mir zufällig ein historischer Thriller in die Hände gefallen, der mich sofort gefesselt hat. Ich habe daraufhin die ganze Reihe gelesen, obwohl ich aus Versehen mit Band vierzehn angefangen habe.«

»Es gibt nichts Schlimmeres, als versehentlich an der falschen Stelle einzusteigen.«

»Ganz genau. Aber ich habe die ganze Serie verschlungen und dann noch andere Autoren entdeckt. Von da an habe ich mit dem Lesen nicht mehr aufgehört. Und als es dann Zeit war, aufs College zu gehen, habe ich mit dem Modeln aufgehört.«

»Was hast du studiert?«

»Betriebswirtschaftslehre. Ehrlich gesagt hatte ich keine Ahnung, was ich machen wollte. Dann habe ich einen Kurs in kreativem Schreiben belegt und war hellauf begeistert. Eins führte zum anderen, und eines Tages beschloss ich im Vollrausch, mir einen Agenten zu suchen und herauszufinden, ob ich als Schriftsteller Erfolg haben könnte.«

»Im Vollrausch?«, fragte sie mit hochgezogenen Augenbrauen.

»Nun, ich war vielleicht nicht volltrunken, aber es fühlte sich so an. Ich glaube, ich habe achtzehn Absagen erhalten, aber beim neunzehnten Mal wollte tatsächlich ein Verlag einen Teil meines Manuskripts sehen. Dort bin ich bis heute geblieben. Mir ist klar, dass ich großes Glück hatte. Aber ... ich liebe meinen Job.«

»Es ist ein Segen, dass du deine Arbeit liebst, aber nicht nur Glück hat dich dorthin gebracht, wo du heute stehst. Ich habe deine Romane gelesen, manchmal sogar schon vor ihrer Veröffentlichung. Du hast Talent und du arbeitest hart. Das ist nicht nur Glück.«

»Ich danke dir.« Liam hielt kurz inne. »So, jetzt bist du an der Reihe.«

»Meine Geschichte ist schnell erzählt. Oder vielleicht auch nicht. Ich habe einen Abschluss in Geisteswissenschaften. Ja, ich weiß, eine brotlose Kunst. Aber im zweiten Hauptfach habe ich Englisch studiert. Ich wollte Lehrerin werden und mit Kindern arbeiten und vielleicht sogar Schüler der Oberstufe unterrichten. Je nachdem, wo ich nach meinem Abschluss gelandet wäre. Vor allem wollte ich weiter meiner Leidenschaft für Bücher frönen. Genau wie du habe ich die Pflichtlektüre in der Schule gehasst, habe aber trotzdem nebenbei zum Vergnügen gelesen. Ich hatte gehofft, als Englischlehrerin könnte ich meine Schüler mit Begeisterung an die Pflichtlektüre heranführen. Aber leider hatte das Leben andere Pläne.«

Liam runzelte die Stirn. »Was ist passiert?«

Arden spielte mit den Nudeln auf ihrem Teller und schob ein Fleischbällchen mit der Gabel herum.

»Ich wurde krank. Also war ich gezwungen, mein Studium zu unterbrechen. Als ich schließlich meinen Abschluss machte, fehlte mir die Energie, auch noch das Referendariat zu absolvieren. Es gab Tage, da kam ich nicht einmal aus dem Bett. Also konnte ich nicht für meine Zuverlässigkeit garantieren. Es war niederschmetternd.«

Liam beugte sich vor, ergriff ihre Hand und drückte sie. »Das tut mir sehr leid. Ich werde nicht nachbohren, was genau passiert ist, aber ist das auch heute noch so?«

Sie begegnete seinem Blick und lächelte traurig.

»Es wird immer so sein. Ich habe Lupus.«

Liam blinzelte. »Das ist eine Autoimmunerkrankung, nicht wahr?«

»Das ist richtig. Mein Immunsystem ist quasi hyperaktiv und greift mein gesundes Gewebe an. Es kann meine Nieren, mein Blut, meine Haut, meine Gelenke, mein Herz und sogar meine Lunge schädigen. Alles ist ein legitimes Ziel. Ich habe Probleme mit der Bauchspeicheldrüse und der Leber, sowie Magenbeschwerden. An manchen Tagen fehlt mir die Kraft aufzustehen. An anderen Tagen fühle ich mich großartig, doch dann breche ich plötzlich mitten am Tag zusammen. Während eines Schubs kann ich mich nur auf meine Arbeit konzentrieren, wenn ich mich kaum bewege, aber dann spielen meine Augen trotzdem manchmal nicht mit und mir tut ständig alles weh. Lupus ist schrecklich. Die Krankheit begleitet mich seit meiner Jugend und ich werde sie für den Rest meines Lebens mit mir herumschleppen. Und wegen der Art der Erkrankung treten häufig andere Leiden auf. Für all die Symptome bekomme ich Hunderte von Medikamenten, die jedoch häufig zu falsch negativen Testergebnissen führen. Es ist wirklich zum Kotzen.«

Liam schluckte und versuchte zu begreifen, was sie in

ihrem jungen Leben bereits durchgemacht hatte. Was sollte er darauf erwidern? Sollte er ihr sagen, wie stark sie war? In seinen Ohren klang das wie eine leere Floskel. Natürlich wusste Arden, wie stark sie war. Jeder Tag war für sie ein Kampf.

Also entschied er sich, ehrlich zu sein.

»Das tut mir leid. Das ist wirklich scheiße.«

Sie schnaubte und schenkte ihm ein strahlendes Lächeln, das sogar ihre Augen erreichte. »Ja, das ist eine treffende Beschreibung. Ich hasse es, aber ich habe mich damit abgefunden. Als wir uns im Krankenhaus begegnet sind, hatte ich mir einen Sonnenbrand zugezogen, der einen Schub ausgelöst hat. Ist das zu glauben? Die Sonne war schuld. Ich war mit meinen Brüdern bei einem Open-Air-Konzert und hatte mich mit Sonnencreme und einem Hut geschützt, aber ich hatte trotzdem eine Reaktion. Ich musste an den Tropf, um meinen Flüssigkeitshaushalt zu regulieren und die Abwehrreaktion zu mindern. Ich hatte Krämpfe und heftige Gelenkschmerzen am ganzen Körper. Aber so spielt das Leben nun einmal. Wie du gesagt hast, es ist scheiße, aber ich kann es nicht ändern.« Sie zuckte mit den Schultern.

Liam rückte seinen Stuhl näher heran und schlang seinen Arm um ihre Schultern. »Aber du bist immer noch hier.«

»Das ist wahr.«

»Ich weiß nicht, was ich sagen soll. Wenn man bedenkt, dass ich mit dem Schreiben meinen Lebensunterhalt verdiene, fehlen mir jetzt die Worte.«

»Es gibt eigentlich nichts zu sagen. Niemand sollte

sich mit so etwas herumschlagen müssen, schon gar nicht in meinem Alter. Aber ich habe keine andere Wahl. Es hat eine halbe Ewigkeit gedauert, bis die Krankheit bei mir diagnostiziert wurde, doch als es so weit war, musste ich mich damit abfinden, dass ich nicht alles tun kann, was ich will, und so bin ich irgendwie in diesen Job hineingerutscht. Anfangs habe ich ein Zertifikat als Lektorin erworben, um in diesem Bereich freiberuflich zu arbeiten. Die Zertifizierung habe ich noch, aber irgendwann hatte ich so viele Aufträge als Rechercheurin, dass ich während der vergangenen Jahre kaum etwas lektoriert habe. Ich habe online einen Verleger kennengelernt, mit dem ich gut zusammengearbeitet habe. Und so führte eins zum anderen. Heute habe ich eine eigene Firma und kann bei Bedarf von meinem Bett aus arbeiten. Dafür bin ich dankbar, denn es gibt Tage, an denen schaffe ich es nicht einmal aufzustehen.« Sie seufzte und schob gedankenverloren ihr Fleischbällchen auf dem Teller hin und her. »Das ist wahrscheinlich nicht das beste Thema für eine erste Verabredung. Ich meine, dass mein Körper sich selbst angreift und ich manchmal nicht aus dem Bett komme. Das ist schon sehr sexy, nicht wahr?«

Sie verdrehte die Augen, doch Liam legte behutsam eine Hand an ihre Wange. »Ich finde dich sogar verdammt sexy. Schon im Krankenhaus fiel mir auf, wie attraktiv du bist. Und jetzt bist du sogar noch aufregender, weil ich dich inzwischen besser kenne. Zumindest ein wenig. Es tut mir leid, dass du das durchmachen musst, aber ich sehe dich trotzdem als Frau, falls das hilft.« Er hielt inne und zuckte zusammen. »Ich bin eine Niete, wenn es darum geht, meine Gefühle in Worte zu fassen.«

Arden lächelte nur, beugte sich vor und presste ihre Stirn gegen seine. »Nein, das bist du nicht. Obwohl ich mich manchmal fühle wie eine verwesende Leiche, hast du mir gerade gesagt, dass du mich als Frau siehst. Das gefällt mir sogar ausgesprochen gut.«

»Eine verwesende Leiche?«, fragte Liam lachend.

»Was denn? Manchmal habe ich einfach einen schlechten Tag. Also, hast du Lust auf ein Fleischbällchen? Ich könnte es dir wie in *Susi und Strolch* zurollen, wenn du willst.«

Liam brach in schallendes Gelächter aus und schüttelte den Kopf. »Du wirst es nicht glauben, aber ich habe vorhin, als wir unsere Pasta gegessen haben, auch an den Film denken müssen.«

»Ich denke, ich werde das Fleischbällchen für Jasper aufheben. Er war heute so ein braver Junge.«

»Gute Idee«, pflichtete Liam ihr bei. Dann beugte er sich vor und strich sanft mit seinen Lippen über ihre. Es war nicht mehr als der Hauch einer Berührung.

Arden schnappte nach Luft, woraufhin er den Kopf zurückzog und ihrem Blick begegnete.

»Wofür war das?«, fragte sie heiser.

»Einfach so. Weil ich es wollte. Warum nicht?«

»Warum nicht«, wiederholte sie flüsternd.

In diesem Augenblick spielte es keine Rolle, welche Lasten sie mit sich herumschleppten. Sie brauchten einfach diesen Moment, in dem sie ganz sie selbst sein konnten und ihre Vergangenheit nicht von Bedeutung war.

Und Liam gefiel das.

Als sie schließlich vor Ardens Haus vorfuhren, fragte Liam sich, wie dieser Abend wohl enden würde. Aber nach dem Chaos der letzten Wochen wusste er ohnehin nicht, was als Nächstes geschehen würde. Vor allem wenn es um Arden ging.

»Es war ein netter Abend«, sagte Arden, als Liam den Motor abstellte und sie aus seinem Wagen stiegen.

Nett. Nun, gut zu wissen, dass er noch nicht ganz eingerostet war.

»Nett?«, fragte er mit einem Knurren, das ihn selbst überraschte.

Ihre Augen weiteten sich, dann nickte sie lächelnd. »Nett ist gut. Nett ist sogar sehr gut. Ich habe schon lange nichts Nettes mehr erlebt.«

Er trat vor sie, schob zwei Finger unter ihr Kinn und hob es an, bis ihre Blicke sich trafen.

»Ich habe auch schon lange nichts Nettes mehr erlebt.« Mit diesen Worten beugte er sich vor und streifte ihre Lippen mit seinen. Er wollte sich noch nicht von ihr verabschieden.

Als sie ihre Lippen öffnete, ließ er seine Zunge mit einem Stöhnen in ihren Mund gleiten, um den Kuss zu vertiefen. Dann wurde ihm schlagartig bewusst, dass sie vor ihrem Haus standen, wo jeder sie sehen konnte. Und wenn man bedachte, dass die Nachbarn in diesem Viertel sehr wissbegierig waren, beobachtete sie wahrscheinlich gerade jemand durch ein Fenster.

»Ich sollte wohl aufhören, dich hier draußen zu küssen, wo Gott und die Welt uns sehen kann«, raunte er, wobei seine Lippen nur wenige Zentimeter vor ihren schwebten.

Sie löste sich von ihm und trat einen Schritt zurück. Er gab sich Mühe, seine Enttäuschung zu verbergen, während sie ihn mit funkelnden Augen und geschwollenen Lippen musterte. »Vielleicht solltest du reinkommen«, flüsterte sie.

Liam erstarrte und schluckte schwer. »Bist du sicher?«

»Wir haben doch schon darüber gesprochen, dass das Leben kurz ist. Also, warum kommst du nicht mit rein?«

Statt ihr zu antworten, küsste er sie noch einmal und drückte mit der Liebkosung alles aus, was er sagen wollte.

Er konnte es kaum erwarten herauszufinden, was dieser Abend als Nächstes für sie bereithielt.

KAPITEL ZEHN

Eigentlich hatte Arden sich fest vorgenommen, bei der ersten Verabredung nicht mit Liam zu schlafen. Doch nun warf sie ihre guten Vorsätze über Bord. Wenn sie jedoch den Kaffee an diesem Nachmittag als Rendezvous zählte und ihre Begegnung im Krankenhaus als das eigentliche erste Treffen ansah, könnte dies ihr *drittes* Date sein.

Ja, das funktionierte.

Sie löste sich aus seinen Armen, atmete tief durch und ging wortlos zur Tür, um sie aufzuschließen. Liam folgte ihr und drängte sich dicht an sie. Sein Körper hinter ihr fühlte sich an wie eine heiße Wand. Kaum hatte sie die Tür aufgestoßen, trottete Jasper ihnen entgegen. Arden wurde klar, dass sie unmöglich sofort mit Liam ins Bett springen konnte. Auch wenn sie Gefahr lief, die Stimmung zu ruinieren, sie hatte Verpflichtungen.

»Äh ...«, flüsterte sie, während Jasper den Blick nicht

von Liam abwandte. Nun, das würde interessant werden. »Ich muss ihn rauslassen und, äh, die Fleischbällchen in den Kühlschrank stellen. Tut mir leid.«

Liam lachte nur, schlang eine Hand um ihren Nacken – mein Gott, das fühlte sich gut an – und presste seine Lippen auf ihre. »Ich lasse ihn raus, und du kümmerst dich um die Fleischbällchen.«

Arden nickte. »In Ordnung, ich beeile mich.«

»Ich auch. Und dann? Dann werden wir uns nicht beeilen und es langsam angehen lassen.«

Eine Welle purer Hitze durchflutete sie, als sie sich abwandte. Während Liam zielstrebig in Richtung Garten ging, trottete Jasper hinter ihm her und warf Arden einen Blick über die Schulter zu. Offenbar hatte ihr Hund sich ein Beispiel an ihren Brüdern genommen und war jetzt genauso überfürsorglich wie sie.

Nein, sie wollte heute Abend nicht an ihre Brüder denken. Nicht einmal ansatzweise. Hastig verstaute sie die Tüte im Kühlschrank und eilte in ihr Schlafzimmer, um sich zu vergewissern, dass es aufgeräumt war. Sie war zwar nicht unordentlich, aber sie hatte nicht wirklich damit gerechnet, heute Männerbesuch zu empfangen. Bevor sie jedoch die Ersatzdecke aus dem Weg räumen oder den BH verschwinden lassen konnte, den sie achtlos beiseitegeworfen hatte, nachdem Bristol ihn aussortiert hatte, spürte sie plötzlich einen starken Arm um ihre Taille. Im nächsten Moment hörte sie, wie die Tür mit einem leisen Klicken ins Schloss fiel.

»Hi«, flüsterte sie atemlos.

»Hi«, antwortete Liam und liebkoste ihren Nacken.

Ihre Knie wurden weich und ein angenehmes Kribbeln breitete sich zwischen ihren Schenkeln aus.

»Wo waren wir?«, raunte Liam.

Arden schmiegte sich an ihn, während ein Beben ihren Körper erfasste. Liam hatte etwas an sich, dem sie sich nicht entziehen konnte. Selbst wenn sie sich elend fühlte, verzehrte sie sich nach ihm. Sie konnte gar nicht anders, als ihn zu begehren.

Er weckte unzählige Gefühle in ihr.

Ja, genau das war es. Liam weckte Gefühle in ihr.

Arden drehte sich in seinen Armen zu ihm um. »Ich glaube, wir waren genau hier«, flüsterte sie an seinen Lippen. Er küsste sie erneut und ließ dabei seine Hände über ihren Rücken bis hinunter zu ihrem Hintern gleiten.

Sie presste sich an ihn und stöhnte leise auf, als sie seine Erektion an ihrem Bauch spürte. Bei dem bloßen Gedanken an seine lange, harte Männlichkeit setzte ihr Herz einen Schlag aus.

Wenn das, was sich unter dem Stoff seiner Jeans abzeichnete, wirklich er war, dann steckte sie in Schwierigkeiten. In wunderbaren Schwierigkeiten, die sie tatsächlich herbeisehnte.

Er strich mit der Zunge über ihre Lippen, und sie öffnete sich ihm. Sie genoss seinen Geschmack und die Art, wie er ihren Mund zuerst zögernd und dann mit einer berauschenden Intensität erkundete.

Eine unbändige Hitze durchflutete sie, ihre Brustwarzen verhärteten sich und ein Ziehen erfasste ihren Unterleib. Sie hatte keine Ahnung, wie sie plötzlich von einem so heftigen Verlangen beherrscht werden konnte, aber sie wollte ihn nur noch in sich spüren. Im einen Moment hatten sie noch über Fleischbällchen gesprochen und im nächsten begehrte sie ihn mit jedem Atemzug.

Und doch brauchte sie mehr.

Sie rieb ihre Schenkel aneinander und stöhnte erneut.

Liam stieß ein leises Lachen aus und schob einen Oberschenkel zwischen ihre Beine, sodass sie sich ihm noch weiter entgegenwölbte.

Er küsste sie leidenschaftlich und hatte eine Hand fest an ihren Hinterkopf gelegt, um ihren Mund dorthin zu dirigieren, wo er ihn haben wollte. Mit der anderen Hand an ihrem Hintern presste er sie an sich, während sie sich langsam an seinem Oberschenkel rieb. Sie hätte fast aufgeschrien, als die Naht ihrer Jeans ihre Klitoris streifte.

Arden schloss die Augen und versuchte, ihre Atmung zu beruhigen. Gemeinsam bewegten sie ihre Körper in einem sinnlichen, wellenförmigen Rhythmus.

Sie konnte weder atmen, noch war sie imstande, einen klaren Gedanken zu fassen. Plötzlich spürte sie seine Hand zwischen ihren Pobacken. Langsam fuhr er die Naht ihrer Jeans entlang, bis zu seinem Oberschenkel und wieder zurück. So streichelte er sie unaufhörlich weiter, während er sein Bein immer wieder an ihr rieb. Und dann explodierte sie. Wortlos warf sie den Kopf in den Nacken und zitterte am ganzen Körper.

Als sie die Augen wieder aufschlug, sah sie, dass er sie mit einem verschmitzten Grinsen und einem lustvollen Blick beobachtete. Sie konnte förmlich spüren, wie ihr die Hitze in die Wangen stieg.

Sie konnte es nicht fassen. Sie war gerade gekommen, indem sie sich an seinem Oberschenkel gerieben hatte, und nun wusste sie nicht, was sie sagen sollte.

»Du bist so schön, wenn du kommst«, knurrte er.

Arden schluckte schwer. »Nun, das ging etwas schneller als erwartet. Tut mir leid.«

»Du musst dich nicht entschuldigen. Aber ich glaube, ich fange jetzt an zu zählen. Das war Nummer eins.« Er presste seine Lippen mit Wucht auf ihre, und sie wölbte sich ihm erneut entgegen. »Jetzt wollen wir mal sehen, wie wir dir Nummer zwei entlocken können.«

Er wollte zählen? Oh, ausgehend von dem verschmitzten Funkeln und der Entschlossenheit in seinem Blick würde sie diese Nacht vermutlich nicht überstehen.

»Werden wir auch bei dir mitzählen?«, fragte sie.

»Wenn du möchtest. Aber zuerst bist du an der Reihe. Mal sehen, auf wie viele wir es bringen.«

Sie musste schlucken. Im nächsten Moment küsste er sie erneut und schob sie dabei langsam rückwärts in Richtung Bett.

Er packte den Saum ihrer Tunika und zog sie ihr langsam über den Kopf. Arden fragte sich, wie sie hier gelandet war. Wie kam es, dass sie plötzlich nur noch in BH und Jeans vor ihm stand, die Schuhe irgendwo abgestreift, als sie das Zimmer betreten hatten?

»Hör auf, dir den Kopf zu zerbrechen«, raunte er. »In diesem Moment gibt es nur dich und mich. Wenn du eine Pause brauchst oder ich aufhören soll, musst du es nur sagen. Aber fürs Erste gibt es nur uns beide«, sagte er und stieß dabei ein tiefes Knurren aus, das ihr durch Mark und Bein fuhr. Sie erbebte und ihre Brustwarzen drückten schmerzhaft gegen den Stoff ihres BHs. Im nächsten Moment spürte sie seine Hände an ihrem Rücken. Er öffnete den Verschluss ihres BHs, warf ihn zu Boden und beugte sich vor, um mit dem Mund eine ihrer Knospen zu umschließen.

Sie schob ihre Hände in sein Haar und wölbte sich ihm entgegen, während er sie zärtlich verwöhnte und mit einer Hand ihre andere Brust knetete. Er knabberte, saugte und leckte sie auf ungeahnt sinnliche Weise, bevor er sich auch ihrer anderen Knospe widmete.

Jede Faser ihres Körpers schien zu vibrieren. Während er mit den Händen ihre Brüste zusammenpresste und mit der Zunge ihre Haut erkundete, begegnete er ihrem Blick. »Ich liebe deine Titten«, knurrte er. »So verdammt fickbar.«

»Verdammt fickbar?«, fragte sie schnaubend.

»Auf jeden Fall. Vielleicht ficke ich sie später. Aber zuerst brauche ich dich.«

Dem hatte sie nichts entgegenzusetzen, denn im nächsten Moment ging er vor ihr auf die Knie, liebkoste ihren Bauch und biss zärtlich in ihren Bauchnabel. Sie ließ ihre Finger über seine Schultern gleiten, als er ihre Jeans öffnete und sie ihr mitsamt dem Höschen mit einem Ruck über die Schenkel zog.

Kurz darauf stand sie nackt vor ihm und lief vor Verlegenheit rot an.

Aber sie hatte weder die Zeit noch brachte sie die Energie auf, in ihrer Scham zu versinken. Liam presste seinen Mund an ihren Unterleib. Langsam spreizte er sie mit seinen Fingern, um dann mit der Zunge ihre Klitoris zu umkreisen.

Arden zitterte und streckte eine Hand nach hinten aus, um sich am Kopfteil des Bettes abzustützen. Ihre Knie hätten fast nachgegeben, als er begann, sie genüsslich zu lecken. Er reizte sie, indem er kühle Luft auf ihre Lustperle blies, nur um dann seinen warmen Daumen darauf zu pressen und sie erneut zu lecken.

Es dauerte nicht lange, bis sich erneut eine Flutwelle der Lust in ihr aufbaute und explosionsartig entlud. Atemlos versuchte sie, seinen Namen zu rufen, doch sie brachte keinen Ton heraus.

Es gab nur noch sie beide.

Plötzlich drückte Liam sie mit dem Rücken auf die Matratze und war über ihr.

Er hatte sich seines Hemds entledigt, sodass sie seinen nackten Oberkörper bewundern konnte. Bei dem Anblick schnappte sie unwillkürlich nach Luft.

Er war eine Augenweide. Arden hatte gewusst, dass Liam muskulös war, aber damit hatte sie nicht gerechnet. Noch nie hatte sie einen Waschbrettbauch mit derart definierten Bauchmuskeln gesehen. Sie bewegten sich mit jedem seiner Atemzüge und traten jedes Mal deutlich hervor. Seine Muskeln beschrieben diese markante V-Form, die unter dem Bund seiner Jeans verschwand. Arden brannte darauf herauszufinden, wohin sie führte.

Bei dem Gedanken, jeden Zentimeter seines Körpers zu erkunden, leckte sie sich die Lippen.

»Wenn du mich weiter so ansiehst, komme ich wie ein unreifer Teenager in meiner Jeans.«

Sie senkte den Blick auf seinen Schritt und leckte sich erneut die Lippen. »Dann solltest du sie wohl besser ausziehen«, antwortete sie lachend.

Liam grinste. »Also schön, aber du musst wirklich aufhören, solche Sachen zu sagen.« Er löste die Schnalle seines Gürtels und entledigte sich seiner Hose.

Sein harter Schaft prallte gegen seinen Bauch und hinterließ eine glänzende Spur von Flüssigkeit an seiner Haut, die von seiner Erregung zeugte.

Seine lange, pralle Männlichkeit ragte in die Höhe.

Damit würde er sie ausfüllen.

Bis zum Anschlag.

Oh Gott.

»Wow«, flüsterte sie ehrfürchtig. »Ich meine, es war schon vorher wow, aber bist du sicher, dass das reinpasst?«

»Im Ernst?«, fragte er grinsend. »Du sagst die nettesten Dinge. Also, wie willst du mich?«

Bevor sie etwas erwidern konnte, legte er eines ihrer Beine über seine Schulter und beugte sich vor, um sie erneut mit dem Mund zum Höhepunkt zu bringen.

Meine Güte, dieser Mann verstand es meisterlich, sie mit der Zunge zu verwöhnen. Sie wusste, dass er die Kunst der Worte beherrschte und sie oft auf wunderbare Weise über die Lippen brachte, doch sie hatte nicht geahnt, dass er sie mit seinem Mund auch in den Himmel katapultieren würde.

Oh Gott.

Bevor ihre Atmung sich wieder beruhigt hatte, beugte Liam sich über die Bettkante, griff nach seiner Jeans und fischte etwas aus seiner Tasche. Im nächsten Moment hatte er sich ein Kondom übergestreift und packte ihre Hüfte.

»Wir müssen schließlich auf Nummer sicher gehen. Ich habe aber nur eins dabei, also sollte ich es besser auskosten.«

»Okay, aber ich bin definitiv bereit für eine weitere Runde«, keuchte sie, knetete ihre Brüste und kniff sich in die Brustwarzen.

»Du musst wirklich damit aufhören«, raunte Liam und umfasste seinen Schaft mit einer Hand. »Andernfalls ... werde ich auf der Stelle kommen.«

Sie grinste und umkreiste mit den Fingern ihre Knospen. Liam stöhnte und ließ eine Hand an seine Hoden gleiten.

Bevor sie ihn jedoch dazu verleiten konnte, sich in sein Kondom zu ergießen, rollte er sich auf den Rücken und zog sie mit sich, sodass sie rittlings auf ihm saß.

»Ich will sehen, wie du mit deinen Titten spielst, während du auf mir sitzt. Komm schon, Baby, reite mich.«

Sie leckte sich erneut die Lippen und entlockte ihm damit ein Stöhnen. Dann löste sie eine Hand von ihren Brüsten, packte seinen Schaft und führte ihn an ihre

Spalte. Langsam und vorsichtig ließ sie sich auf ihn herab.

Es war lange her, seit sie das letzte Mal mit einem Mann geschlafen hatte. Trotz der Spielzeuge, die sie hin und wieder benutzte, fühlte er sich gewaltig an. Zweifellos würde es wehtun.

Liam musste gespürt haben, dass sie zögerte, also legte er eine Hand an ihre Hüfte, um sie zu stützen. Die andere Hand führte er an ihr Geschlecht, um mit dem Daumen ihre Lustperle zu umkreisen. Sie hätte nicht gedacht, dass sie noch feuchter werden könnte.

Sie begegnete seinem Blick und kämpfte gegen den Drang an, den Kopf in den Nacken fallen zu lassen, bis sie ihn vollständig in sich aufgenommen hatte. Er füllte sie vollkommen aus und dehnte sie bis zum Äußersten.

»Ich kann nicht stillhalten. Ich muss mich bewegen«, keuchte sie.

»Dann beweg dich. Reite mich«, forderte Liam.

Und das tat sie. Zuerst langsam und zögerlich, dann immer schneller. Sie hob den Oberkörper an und senkte sich wieder ab, wobei sie sich mit einer Hand an seiner Brust abstützte und mit der anderen ihre Brust knetete.

Liam reizte sie weiter mit dem Daumen und brachte sie zum vierten Mal zum Höhepunkt. Und zum fünften Mal.

Aber sie konnte sich kaum erinnern, mitgezählt zu haben, und war nicht mehr in der Lage, einen klaren Gedanken zu fassen. Im nächsten Moment lag sie auf dem Rücken und spürte seine kraftvollen Stöße. Die Muskeln in seinem Nacken und an seinen Schultern waren zum Zerreißen gespannt, als er sich vorbeugte und sie leidenschaftlich küsste. Dann wurde auch er von der Welle der Ekstase mitgerissen. Beide rangen nach Luft, während Arden versuchte zu verstehen, was gerade geschehen war.

Vergebens.

Liam hatte sie in einen ekstatischen Rausch versetzt, in dem ihr Verstand aussetzte.

Das war zweifellos der beste Sex ihres Lebens.

Gleichzeitig wusste sie, dass mehr im Spiel war als bloße Leidenschaft. Nach dem offenen Gespräch beim Abendessen und der Intimität zwischen ihnen war es offensichtlich.

Doch so berauschend die Erfahrung mit ihm war, sie musste darauf achten, ihr Herz zu schützen. Sie durfte nicht zulassen, dass mehr daraus wurde als ein Abenteuer.

KAPITEL ELF

Liam betrachtete den Schlauch in Ardens Hand und zog eine Augenbraue in die Höhe. »Ich soll was tun?«

»Hilf mir, Jasper zu waschen. Bitte?« Sie klimperte mit den Wimpern, doch er schüttelte nur den Kopf. Er war fest entschlossen, diesem niedlichen und zugleich sinnlichen Blick nicht nachzugeben.

Er musterte Jasper und unterdrückte ein Lachen. Als er den weißen Husky zum ersten Mal gesehen hatte, war dessen Gesicht blau verfärbt gewesen. Heute war es noch besser.

»Dein Hund ist grün.«

»Ja, ist er. Aber hör auf, ihn so mitleidig anzustarren. Davon wird er ganz verlegen.«

Liam blinzelte und warf erneut einen Blick auf Jasper, der sich völlig ungeniert auf dem Rasen wälzte und die beiden keines Blickes würdigte.

»Verlegen?«, fragte er ungläubig.

»Hunde können durchaus Scham empfinden, Liam Montgomery.«

»Sicher. Aber nicht dein Hund. Dein Hund geniert sich ganz sicher nicht«, konterte er.

»Doch, manchmal schon«, sagte sie beharrlich. Sie hob trotzig das Kinn an, und Liam musste ein Lachen unterdrücken.

»Sicher, Baby.« Er beugte sich vor und küsste sie auf die Nasenspitze. Als sie ihn finster anstarrte, zuckte er zusammen. »Liebes.«

»Nenn mich nicht *Liebes*. Jasper geniert sich manchmal. Aber das tut jetzt nichts zur Sache. Er braucht ein Bad. Du wolltest mit mir ausgehen, aber ich habe dir gesagt, dass ich ihn zuerst waschen muss. Also, pack mit an.«

»Also gut, ich helfe dir.« Liam hob kapitulierend die Hände. »Aber ich will trotzdem wissen, warum er grün ist. Hat er sich in einen Bottich mit grünem Zuckerguss geworfen?«

Als Arden die Lippen zu einem Lächeln verzog, beugte er sich vor und küsste sie erneut. Er konnte einfach nicht anders. Er liebte es, sie zu küssen. Wahrscheinlich sollte er einen Schritt zurücktreten, statt so zu tun, als gäbe es für ihn einen festen Platz in ihrem Zuhause. Doch er schien sich nicht davon abhalten zu können.

Es fühlte sich gut an. Und er dachte nicht im Traum daran, damit aufzuhören.

Sie stöhnte in seinen Armen und zog sich dann zurück, wobei sie das Ende des Schlauchs auf ihn richtete. »Vorsicht, Montgomery. Mach mich nicht schwach.«

»Schwach? Ich glaube, *du* bist diejenige, die gestöhnt hat.« Er konnte kaum fassen, dass er dieses Gespräch tatsächlich führte, aber er genoss es viel zu sehr, um aufzuhören. Er war gern mit Arden zusammen, sie war die perfekte Ablenkung und genau das, was er gebraucht hatte.

»Wir schweifen vom Thema ab«, sagte sie hastig und umklammerte den Griff der Sprühdüse. »Jasper ist grün, weil er sich gern in frisch gemähtem Gras wälzt, wie du unschwer erkennen kannst.«

»Du hast den Rasen gemäht? Ich habe dir gesagt, dass ich mich darum kümmern werde, wenn Cross keine Zeit hat.« Er wollte verhindern, dass sie sich verausgabte. Aber darüber hatten sie schon gesprochen.

Sie verengte die Augen. »Das ist nur eine kleine Fläche, die kann ich selbst mähen. Ich will das jetzt nicht diskutieren. Wie dem auch sei, mein kleiner Junge liebt Gras, aber ... er ist ein weißer Hund. Weißes Fell plus frisch gemähtes Gras ergibt einen grünen Hund. Also muss er gebadet werden.« Sie klimperte wieder mit den Wimpern. »Und ich könnte deine Hilfe gebrauchen.«

Sie streckte ihm den Schlauch entgegen, und er grinste. »Willst du mich etwa nass spritzen?«

»Später vielleicht schon«, antwortete sie. »Doch zuerst müssen wir Jasper einfangen.«

»Ihn einfangen?« Jasper war einer der bravsten Hunde, denen er je begegnet war. Daher ergab der Gedanke, ihn fangen zu müssen, für ihn wenig Sinn.

»Er mag es nicht, im Garten gebadet zu werden. Die Diva geht lieber in den Hundesalon«, flüsterte sie ihm zu.

»Warum flüsterst du?«, fragte Liam, ebenfalls im Flüsterton.

»Weil er mich genau versteht.« Wie auf Stichwort hielt Jasper mitten in der Bewegung inne und spitzte die Ohren.

»Oh, oh«, murmelte Liam mit einem Grinsen.

»Füll den Bottich«, rief Arden lachend und eilte auf Jasper zu. »Seife ist schon drin!«

Liam schüttelte nur den Kopf und tat wie geheißen. Während er Arden und Jasper dabei zusah, wie sie sich *gegenseitig* durch den Garten jagten, lachte er so ausgelassen, dass er sich den Bauch halten musste. Gerade als er sich ihnen anschließen wollte, sprintete Jasper auf ihn zu und sprang mit einem Satz in den Bottich.

Seifenwasser schwappte über den Rand in alle Richtungen und traf Liam sowohl am Körper als auch im Gesicht.

Ardens Lachen verstummte. Er wischte sich die Seife aus den Augen und fixierte sie mit einem Blick. Sie presste sich eine Hand an den Mund und ihr Gesicht war hochrot angelaufen, während sie verzweifelt versuchte, nicht zu lachen.

»Dein Hund, Arden. Dein Hund.«

»Er geniert sich nur«, erklärte sie.

»Von wegen.«

Es dauerte nicht lange, bis sie beide von Kopf bis Fuß mit Seifenlauge und feuchten Hundeküssen bedeckt waren. Jasper hielt nun still, sodass sie ihn waschen konnten. Ein einziges Wort von Arden hatte genügt, um ihn zu bändigen. Offenbar war die Jagd nur ein Spiel, das die beiden liebten, doch Liam wollte sich nicht beschweren. Schließlich hatte auch er seine Eigenheiten. Ardens schienen sich einfach um ihren Hund zu drehen.

Als Jasper schließlich halbwegs trocken in der Sonne auf der Terrasse lag, war Liam am Ende seiner Kräfte und klatschnass.

»Ich kann nicht glauben, dass du das normalerweise allein machst«, sagte er lachend.

»Oh, meine Brüder helfen mir manchmal. Oder ich rufe den Hundefriseur an. Wie ich schon sagte, aus irgendeinem Grund liebt er den Hundesalon.« Als sie mit den Schultern zuckte, hob Liam fragend die Augenbrauen. »Ich hatte einfach gedacht, es würde Spaß machen, zu Hause mit dem Hund zu bleiben, statt auszugehen. Aber ich bin wohl eine Niete in Sachen Romantik.«

Bei diesen Worten zog sich sein Magen zusammen, doch er verdrängte das Gefühl. »Ach so?«

»Ja, es war keine besonders gute Idee. Aber immerhin ist dein Hemd klatschnass und klebt an deiner Brust. Für mich ist das ein Gewinn.«

Liam warf einen vielsagenden Blick auf ihr blassrosa Oberteil und ihren *sehr* dünnen BH, unter dem sich ihre Brustwarzen abzeichneten.

»Hm, ich bin mir ziemlich sicher, dass mein Gewinn noch viel größer ist.«

Während er sie musterte, verhärteten sich ihre Brustwarzen. Er musste schlucken und rückte diskret seine nasse Jeans zurecht. Der Stoff würde wahrscheinlich Spuren hinterlassen.

»Schau mich nicht so an«, flüsterte sie und bedeckte mit den Händen ihre Brüste.

»Es fällt mir schwer, dich nicht anzusehen. Du bist so verdammt sexy und niedlich«, erwiderte er.

»Ach wirklich?«, fragte sie und wischte sich eine Seifenblase von der Wange.

»Ja, *wirklich*.« Er trat auf sie zu und umfasste ihr Gesicht mit beiden Händen. »Hey.«

»Hey«, hauchte sie. »Danke für deine Hilfe.«

»Gern geschehen, Baby.« Er beugte sich vor und strich mit seinen Lippen sanft über ihre. »Ich helfe dir immer gern.«

Das war die Wahrheit. Er hatte tatsächlich Spaß und konnte sich dieser unbändigen Anziehungskraft, die von ihr ausging, einfach nicht entziehen. Arden brachte ihn zum Lächeln und zum Lachen.

Nach den Ereignissen der letzten Wochen schien sie genau das zu sein, was er brauchte.

Mit der tieferen Bedeutung dessen würde er sich später auseinandersetzen.

Im Moment hielt er eine nasse und seifige Arden in seinen Armen. Mehr brauchte er nicht.

KAPITEL ZWÖLF

»Dir ist schon klar, dass ich keine Ahnung habe, was hier gerade passiert, nicht wahr?«, fragte Arden, woraufhin Liam ein Schnauben ausstieß.

Er schlang einen Arm um ihre Schultern und zog sie ein Stück von den anderen Kerlen am Tresen weg. »Ich dachte, du kennst dich mit Basketball aus«, sagte Liam und drückte ihr einen Kuss auf den Kopf.

»Oh, ich war schon bei ein oder zwei Spielen der Denver Nuggets. Aber von College-Basketball habe ich keinen Schimmer.«

Die beiden Typen hinter ihr tauschten höhnische Blicke aus und steckten die Köpfe zusammen. Liam bedachte sie mit einem finsteren Blick. Er war größer und auch älter als die beiden. Scheiß auf ihre Überheblichkeit.

»Das solltest du wahrscheinlich nicht so laut sagen, während wir uns in einer Kneipe das March-Madness-

Turnier anschauen«, meinte Liam und küsste sie dann auf die Stirn. Er konnte einfach nicht aufhören, sie zu küssen. Am liebsten hätte er seine Lippen nie wieder von ihr gelöst. Es war wie ein Zwang, an den er sich gewöhnen könnte. Arden war für ihn sowohl eine Ablenkung als auch eine Sucht. Aber das war in Ordnung, denn er hatte das unbestimmte Gefühl, dass er auch für sie Mittel zum Zweck war. Zumindest hoffte er das. Er war ihre Sucht. Aber war er für sie auch eine Ablenkung? Manchmal fragte er sich, ober er ihr überhaupt helfen konnte. Doch darüber würde er sich jetzt nicht den Kopf zerbrechen. Heute Abend war ihre sechste Verabredung – oder die siebente, wenn man den Nachmittag im Café mitzählte. Er würde ihn definitiv dazurechnen, denn so konnte er behaupten, dass er nicht gleich bei ihrem ersten Treffen mit Arden geschlafen hatte. Er selbst hatte kein Problem damit, aber er ahnte, dass sie von dieser Vorstellung nicht besonders begeistert war. Also war dies ihre siebente Verabredung. Doch während sie hier in dieser Kneipe saßen, umgeben von johlenden College-Basketball-Fans, fragte er sich allerdings, ob es ein Fehler gewesen war hierherzukommen.

»Wir können auch gehen, wenn du willst«, schlug Liam vor. »Es wäre nicht das Ende der Welt.«

Sie verdrehte nur die Augen und küsste ihn aufs Kinn, bevor sie an ihrem Manhattan nippte. Die meisten Leute hier tranken Bier oder Martinis. Heute Abend wurden Wodka und Whisky zum Sonderpreis angeboten, wahrscheinlich um einen Teil der Bestände zu leeren. Liam war das egal, er blieb bei seinem einen Bier. Aber er sah die vielen leeren Gläser auf den Nachbartischen und wusste, dass sie nicht den ganzen Abend würden bleiben können. Bei der March Madness wurde auch so schon genug gegrölt. Da musste man nicht noch Alkohol ins Feuer kippen.

»Ich amüsiere mich wirklich. Ich wollte dich nur wissen lassen, dass ich eigentlich keine Ahnung von den Teams habe. Außer Duke kenne ich keine Mannschaft.«

»Wir reden nicht über Duke«, sagte Liam mit ausdrucksloser Miene, woraufhin die Jungs neben ihm lachten.

»Duke ist scheiße«, rief einer von ihnen.

»Duke ist scheiße!«, johlten einige der anderen Gäste.

Arden schloss die Augen. »Ich verstehe. Offenbar ist Duke scheiße. Gut zu wissen. Prost.« Sie hob ihr Glas an und nahm einen weiteren Schluck. Liam lächelte nur und nippte an seinem Bier.

»Nun, ich könnte dir den Aufbau der March Madness erklären, aber ich will nicht überheblich erscheinen.«

Sie schnaubte und schüttelte den Kopf. »Das tust du nicht. Aber meine Brüder können sehr herablassend sein, wenn sie mir etwas erklären. Oder besser gesagt, sie klingen wie große Brüder. Ich habe keine Ahnung, ob sie sich anderen Frauen gegenüber auch so verhalten.«

»Nun ja, ich bin mir ziemlich sicher, dass ich Bristol gegenüber denselben Ton anschlage, also ist es wahrscheinlich eine Angewohnheit, die große Brüder haben.«

»Und manche Männer im Allgemeinen. Wie dem auch sei, ich weiß Bescheid über die Spielpaarungen. Mir fehlen allerdings die Hintergrundinfos zu den einzelnen Teams, um mich auf eines festlegen zu können. Außerdem weiß ich nicht, welches Team dieses Jahr das Cinderella-Team ist.«

»Das Cinderella-Team wird nicht einfach willkürlich ausgewählt. So einen vielversprechenden Außenseiter gibt es nicht bei jedem Turnier«, erklärte er sanft.

»Nun, das sollte es aber. Es ist immer eine schöne Erfolgsgeschichte.«

»Genau das macht die Geschichte aus. Aber in diesem Jahr läuft es wie immer. Die schlechter platzierten Teams marschieren einfach durch.«

Kaum hatte er die Worte ausgesprochen, klopfte er mit den Fingerknöcheln auf den Tresen, wohl wissend, dass alle in Hörweite ihn angrinsten.

»Entschuldigung, das hätte ich wahrscheinlich nicht sagen sollen.«

»Oh, glaub mir, ich kenne mich mit Aberglauben aus«, entgegnete sie schmunzelnd. »Ich schaue Football und Eishockey – allerdings eher die Profi-Ligen. Mit den College-Spielen kenne ich mich weniger aus. Aber ich lerne dazu.« Sie hob abwehrend die Hände und sah sich um. Einige der Gäste waren auf sie aufmerksam geworden und hörten gespannt zu. »Versprochen. Ich lerne dazu. Sagt mir einfach, wen ich anfeuern soll, und ich werde mich das nächste Mal besser informieren.«

Die Jungs hoben ihre Gläser und prosteten ihr zu. Arden grinste.

Nun, es schien, als hätte Arden ein Händchen für Menschen. Sie hatte die Leute im Handumdrehen um den Finger gewickelt – genau wie ihn. Sie blieben noch eine Weile an der Bar sitzen und teilten sich eine Portion Hähnchenflügel. Nachdem Arden ihren Manhattan geleert hatte, stieg sie auf Mineralwasser mit Limette um. Er trank sein Bier und tat es ihr dann gleich. Als der Favorit irgendwann ins Straucheln geriet, kippte die Stimmung jedoch. Liam blieb wachsam und behielt die Gäste um sie herum im Auge, um Ardens Sicherheit zu gewährleisten.

Es war viel zu laut hier drin. Doch scheinbar war eine der örtlichen Studentenverbindungen aufgetaucht, und die Situation geriet außer Kontrolle.

Wahrscheinlich würden sie bald nach Hause gehen müssen. Als er sah, dass Arden immer wieder zusammenzuckte, hatte er das Gefühl, dass sie nicht länger warten sollten.

»Ist alles in Ordnung?«, fragte er.

Sie nickte und rieb sich den Arm. »Mir geht es gut. Aber die Leute rempeln mich immer wieder von hinten an. Ich glaube, ich werde ein paar blaue Flecke davontragen.«

Er verengte die Augen und ballte die Hände auf dem Tresen zu Fäusten. »Was zum Teufel?«

»Keine Sorge. Es ist nur ... Ich glaube, ich bekomme gerade einen Schub. Da kriege ich schneller blaue Flecke. Mach dir keine Sorgen.«

Er schluckte und versuchte, sich nicht daran zu erinnern, wie sehr sie im Krankenhaus bei ihrem letzten Schub gelitten hatte. Er wusste noch immer viel zu wenig über Lupus und hatte keine Ahnung, wie er ihr helfen konnte. Er hatte Angst, dass er ihr überhaupt nicht beistehen konnte. Aber zumindest konnte er sie von hier fortbringen. »Lass uns gehen.«

Sie verzog das Gesicht und rieb sich den Bauch. »Ja. Ich fühle mich nicht so gut. Tut mir leid. Ich hasse das.«

Er schüttelte den Kopf, nickte dem Barkeeper zu, als er das Geld für den Rest ihrer Rechnung auf dem Tresen liegen ließ, und half dann Arden vom Barhocker.

»Komm schon, ich bringe dich nach Hause ins Bett.«

»Entschuldigung«, hauchte sie. Auf der Fahrt zu ihrem Haus beteuerte sie wiederholt, wie leid es ihr tat. Währenddessen stöhnte sie und hatte die Arme um ihren Körper geschlungen. Er machte sich ernsthaft Sorgen.

»Arden. Hör auf, dich zu entschuldigen. Soll ich dich ins Krankenhaus bringen?«

Er fuhr von der Schnellstraße ab, wobei er ihr immer wieder besorgte Blicke zuwarf.

»So ist das Leben eben, es ist halb so wild«, beteuerte sie. Als sie jedoch das Gesicht verzog, stieß er einen Fluch aus.

»Halb so wild? Sieh dich doch an, Arden. Du kannst kaum aufrecht sitzen.«

»Ich weiß. Aber glaub mir, es war schon schlimmer. Ich hätte wahrscheinlich keinen Whisky trinken sollen. Und die Hähnchenflügel sind mir wohl auch nicht bekommen. Ich hasse das. Aber mach dir keine Vorwürfe. Mir war nicht klar, dass ich auf den Alkohol und das scharfe Essen reagieren würde. Ich weiß nie im Voraus, was meinen Körper aus der Bahn wirft. Wenn ich es könnte, würde ich wenigstens versuchen, es zu vermeiden. Aber so wie es aussieht, bekomme ich im Moment einen Schub, also bring mich bitte einfach nach Hause, okay? Es tut mir so leid, dass ich den Abend ruiniere.«

»Das muss dir nicht leidtun.« Er umklammerte das Lenkrad mit festem Griff, als er in ihre Einfahrt einbog. »Es ist nicht deine Schuld.«

»Ja, aber … wir fahren doch trotzdem nach Hause, nicht wahr?«

Er seufzte, stellte den Motor ab und stieg aus dem Wagen. Bevor er die Beifahrertür öffnen konnte, stieg sie bereits aus eigener Kraft auf wackeligen Beinen aus und stieß ihn von sich, als er sie stützen wollte.

»Verdammt, Arden, lass mich dir doch helfen.« Er wusste, dass er die Beherrschung verlor, aber er fühlte sich so hilflos. Er konnte nichts für sie tun. Und je öfter sie seine Hilfe verweigerte, desto mehr ärgerte er sich.

»Ich schaffe das schon, Liam. Wie immer.«

»Du musst das nicht alles allein bewältigen, Arden.«

Sie öffnete die Tür, und Jasper kam ihr entgegen und stupste seine Schnauze gegen ihre Handfläche. Sie warf Liam einen Blick über die Schulter zu und schenkte ihm ein trauriges Lächeln. »Ich habe viel Übung darin, Liam. Danke für heute Abend. Es tut mir leid, dass der Lupus uns einen Strich durch die Rechnung gemacht hat. Bis bald?«

Er nickte knapp, küsste sie aber nicht. Er befürchtete, dass er ihr durch eine bloße Berührung Schmerzen bereiten könnte. Und das konnte er nicht riskieren. Als sie mit ihrem Hund ins Haus ging und die Tür schloss, konnte er nichts weiter tun, als zu gehen.

Er konnte sehen, wie sehr sie litt, war aber machtlos dagegen. Er fürchtete, dass er vielleicht nie einen Weg finden würde, um ihr beizustehen.

Doch er wusste einfach nicht, was er tun sollte. Dabei hatte er das dumpfe Gefühl, gerade die falsche Entscheidung getroffen zu haben. Er hatte Angst, einen weiteren Fehler zu begehen.

Aber im Moment würde er keine Lösung finden. Also stieg er in seinen Wagen und fuhr langsam aus der Einfahrt, während er sich fragte, was er im Hinblick auf Arden unternehmen sollte.

KAPITEL DREIZEHN

Liam hatte sich geschworen, seinen Helden nicht sterben zu lassen, aber wenn Nash sich nicht zusammenriss und tat, was von ihm verlangt wurde, dann würde Liam die komplette Reihe beenden und jeder Figur darin den Garaus machen.

Im Ernst, vielleicht würde er seinen Helden einfach symbolisch auf dem Scheiterhaufen verbrennen.

Vielleicht würde er Nash einfach ins Jenseits befördern und sich auf Pennys Geschichte konzentrieren. Penny war still und unauffällig. Das hätte ihn wahrscheinlich beunruhigen sollen, aber da Nash sich in seinen Gedanken wie ein Idiot aufführte, war Penny im Gegensatz wie eine kühle Oase der Ruhe, eine willkommene Auszeit von dem höllischen Chaos, das in Liams Kopf gerade herrschte.

Ja, er unterhielt sich in Gedanken mit seinen Figuren. Das taten alle Autoren, die er kannte. Sogar die Analytiker unter ihnen, die sich streng an ihre Entwürfe hielten und deren Charakterprofile nur aus Daten in einer Tabelle bestanden. Auch sie sprachen mit ihren Figuren, auch wenn sie es niemals zugeben würden.

Sie alle konnten die Worte nicht zu Papier bringen, ohne sie zuerst im Geiste zu formulieren.

Vielleicht verlor Liam auch einfach nur den Verstand und verlor sich in Gedanken über das Handwerk des Schreibens, statt sich endlich an die Arbeit zu machen.

Sein Protagonist versteckte sich gerade hinter einem Felsbrocken, während Schüsse durch die Luft hallten und in der Ferne eine Bombe explodierte. Doch statt sich Gedanken darüber zu machen, wie er der Situation entkommen konnte, zerbrach Nash sich den Kopf über Penny. Nicht weil Penny in Gefahr war. Nein, Penny ging es gut. Allerdings sprach sie nicht mit Nash – genauso wenig wie mit Liam.

Sie hatte Nash von sich gestoßen und sich zurückgezogen mit der Begründung, dass sie alles allein bewältigen könne und auf niemanden angewiesen sei.

Liam brauchte weder einen Abschluss in Psychologie noch eine Therapiesitzung, um zu erkennen, dass er buchstäblich sein eigenes Leben in dieses Buch einfließen ließ.

Es war bereits vier Tage her, seit er Arden zuletzt gesehen hatte, und er wusste nicht, wie er damit umgehen sollte. Er musste arbeiten, denn ein Abgabetermin saß ihm im Nacken. Außerdem war es nicht so, als sähen sie sich normalerweise jeden Tag. Aber er erhielt nur noch sporadisch Nachrichten von ihr, und meistens lieferten diese nur eine knappe Erklärung darüber, dass sie müde sei.

Er machte sich wirklich Sorgen. Verdammt, alles in Bezug auf Arden bereitete ihm momentan Kopfzerbrechen.

Wenn er nicht an seinem Buch arbeitete und versuchte, in die Welt von Nash und Penny einzutauchen, stürzte er sich in die Recherche über Lupus.

Arden hatte ihm zwar die wichtigsten Fakten geliefert, aber er sah sich YouTube-Erfahrungsberichte von Betroffenen an, las Artikel über Fehldiagnosen und die tückischen Arten, auf die die Krankheit zum Tod führen konnte. Er erfuhr, wie die Symptome sich tarnten und dass die meisten Menschen am Ende an einer ganzen Reihe von Begleiterkrankungen litten.

Wie zum Teufel hatte Arden das so lange überlebt? Wie konnte sie lächelnd herumhüpfen und so tun, als sei alles in Ordnung? Meistens wirkte sie vollkommen gesund und die Krankheit war ihr gar nicht anzusehen.

Aber sie war krank, und er wusste nicht, wie er ihr helfen konnte. Bei der Erkenntnis, dass er alles auf sich projizierte und sich überlegte, wie er sich angesichts ihrer Krankheit fühlte, kam er sich vor wie ein Riesenarschloch.

Die Hilflosigkeit machte ihn noch verrückt. Doch vielleicht gab es eine Möglichkeit, ihr zu helfen. Zumindest könnte er versuchen, ihr das Leben etwas leichter zu machen.

Dafür musste sie allerdings seine Hilfe annehmen und ihn an sich heranlassen.

Das bedeutete wiederum, dass er bereit sein musste, den nächsten Schritt zu tun.

Eigentlich hätte Arden nur eine Ablenkung sein sollen.

Das hatte er sich immer wieder eingeredet. Obwohl es funktioniert hatte und sie den ganzen anderen Mist in seinem Leben ausgeblendet hatte, war sie inzwischen mehr als nur ein Zeitvertreib. Und er war sich nicht sicher, wie er sich dabei fühlte.

Das war auch der Grund, warum Nash und Penny ihm so sehr zu schaffen machten.

Es fiel ihm schwer, in seine eigene fiktionale Welt einzutauchen und vorzugeben, er hätte alles unter Kontrolle. Denn das war nicht der Fall. Nichts war in Ordnung.

Mühsam schrieb er noch hundert Wörter, dann brachte er es auf eine Seite, bevor er schließlich aufgab. Insgeheim wusste er jetzt schon, dass er das letzte Kapitel löschen würde. Nichts davon war zu retten.

Er hatte keine Ahnung, wohin Nash sich als Nächstes wenden würde, und das beunruhigte ihn genauso sehr wie seine eigene Zukunft. Im Grunde hatte Liam den gesamten Plot bereits entworfen und wusste, welchen Verlauf Nashs Geschichte nehmen würde. Doch das Ende war noch ungewiss. Denn im Moment stand er an einem Scheideweg, an dem Nash sich entscheiden musste.

Doch Liam war noch nicht bereit, eine Entscheidung zu treffen.

Lange würde er es jedoch nicht mehr hinauszögern können.

Aber heute würde er nichts unternehmen.

Stattdessen lehnte er sich zurück und fischte sein Handy aus der Tasche.

Er war sich nicht sicher, ob Arden heute arbeitete. Eigentlich war sie immer beschäftigt, bis auf die Tage, an denen sie körperlich nicht dazu in der Lage war. Dann saß sie weniger als acht Stunden vor dem Computer.

Er hatte das Bedürfnis, sie zu sprechen, und da er ihr Gesicht schon eine Weile nicht mehr gesehen hatte, wollte er sie per Videochat anrufen. Allerdings befürchtete er, dass sie *ihn* vielleicht nicht sehen wollte.

»Reiß dich zusammen und ruf sie einfach an«, murmelte er zu sich selbst. Allmählich verlor er wirklich den Verstand. Zumindest wenn es um Arden ging. Und um seine Familie. Und seine Arbeit.

Großartig, dann hatte er also alles direkt vor sich. Oder nichts. Wie auch immer.

Er tippte auf Ardens Namen in der Anrufliste und startete den Videochat. Während er darauf wartete, dass sie ranging, betrachtete er sein Gesicht auf dem Display und blinzelte. Er hätte sich rasieren oder wenigstens waschen sollen. Im Moment sah er so aus wie ein Mann, der unter Termindruck stand und einen beschissenen Tag hatte. Aber ... zu spät.

Als Arden den Anruf entgegennahm, konnte er sehen, dass sie im Bett lag. Ihr Kopf war auf ein Kissen gebettet und die dunklen Schatten unter ihren Augen traten deutlicher hervor als je zuvor.

»Habe ich dich geweckt?«, fragte er mit gedämpfter Stimme.

Arden bemühte sich um ein Lächeln, das jedoch nicht ihre Augen erreichte. Verdammt. »Nein, ich ruhe mich nur aus. Zusammen mit Jasper.« Sie schwenkte das Handy, sodass Liam ihren Körper unter der Decke sehen konnte. Jasper hatte sich an ihre Seite geschmiegt und seinen Kopf auf ihren Oberkörper, direkt unter ihren Brüsten gebettet. Als der Hund in die Kamera blickte, hätte Liam schwören können, einen flehenden Ausdruck in den Augen des Tieres zu erkennen. Flehte er um Hilfe? Oder wollte er einfach seine Ruhe?

Liam war nicht einmal imstande, Ardens Gesichtsausdruck zu deuten, wie sollte er dann den des Hundes lesen?

»Du bist also wach? Von hier sieht es so aus, als würdest du dich vor der Arbeit drücken und faulenzen«, neckte er sie. Er wollte ihr nur ein Lächeln entlocken. Wann war es zu seiner Lebensaufgabe geworden, Arden zum Lächeln zu bringen? Er wusste es nicht, aber er würde es verdammt noch mal herausfinden. Und er würde seine Mission erfüllen.

»Ich war den ganzen Tag fleißig. Meine Sachen liegen auf der anderen Seite des Bettes. Heute war ein Arbeite-im-Bett-Tag. Für meinen Körper ist das zwar nicht ideal, aber es könnte schlimmer sein. Vor Kurzem habe ich Jasper in den Garten gelassen und mich dann wieder ins Bett gelegt. Und er hat sich wenig später zu mir gesellt. Weil er ein braver Hund ist, nicht wahr?«, säuselte sie. Liam beobachtete, wie sie ihren Arm bewegte, und nahm an, dass sie Jasper den Kopf kraulte.

»War er schon G-A-S-S-I?«, fragte er und musste unwillkürlich lächeln, als er das Wort, genau wie sie, buchstabierte.

Sie riss die Augen auf und schüttelte den Kopf. »Nein, noch nicht. Wir dürfen das Wort überhaupt nicht aussprechen, nicht einmal, wenn wir es buchstabieren. Er hat gelernt, was es bedeutet.«

Liam schnaubte, nickte aber. »Kann ich etwas für dich tun?«

»Mir geht es gut. Ich fühle mich schon besser. Auch wenn es im Moment vielleicht nicht so aussieht. Wir haben es uns hier gemütlich gemacht.« Sie hielt kurz inne. »Wie läuft es mit dem Buch? Oder sollte ich das Thema lieber nicht anschneiden?«

Liam lehnte sich im Stuhl zurück und stöhnte. »Reden wir nicht über das Buch. Niemals.«

»So schlimm?«, fragte sie und kuschelte sich in das Kissen.

»Ich bin an einem Punkt, an dem ich alles hasse, was ich jemals in meinem Leben geschrieben habe. Ich frage mich ernsthaft, warum ich mich überhaupt für diesen Job entschieden habe. Vielleicht sollte ich mir eine neue Karriere suchen. Immerhin ist das hier bereits meine zweite. Da könnte ich doch auch noch eine dritte starten.«

»Wenn du das Buch nicht fertig schreibst und ich nie erfahre, wie Nashs und Pennys Geschichte weitergeht, dann werde ich zutiefst enttäuscht von dir sein, Liam Montgomery.«

Liam verzog die Lippen zu einem Lächeln. Er betrachtete ihr erschöpftes Gesicht und wünschte sich, er sei bei ihr, um ihr zu helfen. Zumindest wollte er etwas tun, damit sie sich besser fühlte.

»Also schön, ich werde daran arbeiten. Aber nur für dich.«

»Das gibt mir das Gefühl, etwas Besonderes zu sein.«

Er schluckte schwer. »Du bist etwas Besonderes.«

Dann beugte er sich vor und runzelte die Stirn. Das Licht im Raum hatte sich verändert, und die Sonnenstrahlen fielen nun direkt auf ihr Gesicht.

»Ist das da eine Prellung an deinem Kiefer?«

Sie zuckte zusammen. »Ja, es ist passiert, als ich versucht habe, mein Oberteil anzuziehen. Irgendwie habe ich mir dabei selbst ins Gesicht geschlagen. Ich bin so ein Schussel.«

»Dein Teint wirkt fast gelblich«, fügte Liam besorgt hinzu. »Ganz ehrlich, im Sonnenlicht siehst du irgendwie gelb aus.«

Sie seufzte und nickte. »Ja, ich glaube, das kommt von dem Schub. Mir ist es vorhin auch schon aufgefallen, doch da ich manchmal überreagiere, wollte ich nicht gleich Alarm schlagen. Aber wenn du es auch siehst, rufe ich wohl besser meinen Arzt an.«

»Arden. Ich komme jetzt vorbei.«

»Nein, setz dich wieder an die Arbeit. Erledige zumindest das, was du heute noch tun kannst. Ich komme schon zurecht. So wie immer.« Sie seufzte matt.

»Ich muss jetzt auflegen. Irgendjemand muss ja schließlich die Krankenversicherung bezahlen«, scherzte sie und zwinkerte ihm zu.

Liam stieß ein Knurren aus. »Arden.«

»Wenn man nicht über das lachen kann, was einen in die Knie zwingen will, worüber dann? Mir geht es gut. Ich mache das nicht zum ersten Mal mit. Aber ich muss jetzt wirklich auflegen, in Ordnung? Wir reden später.«

»Ja, wir reden später«, erwiderte er, dann beendeten sie das Gespräch. Liam starrte auf sein Handy und umklammerte es mit festem Griff. Es war ein Wunder, dass das Glas nicht zersplitterte.

»Scheiße.«

Mit Wucht knallte er das Telefon auf den Tisch.

Er fühlte sich machtlos. Er konnte nichts unternehmen, um Arden zu helfen. Das Buch bereitete ihm ebenfalls Kopfzerbrechen und mit seiner Familie wollte er sich nicht auseinandersetzen. Für gewöhnlich strotzte er vor Tatkraft, setzte sich ein Ziel und verfolgte es. Wenn seine Geschwister ihn um Hilfe baten, war er sofort zur Stelle. Und bevor seine Welt aus den Fugen geraten war, hatte er auch seinen Eltern stets zur Seite gestanden.

Doch jetzt saß er tatenlos herum und versank in Selbstmitleid. Er musste eine Entscheidung treffen und sich darüber klar werden, was zum Teufel er tun wollte. Doch er sah immer wieder Ardens blasses, gelbliches Gesicht und die Prellung an ihrem Kinn vor sich.

Er konnte ihre Krankheit nicht heilen.

Aber vielleicht konnte er ihr helfen, sich besser zu fühlen.

Er musste ihr dabei nur aus dem Weg gehen.

Bevor er sich jedoch einen Schlachtplan zurechtlegen konnte, riss ihn die Türklingel aus seinen Gedanken. Er legte die Stirn in Falten. Der einzige Mensch, den er im Moment sehen wollte, war Arden, und sie konnte es unmöglich sein. Es war ausgeschlossen, dass sie den Weg zu seinem Haus so schnell zurückgelegt hatte. Ohnehin hatte er das Gefühl, dass sie ihm nicht verraten wollte, wie es ihr wirklich ging. Denn warum sollte sie sich auf jemanden stützen, wenn sie es gewohnt war, allein zu sein?

Weil das seiner eigenen Einstellung ziemlich nahekam, ging er zur Tür und riss sie auf, ohne einen Blick durch den Spion zu werfen.

Als er sah, wer draußen stand, stockte ihm der Atem. »Oh«, keuchte er.

»Oh.« Timothy Montgomery, der Mann, den Liam sein ganzes Leben lang »Vater« genannt hatte, kniff sich in die Nasenwurzel und drängte sich dann an Liam vorbei ins Haus.

»Komm ruhig rein. Mach es dir bequem«, sagte Liam sarkastisch.

»Weißt du was? Du kannst dir diesen Tonfall schenken.«

»Im Ernst? Dies ist mein Haus.«

»Und ich bin dein Vater.«

»Nein, bist du nicht. Haben wir das nicht gerade erfahren?«

»Oh, werd endlich erwachsen, Liam.« Timothy begann, im Wohnzimmer auf und ab zu gehen, während

Liam wie versteinert dastand. Sie hatten sich schon oft angeschrien, aber nicht so. Normalerweise schwangen dabei nicht so viele Emotionen mit. Meistens ließen sie nur Dampf ab, während sie tief im Inneren wussten, dass sie immer füreinander da sein würden.

Aber diese Gewissheit war nicht mehr da.

Liam konnte kaum atmen.

»Ich liebe deine Mutter. Ich habe sie immer geliebt. Und ich liebe dich, Liam.«

»Ich ...«, begann Liam, doch die Worte blieben ihm im Halse stecken. Er hatte keine Ahnung, was er sagen sollte.

»Ich weiß, dass das alles verwirrend ist. Wir hätten einen Weg finden sollen, es dir zu sagen. Wir wussten nur nicht wie. Du warst immer mein Kind. Selbst als wir noch nicht sicher sein konnten, ob uns das volle Sorgerecht zugesprochen wird, warst du mein Kind. Ich bin nur deshalb nicht in deiner ursprünglichen Geburtsurkunde aufgeführt, weil wir damals schlichtweg keine Ahnung von den rechtlichen Gegebenheiten hatten. Zudem wussten wir nicht, wie Steve reagieren würde. Er hat sich entschieden, seine elterlichen Rechte abzutreten. Aber das bedeutet nicht, dass du nicht gewollt warst. Deine Mutter und ich wollten dich und lieben dich. Genauso wie alle anderen Mitglieder dieser Familie.«

»Es fällt mir einfach schwer, mich damit auseinanderzusetzen. Verstehst du das nicht? Jedes Mal wenn ich daran denke, werde ich wütend.«

»Du hast jedes Recht, wütend zu sein. Wir haben

dich belogen und dir die Wahrheit vorenthalten. Aber du musst wissen, dass wir es nicht getan haben, um dir wehzutun. Wir haben es getan, gerade weil wir dich nicht verletzen wollten.«

»Wirklich?«

»Natürlich. Du bist mein Sohn. Ich habe dich am Tag deiner Geburt im Arm gehalten. Ich war immer für dich da. Selbst während deiner Zeit als Model, als du dich manchmal wie ein Idiot benommen hast, oder als du als Teenager den Wagen geklaut hast, nur um dieses Mädchen namens Mindy auszuführen.«

»Sie hieß Maxie«, korrigierte Liam ihn und verzog die Lippen zu einem Lächeln.

»Mindy, Maxie, ist doch völlig egal. Du hast unsere Anweisungen missachtet und den Wagen genommen. Und dann haben Ethan, Aaron und sogar Bristol versucht, es dir gleichzutun, weil sie dem Beispiel ihres großen Bruders folgen wollten.«

»Keine Ahnung warum. Ich hatte zwei Monate lang Hausarrest.«

»Aber ihr cooler großer Bruder hat es getan, also mussten sie ihm nacheifern. Sie haben immer zu dir aufgeschaut, Liam. Sie sind deine Geschwister. Sie sind deine Familie. Sie sind mit dir blutsverwandt.« Timothy fuhr sich mit den Händen übers Gesicht und wandte sich ab. Als er wieder das Wort ergriff, brach seine Stimme, und Liam musste schlucken.

»Ich weiß, dass ich nicht mit dir blutsverwandt bin. Ich bin nicht dein leiblicher Vater. Mein Sperma war nicht an deiner Zeugung beteiligt.«

»Herrgott«, entgegnete Liam mit einem Schnauben.

»Was erwartest du? Wenn du darüber reden willst, in welcher Beziehung Steve zu dir steht, dann ist die Erklärung so klinisch. Er hat lediglich eine Eizelle befruchtet. Das ist der einzige Teil von ihm, der in dir steckt. Ansonsten sehe ich nichts von ihm in dir. Ich sehe deine Mutter. Ich sehe deine Großeltern und deine Geschwister. Und verdammt noch mal, ich sehe sogar mich selbst. Ich sehe mich in deinem Verhalten und in deinem Lachen. Darin, wie du dich in alles hineinstürzt, was du tust. Ich habe keine Ahnung, wie es jetzt weitergeht, aber ich liebe dich. Du bist mein Sohn. Du bist ein Montgomery. Ich habe dich großgezogen. Wende dich nicht von uns ab, nur weil wir einen dummen Fehler begangen haben.« Eine Träne rann ihm über die Wange, und er wischte sich übers Gesicht.

»Ich weiß nicht, was ich sonst noch sagen soll«, fuhr Timothy fort. »Lass nicht zu, dass wir daran zerbrechen. Wir sind Montgomerys. Wir sind stark. Wir geben nicht auf. Wir geben einander niemals auf.«

»Ich weiß nicht, Dad.«

Sein Vater riss die Augen auf und schluckte schwer. »Du hast mich nicht mehr ›Dad‹ genannt, seit du die Wahrheit herausgefunden hast.«

»Ich verstehe ja, dass mich mit meinem Erzeuger lediglich das genetische Erbgut verbindet. Aber ich werde das alles nicht einfach so von heute auf morgen akzeptieren können. Das liegt einfach nicht in meiner Natur. Ich dachte immer, ich sei ein Montgomery«, erklärte Liam mit hohler Stimme.

»Das bist du auch.«

»Warum dann die Lügen? Ich glaube … ich glaube, das schmerzt am meisten. Die Lügen.«

»Ich habe es dir doch gesagt, wir waren dumm. Wir dachten, wir täten das Richtige, aber wir haben uns geirrt. Wichtig ist nur, dass ich dich liebe. Deine Mutter liebt dich. Deine Familie liebt dich. Wenn du das alles erst einmal verarbeitet hast, werden wir für dich da sein. Deine Mutter wird für dich da sein.«

»Ich hasse sie nicht«, warf Liam hastig ein. »Ich gebe ihr nicht die Schuld für das, was passiert ist. Nur dafür, dass sie es mir verschwiegen hat.«

Sein Vater ließ die Schultern hängen und nickte. »Das solltest du ihr selbst sagen, wenn du wieder bereit bist, mit ihr zu reden. Oder überhaupt mit einem von uns. Ich ertrage es nicht, meine Frau in diesem Zustand zu sehen, Liam. Deine Mutter ist am Boden zerstört. Mir ist klar, dass wir diese Behandlung in gewisser Weise verdient haben. Aber wir waren immer für dich da. Und das wollen wir auch weiterhin sein. Also … ich verschwinde wieder. Ich wollte einfach nur vorbeikommen und dir sagen, dass ich dich liebe, wie es sich für einen Montgomery gehört. Wenn du mich schlagen oder anschreien musst, dann tu es. Aber lass deine Mutter nicht so leiden. Sie hat schon genug durchgemacht. Lass nicht zu, dass diese Sache einen Keil zwischen uns treibt.«

Liam nickte, erwiderte aber nichts. Er brachte keinen Ton heraus.

Nachdem die Tür hinter seinem Vater ins Schloss

gefallen war, stand Liam immer noch wie angewurzelt da und starrte auf seine geballten Fäuste.

Er machte niemandem einen Vorwurf daraus, wie er auf die Welt gekommen war. Das war nicht der Punkt, der ihn so sehr aufwühlte. Schließlich hatte seine Mutter seinen Vater nicht betrogen. Selbst wenn sie es getan hätte, hätte es nichts mit ihm zu tun gehabt. Das war eine Sache zwischen den beiden.

Sein Vater hätte während ihrer Trennung genauso gut mit einer Reihe von Frauen geschlafen haben können.

Das Problem waren die Lügen.

Sicher, sie hatten ihn um Verzeihung gebeten. Zumindest die, denen er überhaupt die Chance dazu gegeben hatte.

Er wusste, dass er die Sache bereinigen musste, aber er war noch nicht bereit. Er brauchte noch etwas Zeit.

Vielleicht würde er dann aufhören, sich wie ein Arschloch zu benehmen.

Das Telefon in seinem Arbeitszimmer klingelte. Er stieß einen Fluch aus. Scheinbar war es ihm nicht vergönnt, auch nur einen Moment für sich haben, um in Ruhe über alles nachdenken zu können.

Doch die Tatsache, dass alles auf einmal über ihn hereinzubrechen schien, war für ihn Ausrede genug, um sich nicht mit seinen Problemen auseinanderzusetzen.

Als Schriftsteller fand er daran Gefallen.

Er warf einen Blick auf das Display seines Telefons und sah, dass es sein Agent war. Entnervt nahm er den Anruf entgegen.

»Ja?«

»Hallo Liam, ich habe gerade die letzten Kapitel durchgelesen. Ich glaube, ich habe eine Idee, wie ich dir helfen kann.«

»Woher weißt du immer, wann ich Hilfe brauche?«, knurrte Liam.

»Weil wir seit Jahren zusammenarbeiten und ich alles über dich weiß.«

»Ja, natürlich.«

»Ach, spar dir das. Wie dem auch sei, ich glaube, du solltest mehr auf Nashs Familiengeschichte eingehen. Das könnte doch helfen, nicht wahr? Wenn du dich mit Nashs Herkunft auseinandersetzt, wirst du vielleicht auch wissen, wohin sein Weg ihn führen muss.«

Sein Agent redete weiter, während Liam nur hin und wieder ein Murren von sich gab und nickte – obwohl der Mann ihn nicht sehen konnte.

Nachdem sie das Gespräch beendet hatten, musterte er sein Telefon und schüttelte nur den Kopf.

Familie. Es lief immer wieder alles auf die Familie hinaus. Wie sollte man nach vorn blicken, wenn man nicht wusste, woher man kam?

Verdammt. Es schien, als könnte Liam seinen Problemen nicht entkommen. Aber das bedeutete nicht, dass er in diesem Moment darüber nachdenken musste.

Stattdessen steckte er sein Handy in die Tasche und schnappte sich seinen Schlüssel. Er würde zu Arden fahren und sich vergewissern, dass es ihr gut ging. Wenigstens eine einzige Sache wollte er richtig machen, wenn sich schon alles andere wie ein gewaltiger Fehler anfühlte.

Denn Arden brauchte ihn.

Auch wenn sie es nicht zugeben wollte.

Falls es ihm gelang, diese eine Sache geradezubiegen, müsste er sich vielleicht nicht mit den restlichen Problemen auseinandersetzen.

Zumindest nicht sofort.

KAPITEL VIERZEHN

Arden schleppte sich mühsam zur Tür. Sie schlurfte über den Teppich, während Jasper sich gegen ihren Oberschenkel presste, um sie zu stützen.

Er war zwar kein offizieller Assistenz- oder Therapiehund, aber er war so voller Liebe und Fürsorge, dass er ihr ganz intuitiv half, wenn ihre Kräfte nachließen. Sie wusste, dass sie ihn für die schweren Schübe ausbilden lassen sollte, doch darüber konnte sie im Moment nicht nachdenken. Ihr Verstand war viel zu benebelt, um einen klaren Gedanken zu fassen. Sie brachte nicht einmal die Energie auf, durch den Türspion zu schauen. Also öffnete sie die Tür nur einen Spaltbreit und lehnte den Kopf gegen das kühle Holz des Rahmens, während sie nach Luft rang. »Liam«, flüsterte sie mit trockenen Lippen.

»Arden, Baby. Mein Gott.« Er drängte sich durch die Tür und packte ihre Hüfte, um sie zu stützen. Jasper gab nicht einmal ein Knurren von sich. Stattdessen schmiegte er sich an Arden und blickte zu Liam auf, als bräuchte er ebenfalls Hilfe.

Im Moment war sie nicht einmal in der Lage, sich um ihren Hund zu kümmern.

Irgendetwas stimmte nicht. Ganz und gar nicht.

Sie hatte einfach nur Schmerzen. Alles tat weh.

Liam löste eine Hand von ihrer Hüfte, umfasste ihre Wange und zwang sie sanft, ihn anzusehen, damit er ihr in die Augen blicken konnte. Unter anderen Umständen hätte sie sein Verhalten seltsam gefunden, doch im Moment erschien ihr alles so unwirklich.

»Was ist los, Arden?«

»Ich fühle mich nicht gut«, antwortete sie schwach.

»Was du nicht sagst.«

»Ich habe versucht, meine Brüder zu erreichen, aber ohne Erfolg. Vielleicht rufe ich einfach ein Taxi. Ich weiß nicht.«

Ihre Stimme klang, als befände sie sich in einem Tunnel. »Ich glaube, ich brauche einfach Schlaf.« Sie wusste, dass das keinen Sinn ergab. Als sie sich an Liams Seite lehnte, hörte sie ihn leise fluchen.

»Ein Taxi?«, fragte er.

»Ich muss in die Notaufnahme. Und ich kann meine Familie nicht erreichen. Aber ich kann mir ein Taxi nehmen. Ich will keinen Krankenwagen rufen. So weit bin ich noch nicht.«

»Soll das ein Witz sein? Kommt gar nicht infrage. Ich fahre dich. Komm schon.«

»Nein, ich will dir nicht zur Last fallen. Du hast viel

zu tun und stehst unter Zeitdruck. Du solltest gar nicht hier sein.«

Sie schaffte es nicht einmal, die Augen zu öffnen. Stattdessen lehnte sie sich weiter an ihn, während er ihr mit einer Hand über den Rücken strich. Doch die Berührung war schmerzhaft. Sie zuckte zusammen, wich zurück und öffnete die Lider.

Er betrachtete sie mit verengten Augen. »Habe ich dir wehgetan?«

»Meine Haut und meine Kopfhaut schmerzen. Alles tut weh.«

Liam musterte prüfend ihr Gesicht und nickte knapp. »Okay. Ich will nichts mehr hören. Jetzt bin ich hier. Ich bringe dich in die Notaufnahme. Du wirst dir sicher kein Taxi rufen. Und wenn deine Brüder so überfürsorglich sind, wie du sagst, dann sind sie im Moment wahrscheinlich nicht in der Nähe ihrer Handys und hören das Klingeln nicht. Andernfalls wären sie wie ein geölter Blitz zu dir geeilt. Wahrscheinlich ist ihr Beschützerinstinkt genauso ausgeprägt wie meiner, wenn es um Bristol geht. Aber im Moment bin ich nun einmal bei dir, und sie werden sich damit abfinden müssen. Wir haben miteinander geschlafen. Das bedeutet, dass wir zumindest so etwas wie Freunde sind. Sogar mehr als das.«

»Ich bin so froh, dass wir uns endlich über unseren Status im Klaren sind«, sagte sie leise.

»Das sind wir nicht. Und jetzt komm. Ich fahre dich ins Krankenhaus. Hast du deine Handtasche?« Sie nickte. »Gut. Kann Jasper eine Weile hier allein bleiben?«

»Ja, ich schicke meinen Brüdern eine Nachricht.« Ihre Stimme war kaum mehr als ein Flüstern.

Er fluchte erneut und hob sie kurzerhand hoch.

Sie schnappte nach Luft. Jasper reagierte mit einem Bellen, verstummte aber sofort wieder. Scheinbar hatte ihr Hund Vertrauen zu Liam. Sie war froh darüber, denn im Moment konnte sie nicht klar denken. Alles tat ihr weh. Einfach alles.

Sie driftete immer wieder weg, als Liam sie zu seinem Wagen trug, sie anschnallte und ihre Handtasche im Fußraum verstaute.

Dann ging er zurück zum Haus. Sie hörte, wie er etwas zu Jasper sagte, bevor er ging und die Tür hinter sich abschloss. Sie blinzelte einmal, dann saß er plötzlich neben ihr und fuhr aus der Einfahrt.

»Soll ich dich in die Uniklinik bringen?«, fragte er mit gedämpfter Stimme.

»Ja, dort kennen sie mich schon.«

»Darauf will ich jetzt gar nicht erst eingehen, weil mich das nur wütend macht. Aber sobald wir im Krankenhaus sind und die Ärzte sich um dich kümmern, schreibe ich Bristol eine Nachricht. Ich werde sie bitten, sich um Jasper zu kümmern, falls du deine Brüder bis dahin immer noch nicht erreichen kannst. Aber dafür brauche ich deinen Hausschlüssel. Ist das in Ordnung für dich?«

Arden lehnte ihren Kopf an die Scheibe und nickte. »Solange es Jasper gut geht, ist mir das egal. Ich bin einfach nur müde.«

»Gut, dann kümmern wir uns um ihn, das verspreche ich dir. Und du kommst wieder auf die Beine.«

Arden musste nicht warten. Sie wurde sofort eingewiesen und hing schon nach kurzer Zeit am Tropf. Offenbar hatte die gelbliche Färbung ihrer Haut und ihrer Augen die Krankenschwestern sofort in Alarmbereitschaft versetzt. Um ehrlich zu sein, war sie selbst erschrocken. Sie hatte Magenschmerzen und zitterte am ganzen Leib, aber sie war nicht allein.

Liam war da. Er war die ganze Zeit bei ihr geblieben.

Selbst als die Krankenschwester Arden fragend ansah und Liam liebend gern aus dem Zimmer geworfen hätte, weil er weder ihr Ehemann noch ein Verwandter war, rührte er sich nicht von der Stelle. Wenn man ihn dazu gezwungen hätte, wäre er gegangen, aber Arden brauchte ihn. Sie wollte nicht allein sein.

Vielleicht war das ein Zeichen von Schwäche, aber sie war ohnehin vollkommen erschöpft.

Was spielte es noch für eine Rolle?

Stunden. Es dauerte Stunden, und doch wich er nicht von ihrer Seite. Ihre Brüder kamen und gingen, aber Liam war immer da.

»Wir werden Sie stationär aufnehmen, Miss Brady. Halten Sie durch, wir werden uns gut um sie kümmern. Es war die richtige Entscheidung, so schnell hierherzukommen. Lupus ist eine sehr ernste Krankheit.«

»Das weiß sie«, knurrte Liam. »Glauben Sie mir, das weiß sie.«

Arden lächelte und streckte die Hand aus, um die seine zu tätscheln. Sie konnte zwar kaum ihre Finger bewegen, aber sie war dankbar, dass er bei ihr war. Obwohl es sie in Verlegenheit brachte.

Abgesehen davon, dass sie am ganzen Körper zitterte, war sie von Kopf bis Fuß gelb angelaufen, litt an Magenschmerzen und Blähungen. Ihr Körper schien sich gegen alles und jeden zu wehren, auch gegen Liam. Sie war sich ziemlich sicher, dass ihr System bei jeder sich bietenden Gelegenheit rebellierte und dafür sorgte, dass niemand ihr zu nahekam. Aber während die meisten Männer sich schon längst abgewandt hätten, war Liam immer noch da. Er blieb die ganze Zeit über bei ihr. Und als sie sie in ein Zimmer schoben und ihr Medikamente verabreichten, um ihre AST- und ALT-Werte zu stabilisieren, war Liam an ihrer Seite.

Sie hatte Angst, dass sie sich daran gewöhnen könnte. Doch das durfte sie nicht.

Was würde geschehen, wenn ihm alles zu viel wurde und er sie verließ? Auch wenn dieser Schub heftig war, hatte sie sogar schon Schlimmeres erlebt.

Aus Erfahrung wusste sie, dass die meisten Menschen sich irgendwann abwandten.

»Willst du noch einen Eiswürfel?«, fragte Liam und drückte sanft ihre Hand.

»Nein danke. Es tut mir leid«, fügte Arden schnell hinzu und senkte den Blick. »Es tut mir leid, dass du hier bist.«

»Mir nicht.« Er runzelte die Stirn und beugte sich zu ihr vor. »Natürlich tut es mir leid, dass du im Krankenhaus liegst, Schmerzen hast und dein Körper dir das

Leben schwer macht.« Diese Worte entlockten ihr ein Lächeln. »Aber ich gehe nirgendwo hin. Ich bin hier.«

»Ja, das bist du. Vorerst. Aber das hier ist meine Realität, Liam. Solche Schübe sind für mich normal, ich kenne es nicht anders. Du solltest dich damit nicht belasten müssen. Vielleicht solltest du einfach gehen.«

Liam stand auf, hielt ihre Hand fest, beugte sich über sie und verengte die Augen. »Nein. Andere Menschen würden in einer solchen Situation vielleicht gehen, aber ich bleibe.«

Sie zuckte zusammen, schloss die Augen und atmete tief durch.

»Es tut mir leid«, fuhr er fort, »aber das ist die Wahrheit. Ich gehe nirgendwohin. Du hast mir erzählt, dass Menschen dich im Stich gelassen haben. Ich verstehe das. Manchmal ist das Leben nicht einfach. Aber ich bin hier.«

»Früher war es für die Leute einfacher, sich abzuwenden«, begann sie und leckte sich die trockenen Lippen. Sie fühlte sich bedeutend besser, aber sie war entschlossen, diese Sache hinter sich zu bringen.

Sie wollte, dass der Schmerz endlich verebbte. Sowohl der körperliche als auch der seelische.

»Was meinst du damit?«, fragte er.

»Ich hatte Freunde, weißt du. Viele Freunde. Wir waren eine große Clique. Irgendwann musste ich immer wieder Einladungen zum Abendessen absagen und lehnte ab, wenn die anderen ausgingen. Einmal sind alle zusammen nach Disney World gefahren, doch ich blieb zu

Hause, weil ich mich nicht gut fühlte. Ich wusste, dass ich nach vier Tagen in Florida im Hochsommer Qualen leiden würde. Ich habe Geburtstage verpasst, weil mein Körper gestreikt hat. Und wenn ich mich doch hingeschleppt habe, waren die Leute enttäuscht oder sogar verärgert, weil ich nur still in der Ecke saß, statt wie sonst lebhaft und fröhlich zu sein. Ich bin nicht immer krank. Nun, das ist nicht wahr, denn die Krankheit wird nie verschwinden. Aber es treten nicht ständig Symptome auf. Und das ist der Unterschied. In neun von zehn Fällen fühle ich mich gut. Außer leichten Schmerzen habe ich keine Beschwerden und könnte einen Halbmarathon laufen. Okay, das ist wohl etwas übertrieben. Vielleicht nur bis zum Ende der Straße.« Sie schenkte ihm ein Lächeln, das Liam mit einem verhaltenen Grinsen erwiderte.

»Und dann haben deine Freunde dich im Stich gelassen?«, fragte er leise.

»Ja. Nach einer Weile haben sie aufgehört, mich einzuladen. Warum sollten sie sich auch die Mühe machen, wenn ich ohnehin immer abgelehnt habe? Einige sind weggezogen. Sie alle haben geheiratet, Kinder bekommen und ihr Leben weitergelebt. Für sie war es einfacher, keinen Gedanken mehr an mich zu verschwenden. Sogar für Josh.« Arden schluckte schwer.

Liam starrte ihn an. »Josh?«

»Mein Ex-Freund. Wir waren eine Weile zusammen. Damals dachte ich, dass es ziemlich ernst sei. Aber er war nicht an einem ›Vogel mit gebrochenen Flügeln‹ interessiert, wie er es nannte.«

»Wo ist er, damit ich ihm eine Lektion erteilen kann?«, knurrte Liam.

»Nicht nötig. Meine Brüder haben es schon versucht, aber ich habe sie davon abgehalten.«

»Warum hast du das getan?«

»Weil ich nicht will, dass jemand meinetwegen ins Gefängnis wandert. Aber du muss eines verstehen, Liam. Es ist nicht leicht, mein Freund zu sein. Oder wie auch immer wir zueinanderstehen. Bisher wollten wir uns ja nicht festlegen«, sagte sie scherzhaft, doch er lachte nicht. »Es ist hart.«

»Das Leben ist manchmal hart. Freundschaften sind kompliziert. Und ich weiß nicht, wie wir unsere Beziehung benennen sollen, weil wir noch nicht darüber gesprochen haben. Aber wir werden das Thema sicher nicht jetzt anschneiden, während du in einem Krankenhausbett liegst und ich wütend bin. Also, ja, das Leben ist hart, aber ich gehe nirgendwo hin.«

»Aber du musst arbeiten.« Jetzt klammerte sie sich an Strohhalme. »Ich meine es ernst.«

»Ich auch. Ich kann das verdammte Buch schreiben, während ich neben dir sitze.«

»Aber meine Brüder werden bald zurück sein. Du musst nicht bleiben.«

»Ich habe das Gefühl, dass du versuchst, mich von dir zu stoßen, und das gefällt mir nicht. Wenn du mich nicht in deiner Nähe haben willst, weil es dir ohne mich besser geht und du meine Gesellschaft satthast, dann ist das eine Sache. Aber wenn du mich wegschickst, weil du Angst hast, ich könnte dich irgendwann verlassen, dann muss ich dich eines Besseren belehren. Was ist schon dabei, wenn deine Brüder hier sein werden? Gut. Dann sind wir eben alle hier. Wir werden uns zusammenraufen und dich zum Lachen bringen. Und wenn du entlassen wirst, werden wir uns zu Hause um dich kümmern. Ich gehe nirgendwo hin.«

Arden biss die Zähne zusammen und versuchte, sich über ihre Gefühle klar zu werden. Was hatte das alles zu bedeuten? Wollte Liam mehr von ihr? Oder lief er vor etwas davon?

Sie wusste, dass in seinem Leben etwas Bedeutendes vorgefallen war, doch sie hatten das Thema gemieden. Nach seinem jetzigen Verhalten zu urteilen sprach einiges dafür, dass es hier nicht nur um sie ging.

»Wovor läufst du davon?«, flüsterte sie.

Er stieß einen tiefen Seufzer aus.

Nun denn.

Sie hatte recht gehabt. Es ging nicht nur um sie.

»Glaub mir, ich will wirklich bei dir sein. Aber da wir schon einmal hier sind, sollte ich dir wohl etwas gestehen.«

»In Ordnung.«

Sie hoffte inständig, das dass, was er ihr zu sagen hatte, ihr nicht das Herz brechen würde.

KAPITEL FÜNFZEHN

Liam lehnte sich kurz in seinem Stuhl zurück, drückte Ardens Hand und stand dann auf. Nach stundenlangem Sitzen fühlte sein Körper sich steif an. Er brauchte Bewegung und er musste nachdenken. Er konnte es ihr genauso gut sagen. Zum einen würde er sie dadurch vielleicht von ihren Schmerzen ablenken können. Zum anderen verspürte er einen fast zwanghaften Drang, ihr alles zu erzählen. Es war seltsam. Er wollte sich ihr anvertrauen.

Was hatte das zu bedeuten? War sie inzwischen etwa mehr als nur eine Ablenkung für ihn?

Nein. Die ganze Zeit über hatte er an ihrer Seite gesessen und war wie gelähmt vor Angst, dass noch etwas schiefgehen könnte, dass sie den Kampf verlieren könnte oder dass ihre Schmerzen so unerträglich sein würden, dass er ihr nicht mehr würde helfen können. Im Grunde war er bereits machtlos.

Er hasste es, Arden leiden zu sehen.

Ihm wurde bewusst, dass er nicht nur hier war, um auf andere Gedanken zu kommen. Sie war kein bloßer Zeitvertreib.

Also würde er es ihr erzählen. Weil er nicht anders konnte. Weil er es wollte.

»Erinnerst du dich an den Tag, an dem wir uns zum ersten Mal begegnet sind?«, fragte er. Er wusste, dass er ganz von vorn anfangen musste, um ihr alles begreiflich zu machen.

»Ja«, erwiderte sie zaghaft, »wir befanden uns in einer ähnlichen Situation wie jetzt.«

»Das stimmt.« Er stieß ein freudloses Lachen aus. »Ich wünschte wirklich, es wäre nicht so.«

»Wenigstens liegst du nicht in einem Krankenhausbett«, konterte sie. Sie bemühte sich um einen fröhlichen, fast schon munteren Tonfall, doch Liam konnte hören, wie erschöpft sie immer noch war.

»Du musst mir gegenüber nicht die Tapfere spielen«, flüsterte er. »Wenn ich könnte, würde ich sofort mit dir tauschen. Ich wäre lieber an deiner Stelle.«

Tränen traten ihr in die Augen, und sie blinzelte sie weg. Er beugte sich vor und strich zärtlich mit dem Daumen über ihre Wange, wobei er darauf achtete, sie nicht zu fest zu berühren. Er wusste nicht, ob ihre Haut immer noch so empfindlich war wie zuvor, als selbst die kleinste Berührung eine Qual für sie war. Aber sie zuckte nicht zusammen. Stattdessen lächelte sie und schmiegte sich zaghaft an seine Hand.

»Mir wäre es lieber, keiner von uns beiden müsste

hier sein. Aber keine Sorge, Liam. Ich mache das nicht zum ersten Mal. Ich komme damit zurecht.«

»Du solltest nicht damit zurechtkommen müssen«, knurrte er, zog die Hand zurück und begann, vor ihrem Bett auf und ab zu gehen. »Aber ich schweife ab«, sagte er mit einem Seufzer.

»Also gut. Raus mit der Sprache.«

Sie war zu gut für ihn. Das wusste er. Aber jetzt war nicht der richtige Zeitpunkt, um darüber nachzudenken. Er würde sich später damit auseinandersetzen. »Okay, wo war ich?«

»Bei unserer ersten Begegnung.«

»Richtig, im Krankenhaus. Als wir danach nach Hause kamen, war meine ganze Familie bei mir. Offenbar mussten wir noch einige Formulare ausfüllen. Ich kenne die Details nicht, aber ich glaube, Ethan hat sich um alles gekümmert.«

Liam kniff sich in den Nasenrücken. »Ja, mein Bruder war so nett, den ganzen Papierkram für mich zu erledigen. Ich war in letzter Zeit so sehr mit mir selbst beschäftigt, dass ich nicht einmal meine eigenen medizinischen Angelegenheiten regeln konnte.«

»Meine Brüder regeln auch vieles für mich. Oft muss ich am Ende nur noch unterschreiben«, gestand sie. »Ich lasse sie einfach machen, weil ich ihnen vertraue.«

Ihre Worte versetzten ihm einen Stich ins Herz, und er musste schlucken. »Ja, ich vertraue Ethan. Und Bristol. Und Aaron.« Er rieb sich das Kinn. »Und bis zu jenem Tag hatte ich auch meinen Eltern vertraut.«

Arden riss die Augen auf. »Was ist passiert?«

Er würde es einfach aussprechen. Wenn er noch länger um den heißen Brei herumredete, würde er noch verrückt werden. »Das Krankenhaus brauchte eine Kopie meiner Geburtsurkunde. Es stellte sich heraus, dass der Mann, den ich mein ganzes Leben lang für meinen Vater gehalten und der mich zu einem Montgomery gemacht hatte, gar nicht mein Vater ist. Stattdessen steht da irgendein Kerl namens Steve.«

Liam erzählte ihr von der Auszeit, die seine Eltern sich damals genommen hatten. Arden lachte allerdings nicht über die Anspielung auf die Serie *Friends*. Er hatte auch nicht gelacht. Und heute war der Witz immer noch nicht lustig. Vielleicht würde er irgendwann darüber schmunzeln können. Er wusste nur nicht wann. Er gestand ihr, wie abweisend er sich seitdem gegenüber seiner Familie verhielt und dass er kein Wort mehr mit seiner Mutter gewechselt hatte. Dann berichtete er ihr von dem Besuch seines Vaters. *Sein Vater.*

Ja, Timothy war sein Vater. Die Tatsache, dass er nicht sein Erzeuger war, war nicht das, was Liam derart erschüttert hatte. Es waren die Lügen. Während er die Worte aussprach, streckte Arden die Hand nach ihm aus. Er umschloss ihre Handfläche und drückte sanft ihre Finger. Er wollte ihr nicht wehtun, aber er hatte das unbestimmte Gefühl, dass er sie trotzdem verletzen würde. Das hatte er in letzter Zeit schließlich ständig getan, oder nicht? Er hatte den Menschen wehgetan, die ihm wichtig waren.

»Es tut mir so leid. Das ist einfach ... das ist verrückt, Liam.«

»Ich weiß.« Er schnaubte und setzte sich wieder auf den Stuhl neben ihrem Bett, um weiter ihre Hand zu halten.

»Deshalb hast du dich nicht gemeldet, nicht wahr?« Sie schien sich für die Frage zu schämen, also entschied Liam, ihr die Wahrheit zu sagen. »Ja. Ich hätte dich angerufen.« Er hielt inne. »Du hast mir in diesem Krankenhausbett gefallen.« Als sie ihn schockiert anstarrte, fügte er hastig hinzu: »So habe ich es nicht gemeint.« Er schüttelte den Kopf. Mist, er war dabei, es zu vermasseln. »Ich wollte damit sagen, dass ich dich mochte. Dass du in einem Krankenhausbett lagst, hat mir natürlich nicht gefallen. Verdammt, für jemanden, der mit Worten seinen Lebensunterhalt verdient, bin ich heute nicht sonderlich gut in Form.«

»Ich denke, das ist vollkommen normal, wenn deine Welt ins Wanken gerät. Das ist zumindest meine Erfahrung. Wenn ich starke Schmerzen habe oder mit anderen Widrigkeiten zu kämpfen habe, bringe ich auch keinen geraden Satz heraus.«

»Ich weiß nicht, was ich tun soll, Arden«, gestand Liam und betrachtete ihre verschränkten Hände. »Aber ich muss nicht sofort etwas unternehmen. Ich wollte dich nur wissen lassen, warum ich manchmal mit meinen Gedanken woanders bin. Aber da ich schon neben mir stehe, seit wir uns kennen, ist es dir vielleicht gar nicht aufgefallen.«

Arden runzelte die Stirn und drehte sich auf die Seite. Liam streckte die Hand aus, um ihr zu helfen, hielt dann aber inne.

»Soll ich die Schwester rufen?«

Verdammt. Es war offensichtlich, dass sie sich quälte, doch er wusste nicht, wie er ihr helfen konnte.

»Mir geht es gut. Nun, einigermaßen. Ich wollte es mir nur ein wenig bequemer machen. Keine Sorge, die Schmerzen halten sich in Grenzen, ehrlich. Ich melde mich, wenn ich Hilfe brauche. Aber zurück zum Thema. Ich hatte bemerkt, dass dich etwas bedrückt. Außerdem hattest du es ja schon angedeutet. Es ist ganz normal, dass du Zeit brauchst, um dir über alles klar zu werden. Wie du siehst, bin ich auch gerade mit mir selbst beschäftigt.«

»Wie wäre es, wenn ich aufhöre, mir über mich selbst den Kopf zu zerbrechen, und stattdessen versuche, dir zu helfen? Es ist ziemlich egoistisch von mir, dich mit meinen Problemen zu belasten, während du im Kranken-haus liegst und am Tropf hängst.«

»Nein, ich bin froh, dass du es mir erzählt hast. Es bedeutet mir viel, dass du mir vertraust.« Er sah die Bewegung ihrer Kehle, als sie schluckte. »Ich weiß nicht, was ich sonst sagen soll, außer dass es mir leidtut. Und dass ich für dich da bin. Ich bin froh, dass du mit deinem Vater gesprochen hast. Wirst du auch mit deiner Mutter reden?«

Einen Augenblick lang erwiderte Liam nichts. Er streichelte behutsam mit dem Daumen ihre Hand und genoss das Gefühl ihrer zarten Haut. »Ja, ich werde mit ihr reden. Ich bin nicht ... Ich bin nicht wütend wegen der Sache an sich. Verstehst du, was ich meine?«

»Ja.«

»Es ist nun einmal passiert. Die Vergangenheit lässt sich nicht ändern. Aber ich bin wütend, weil sie mich belogen haben.«

»Doch das ist nicht alles, oder?«, fragte sie leise.

Er schnaubte. »Nein, das ist nicht alles. Und ich weiß, dass es albern ist. Mir ist klar, dass ich der Bruder meiner Geschwister bin. Ich bin ein Montgomery, schließlich trage ich diesen Nachnamen. Ich weiß, dass Kinder adoptiert werden und Menschen in Familien einheiraten und trotzdem dazugehören. Es ist nur ... es ist, als hätte ich einen Teil meiner Identität verloren. Und ich weiß, dass ich einfach darüber hinwegkommen sollte, aber ich brauche Zeit. Und ich habe keine Ahnung, was ich in der Zwischenzeit tun soll.«

»Nun, du triffst dich immer noch mit deinen Geschwistern. Und du hast mit deinem Vater gesprochen. Vielleicht würde es dir helfen, wenn du einmal mit deiner Mutter sprichst?«

»Ich habe Angst davor, was ich sagen könnte, denn ich will ihr nicht wehtun. Ich liebe meine Mutter. Aber gleichzeitig bin ich wütend. Verstehst du?«

»Ja, das verstehe ich. Es tut mir leid, dass du das gerade durchmachen musst.«

»Dasselbe könnte ich über dich sagen, doch das ist wohl ziemlich offensichtlich. Aber genug von mir. Reden wir lieber über dich.«

»Bitte nicht. Meine Haut ist gelb, ich bin verschwitzt und fühle mich beschissen. Tun wir lieber so, als säßen wir irgendwo an einem Strand mit einem Mojito in der

Hand, während wir uns die warme Meeresbrise um die Nase wehen lassen.«

Liam begegnete ihrem Blick und spürte ein schmerzhaftes Ziehen in der Brust. Das war nie vorgesehen gewesen. Er hatte nie die Absicht gehabt, Gefühle für sie zu entwickeln.

Ablenkung.

Verdammt. Schon seit einiger Zeit war sie für ihn mehr als nur eine Ablenkung.

Er war machtlos gegen diese Anziehungskraft. Sie war einfach so verdammt stark, so ... Arden, ganz gleich, was das Leben für sie bereithielt. Er legte eine Hand an ihre Wange. »Einverstanden. Stell dir einfach vor, dass im Hintergrund leise Musik spielt, während die Wellen ans Ufer plätschern und uns in den Schlaf wiegen. Wir liegen unter einem Sonnenschirm, denn einen Sonnenbrand kann ich wirklich nicht gebrauchen.«

Damit entlockte er ihr ein Lachen und stimmte mit ein. Dann verstummten sie. Denn alles Wichtige war gesagt worden, zumindest das, was in diesem Augenblick zählte.

Als Arden schließlich einschlief, zog Liam seine Hand zurück und versuchte, seine Gedanken zu ordnen.

Doch das war gar nicht so einfach. Er wollte egoistisch sein und das Chaos in seinem Kopf beseitigen, doch es gelang ihm nicht.

Denn Arden war wichtiger als jedes verwirrende Gefühl, das er vielleicht hegte.

Diese Erkenntnis verblüffte ihn mehr, als er für möglich gehalten hätte.

Ein Geräusch im Flur ließ Liam aufhorchen. Er drehte sich um und sah Cross in der Tür stehen. Der Mann hatte die Stirn in Falten gelegt und nickte ihm zu. Liam erhob sich und warf noch einen Blick auf Arden, bevor er hinausging, um ihrem Bruder zu folgen.

Die Brady-Geschwister gingen schon den ganzen Tag im Krankenhaus ein und aus. Sie hatten sich um ihre eigenen Angelegenheiten kümmern müssen und ihm offenbar genug vertraut, um ihn allein an Ardens Bett wachen zu lassen. Er war froh darüber, aber er hatte das Gefühl, dass sie ihm nur eine kurze Atempause gönnten. Sie liebten ihre Schwester abgöttisch, genauso wie er Bristol und seine Brüder liebte. Ihm war klar, dass sie ihm nicht ewig das Feld überlassen würden. Und das machte ihm nichts aus. Denn Arden brauchte auch ihre Brüder.

»Schläft sie?«, fragte Cross und setzte sich auf einen der Stühle im Flur.

Liam setzte sich neben ihn und nickte. Er streckte seine Beine aus und verzog dabei leicht das Gesicht, als sein Rücken protestierte. Das lange Sitzen machte ihm allmählich zu schaffen.

»Ja, sie ist müde, aber sie wird wieder.«

»Nein, das wird sie nicht«, entgegnete Cross. »Lass uns spazieren gehen.« Mit diesen Worten sprang er auf, und Liam folgte ihm.

Also gut.

»Was meinst du damit? Es wird ihr doch besser gehen?«

»Oh, die Symptome werden irgendwann abklingen.

Sie werden sie auf ein neues Medikament einstellen, und sie wird bald wieder ganz die Alte sein. Hin und wieder wird sie ein wenig erschöpft sein, aber meistens wird sie völlig normal wirken. Dann sieht man ihr die Krankheit nicht an. Es ist nicht ohne Grund eine unsichtbare Krankheit. Aber sie *ist* krank, Liam. Ich habe keine Ahnung, ob du das verstehst.«

Liam runzelte die Stirn und verschränkte die Arme vor der Brust. »Was willst du damit andeuten?«

»Nein. Dir steht es nicht zu, wütend zu werden. Es ist meine Aufgabe, sie zu beschützen. Unsere Eltern sind nicht hier, aber sie kommen sofort, wenn wir sie brauchen. Sie wissen, dass meine Brüder und ich uns um unsere kleine Schwester kümmern können. Sie wissen auch, dass es nicht das letzte Mal sein wird, egal wie oft sie alles stehen und liegen lassen. Und jedes Mal, wenn Arden sieht, wie sie hierhereilen, bricht es ihr das Herz. Also versuchen wir, ihr so viel Freiraum wie möglich zu geben, auch wenn sie das anders sieht. Aber Arden ist krank. Und daran wird sich nichts ändern. Es gibt keine Heilung für Lupus.«

»Das weiß ich.«

»Da bin ich mir nicht so sicher. Denn abgesehen von Tagen wie heute kann sie im Grunde alles tun. Sie kann nach draußen gehen und das Leben genießen. Sie geht sogar in den Bergen wandern, wenn auch etwas langsamer, als ihr wahrscheinlich lieb ist. Aber das liegt eher daran, dass sie Wandern insgeheim hasst.«

Cross stieß ein freudloses Lachen aus und fuhr fort: »Sie kann essen, was sie will, und meistens eine Menge

Spaß haben. Doch dann schlägt es wie aus dem Nichts zu. Ein Ziehen hier, ein Stechen dort, und plötzlich geht es ihr nicht mehr gut. Trotzdem versichern ihr die Leute immer wieder, dass sie gar nicht krank aussieht.«

»Im Moment sieht sie verdammt krank aus«, knurrte Liam und wurde wütend.

»Natürlich, weil sie gerade alle möglichen Symptome zeigt. Sie steckt mitten in einem schlimmen Schub, und das im Grunde genommen seit dem Tag, an dem wir sie zu dem Open-Air-Konzert mitgenommen haben.« Cross fuhr sich mit der Hand durchs Haar und fluchte leise. »Wäre das auch passiert, wenn wir sie nicht den ganzen Tag der Sonne ausgesetzt hätten? Trotz Hut und Sonnencreme? Ich weiß es nicht. Aber ich werde mir bis ans Ende meiner Tage Vorwürfe machen. Denn das ist meine kleine Schwester da drin, und ich kann nichts für sie tun. Verstehst du das? Ich kann nichts an ihrem Zustand ändern. Ich kann nur versuchen, es ihr ein wenig erträglicher zu machen.«

»Ja, ich verstehe es«, antwortete Liam mit sanfter Stimme, »denn ich hatte dieselben Gedanken.«

»Schön. Du solltest nicht hierbleiben, wenn du vorhast, sie im Stich zu lassen.«

Die beiden standen sich in dem fast leeren Flur gegenüber. Liam starrte ihn nur an. »Du willst, dass ich deine Schwester verlasse?« Er blinzelte ungläubig. »Willst du mich verarschen? Du sagst, ich soll sie verlassen?« Inzwischen schrie er fast. Er wusste, dass er sich wiederholte, aber er konnte es einfach nicht fassen.

»Ganz genau. Wenn du auch nur den geringsten

Zweifel hast, dass eure Beziehung eine Zukunft hat, dann verschwinde. Ich werde nicht zulassen, dass sie noch einmal in tausend Stücke zerbricht, nur weil jemand, den sie liebt, die Flucht ergreift, sobald es schwierig wird.«

»Für wen zum Teufel hältst du dich eigentlich?«

»Ich bin ihr großer Bruder. Ich gebe zu, dass ich ein überfürsorglicher Arsch bin. Das sind wir alle. Und das waren wir schon immer. Sie ist unsere kleine Schwester. Als Kind hatte sie die Krankheit noch nicht. Sie sprühte vor Energie, war glücklich und verbrachte so viel Zeit wie möglich draußen in der Natur. Sie hatte so große Pläne, von denen sich keiner erfüllt hat. Versteh mich nicht falsch, sie hat in ihrem Leben Erstaunliches geleistet, aber ich weiß, dass sie tief im Inneren denkt, sie hätte nicht genug erreicht. Und das hat sie dem Lupus zu verdanken. Jeder, der an einer derartigen Autoimmuner-krankung leidet, wird wahrscheinlich ähnlich empfin-den. Ich habe die Foren besucht und war bei Treffen für Angehörige, die zusehen müssen, wie ein geliebter Mensch vor ihren Augen stirbt. Und wir sind machtlos dagegen. Ich habe einfach schon zu oft miterlebt, wie meine kleine Schwester Entbehrungen hinnehmen musste.«

Liam erstarrte und musste schlucken. »Sie wird nicht sterben«, knurrte er.

Cross schüttelte den Kopf und fuhr sich mit der Hand übers Gesicht. »Nein, es wird sie nicht umbringen. Das weiß ich. Weil wir das nicht zulassen werden. Aber manchmal denke ich an das Schlimmste und male mir aus, was alles passieren könnte. Dann kann ich nicht mehr aufhören, darüber nachzudenken. Das ist mein Fehler. Arden darf nichts davon wissen, verstehst du?«

»Ich verstehe dich. Es gehört zu meinem Job, vom Schlimmsten auszugehen.«

»Als Schriftsteller. Ja, das verstehe ich. Aber das hier ist kein Buch. Dies ist ihr Leben. Und dein Leben. Es kommt immer wieder vor, dass die Leute sich nach einer Weile verabschieden, weil sie ihr eigenes Leben weiterführen wollen. So wie ihr Ex-Freund. Er kam nicht damit zurecht, dass sie nicht immer mit ihm ausgehen und Spaß haben konnte. Manchmal fühlte sie sich nicht gut und es war schöner, zu Hause zu bleiben. Oder ihr eigener Körper machte ihr mal wieder zu schaffen und versuchte, sie umzubringen. Ich lasse nicht zu, dass auch du ihr wehtust, verstanden? Wenn du nicht vorhast, auf Dauer bei ihr zu bleiben, dann verschwinde. Ich kann verstehen, wenn dir das alles zu viel ist. Aber dann geh einfach.«

»Wage es nicht, mich wegzustoßen«, knurrte Liam in bedrohlichem Tonfall. »Hast du die anderen auch vertrieben? Hast du sie auch in den Flur geschleppt und ihnen einen Vortrag darüber gehalten, dass du deine kleine Schwester beschützen willst? Vielleicht hast du ihr am Ende nur noch mehr geschadet.«

Cross zuckte zusammen und schüttelte den Kopf. »Nein, sie sind ganz von allein gegangen. Ich musste sie nicht einmal warnen. Aber was dich angeht? Ich weiß nicht, wie stur du bist, aber meine Schwester ist krank. Ich will nicht, dass ihr noch irgendetwas zusätzlichen Kummer bereitet. Nicht einmal du.«

»Ich werde ihr nicht wehtun. Ich will ihr nicht wehtun.«

»Das sind zwei völlig verschiedene Dinge«, entgegnete Cross. »Aber ich sehe etwas in dir. Also tu ihr verdammt noch mal nicht weh. Sonst sorge ich dafür, dass *du* leidest, verstanden?«

Liam nickte knapp. »Ich verstehe dich. Und ich werde ihr nicht erzählen, dass wir dieses Gespräch geführt haben. Denn ich habe das Gefühl, dass sie das ebenfalls verletzen würde.«

»Danke. Ich weiß nicht, was ich tun soll. Sie ist meine kleine Schwester. Sie hat mehr Licht in sich als wir alle zusammen. Es macht mich wütend, tatenlos zusehen zu müssen, wie sie leidet.«

»Ich fange allmählich an zu begreifen, wie schwer das als Außenstehender ist. Aber für Arden ist es unendlich viel schwerer.«

»Daran wird sich auch in Zukunft nichts ändern. Aber ich werde für sie da sein. Und ich hoffe inständig, dass du das auch bist. Ich will dir nicht wehtun, Liam. Ich mag dich sogar irgendwie.« Er hielt inne. »Ein bisschen.«

»Ich kann dir nicht sagen, wohin das mit Arden und mir führen wird. Wir stehen noch ganz am Anfang unserer Beziehung. Aber falls ich sie jemals verletze, dann werde ich dich nicht aufhalten, wenn du mir wehtun willst.«

»Das ist wahrscheinlich die ehrlichste Antwort, die du mir geben konntest«, erwiderte Cross.

Sie standen noch ein paar Minuten schweigend da,

dann trennten sich ihre Wege. Cross fischte sein Handy aus der Tasche, um vermutlich einen der anderen Bradys anzurufen. Liam ging zurück zu Ardens Zimmer. Sie war inzwischen wach und sah ihn verwirrt an.

»Habe ich da Cross' Stimme gehört?«, fragte sie und streckte sich. Sie sah besser aus, ihr Teint war nicht mehr ganz so gelblich. Das war ein gutes Zeichen. Mein Gott, sie hatte ihm einen gehörigen Schrecken eingejagt.

»Ja, er ist draußen auf dem Flur. Ich glaube, er telefoniert gerade mit Prior.«

»Aha, mir war klar, dass sie mich nicht lange mit dir allein lassen würden. Typisch Brüder.« Sie verdrehte die Augen und lächelte.

»Ja. Brüder.« Er setzte sich neben sie und streckte sich, wobei er das Ziehen in seinem Kreuz ignorierte. Er würde sich einfach an das Sitzen auf diesen Krankenhausstühlen gewöhnen müssen. Das war ein seltsamer Gedanke.

»Also, erzähl mir von Nash und Penny.« Sie grinste. Liam sah das Leuchten in ihren Augen. Es war so hell, dass es ihm das Herz brach, wenn der Schmerz es trübte.

»Was willst du wissen?«

»Als würdest du mir wirklich etwas verraten. Trotzdem würde ich gern wissen, ob er sie retten wird.«

»Ich hoffe es«, flüsterte er. Er betrachtete ihre Hand, als er seine Finger mit ihren verschränkte.

»Gut. Denn am Ende muss die Liebe siegen.«

Er drückte ihre Hand. »Ja. Ja, das muss sie.«

KAPITEL SECHZEHN

Arden war seit drei Wochen wieder zu Hause und fühlte sich fast schon wieder normal. Zumindest so normal, wie es für sie eben möglich war. Der Lupus würde nie verschwinden, aber ihr Körper fühlte sich an, als sei er schon seit einer Weile nicht mehr durch die Mangel gedreht worden, und das war viel wert.

Sie hatte wieder Energie, ihr Hautausschlag war verblasst. Wenn sie die bläulichen Verfärbungen an ihren Armbeugen und ihrer Hand ignorierte, die von den Nadelstichen zeugten, konnte sie fast so tun, als sei nichts geschehen.

Natürlich würde sie es nie vergessen. Ihr war bewusst, dass ihr Körper eine Tortur hinter sich hatte, die ihre Welt für eine Weile aus den Angeln gehoben hatte. Doch jetzt ging es ihr gut.

Sie war zu Hause und es ging ihr gut.

Später würde Liam vorbeikommen, um mit ihr einen

Film zu schauen. Kein schickes Rendezvous, für das sie sich zurechtmachen und in Schale werfen musste. Wenn sie wollte, könnte sie die Kraft dafür aufbringen, aber heute Abend wollten sie ihre Zweisamkeit genießen. Erst vor drei Tagen hatte er sie ausgeführt. Arden hatte sich geschminkt und ein Paar hochhackige Schuhe angezogen. Es war ein schöner Abend gewesen, der noch viel schöner wurde, als sie nach Hause zurückgekehrt waren und er sie zärtlich geliebt hatte.

Sie konnte immer noch nicht glauben, dass sie und Liam schon so lange zusammen waren. Wenn man bedachte, dass sie sich immer wieder zurückzog, weil sie Angst hatte, verletzt zu werden, war sie *wirklich* überrascht.

Aber darüber wollte sie sich im Moment nicht den Kopf zerbrechen. Sie waren zusammen und ihr ging es gut. Sie wollte im Hier und Jetzt leben. Doch dafür musste sie sich auf die Arbeit konzentrieren.

Ihr aktuelles Projekt beinhaltete historische Recherchen für Liams neuen Roman. Er brauchte Unterstützung bei einigen Randthemen für die zweite Hälfte seines Manuskripts.

Er hatte bereits erwähnt, dass er seine Lektorin um eine Prüfung der Fakten und zusätzliche Hintergrundinformationen gebeten hatte. Liam hatte zwar selbst schon recherchiert, wollte aber sehen, ob sie noch etwas finden würde, was ihm entgangen war.

Statt sie privat darum zu bitten, hatten sie die offiziellen Kanäle genutzt. Obwohl sie genau genommen nicht direkt für ihn arbeitete, hätte sie ihm natürlich trotzdem geholfen. Aber es gefiel ihr, dass er Berufliches und Privates strikt trennte. Auf diese Weise wurde sie von der Agentur bezahlt und konnte die horrende Krankenhausrechnung begleichen, die demnächst eintrudeln würde.

Nein, darüber wollte sie jetzt nicht grübeln. Nicht in diesem Augenblick. Es reichte ihr völlig, sich in die Geschichte von Nash und Penny zu vertiefen und herauszufinden, wohin ihre Reise sie führen würde. Natürlich kam ihr dabei sofort ihre eigene Beziehung zu Liam in den Sinn, aber auch diesen Gedanken schob sie beiseite.

Heute würde sie in die Welt der Protagonisten eintauchen. Später würde sie vielleicht irgendwo etwas zu Mittag essen und dann ihren Abend mit Liam genießen.

In ihren Augen klang das wie ein perfekter Tag.

Also stürzte sie sich in ihr Buch. Natürlich war es Liams Werk, aber wenn sie daran arbeitete, fühlte sie sich immer ein bisschen, als sei es auch ihr eigenes.

Heute ging es um die reine Recherche. Sie musste dafür sorgen, dass die Kontinuität gewahrt blieb und die historischen Fakten korrekt waren. Zwar handelte es sich um einen fiktionalen Roman und Liam ließ viel Fantasie walten, aber die Details mussten stimmen, andernfalls würden die Leser auf die Barrikaden gehen. Sie selbst würde wahrscheinlich genauso reagieren, denn für sie musste alles Sinn ergeben. Gleichzeitig wollte sie unbedingt wissen, wie es mit Nash weiterging und wie er sich entscheiden würde.

Würde er sterben? Würde Penny das Zeitliche segnen? Oder würden sie glücklich bis ans Ende ihrer Tage leben?

Arden glaubte nicht, dass Nash und Penny schon bereit dafür waren. Da Liam keine Liebesromane schrieb, wäre ein Ritt in den Sonnenuntergang völlig absurd. Wenn sie recht darüber nachdachte, gab es in den Büchern, die sie normalerweise las, nicht viele Sonnenuntergänge. Nun, jetzt würde sie einen Roman finden müssen, der tatsächlich dieses Klischee bediente. Das würde sicher Spaß machen.

Aber genug davon. Zeit zu arbeiten.

Sie hatte es sich mit ihrem Laptop in dem großen Sessel im Wohnzimmer gemütlich gemacht und nutzte das Internet für ihre Recherchen statt für ihre Texte, einfach weil sie heute dazu in der Lage war. Und solange sie sich wohlfühlte, würde sie hoffentlich einen weiteren Schub abwehren können.

Bei dem Gedanken entfuhr ihr ein Schnauben. Sicher, als sei das mit einer Lupus-Erkrankung möglich. Aber sie durfte ja noch träumen.

Jasper teilte sich mit ihren Füßen die Ottomane vor dem Sessel, was bedeutete, dass sie ihren Husky als Fußstütze benutzte. Es störte sie nicht, dass er auf dem Polster lag. Wahrscheinlich sollte sie ihren Hund von den Möbeln fernhalten, aber daraus würde nichts werden. Sehr zum Leidwesen von Liam schlief der Hund mit ihr im Bett und drängte sich häufig zwischen die beiden.

Sie musste unwillkürlich lachen.

Eine feuchte Hundeschnauze an Stellen, die davon weit entfernt sein sollten, war nicht die beste Art, einen romantischen Abend zu beenden.

Sie grinste bei dem Gedanken, wie Jasper und Liam sich allmählich aneinander gewöhnten. Die beiden Männer in ihrem Leben. Solange sie sich gut verstanden, war sie zufrieden.

Jetzt musste sie nur noch dafür sorgen, dass die anderen fünf Männer in ihrem Leben – ihre großen, bösen Brüder und ihr Vater – ebenfalls mit Liam auskamen.

Nein, das war überhaupt nicht kompliziert.

Wieder rief sie sich zur Ordnung und stürzte sich erneut in die Arbeit. Sie tauchte in Schlachten und verschiedene Schauplätze ein, um sicherzustellen, dass das neue Werk von L. M. Berry alle bisherigen in den Schatten stellen würde.

Die Vorstellung, dass sie einer ihrer absoluten Lieblingsserien ihre ganz persönliche Note verleihen würde, bedeutete ihr die Welt. Dass es ausgerechnet Liams Buch war, machte das Ganze noch bedeutsamer. Auch wenn es sich nach wie vor ein wenig seltsam anfühlte.

Als sie die Recherche schließlich beendet hatte in dem Wissen, dass am Nachmittag noch ein ganzes Kompendium auf sie wartete, war es bereits Mittag und ihr Magen meldete sich lautstark zu Wort.

»Okay, hilf mir beim Aufstehen«, sagte sie zu Jasper, als sie ihren Laptop zuklappte. Er sprang von der Ottomane, schüttelte sich und legte dann eine Pfote auf ihr Bein.

»Du bist so ein braver Junge«, lobte sie ihn und kraulte ihm den Kopf.

Sie schob die Ottomane mit den Füßen beiseite. Jasper half ihr, indem er sich mit seinem Gewicht dagegenstemmte. Als sie sich schließlich aus dem Sessel erhob, war sie dankbar, dass ihr Hund an ihrer Seite war. Er lehnte sich zwar nicht gegen sie, aber er blieb bei ihr, falls sie ihn brauchte.

Er war fraglos der beste Hund der Welt. Auch wenn er nach wie vor jede Gelegenheit nutzte, um ihre Backwaren zu stibitzen.

Das erinnerte sie daran, dass sie seit ihrem letzten Krankenhausaufenthalt nicht mehr gebacken hatte. Obwohl die Leute im Gemeindezentrum und die Bewohner des Seniorenheims vollstes Verständnis zeigten, fehlte es ihr. Genau wie die Menschen. Also würde sie in nächster Zukunft wieder den Ofen anwerfen, denn das Backen machte nicht nur ihr selbst Freude, sie konnte auch etwas Licht in den Alltag ihrer Mitmenschen bringen. Sie stellte den Laptop gerade auf dem Tisch ab, als es an der Tür klingelte. Sie runzelte die Stirn.

»Wer das wohl sein könnte?«, fragte sie ihren Hund, der wachsam zur Tür trottete und ihr einen Blick über die Schulter zuwarf.

»Ich komme schon«, rief sie und streichelte Jasper mit der Hand über den Kopf. Sie warf einen Blick durch den Spion und lächelte.

»Bristol«, sagte sie und öffnete die Tür einen Spaltbreit. »Das ist aber eine Überraschung.«

»Ich komme gerade von einer Probe und hatte Lust

auf einen Kaffee und vielleicht ein Sandwich. Da ich ohnehin in der Nähe war, dachte ich, ich versuche mein Glück. Wahrscheinlich hasst du es genauso sehr wie Liam, wenn Leute unangemeldet vorbeikommen, während du bei der Arbeit bist. Wenn ich störe, schick mich einfach wieder weg. Ich wollte nur mal sehen, was du so treibst.«

Und sie wollte wissen, wie es Arden ging.

Bristol sprach die Worte zwar nicht aus, doch Arden konnte es sich denken. Der gesamte Montgomery-Clan wusste inzwischen von ihrem letzten Krankenhausaufenthalt, obwohl Arden noch nicht einmal alle Mitglieder der Sippe persönlich getroffen hatte.

Sie bezweifelte nicht, dass sie alle zu ihr eilen würden, um sie aufzumuntern, sollte Liam sie darum bitten. Sogar seine Mutter, mit der er seit der Enthüllung über seinen Vater nicht mehr gesprochen hatte.

Arden spürte, wie sehr Liam darunter litt. Der ganze Clan hatte damit zu kämpfen. Sie hoffte inständig, dass sie sich bald zusammenraufen würden, denn sie wusste, dass ein Bruch wie dieser nicht ohne Weiteres verheilte. Zumindest nicht so schnell.

»Das trifft sich gut«, antwortete Arden. »Gerade hatte ich mir überlegt, irgendwo etwas essen zu gehen. Komm rein. Ich muss mir nur noch Schuhe anziehen.«

»Musst du mit Jasper erst noch …« Bristol verstummte und riss die Augen auf. »Liam hat mir erzählt, dass Jasper inzwischen sogar das buchstabierte Wort versteht. Also, muss er noch mal raus?«

Arden lachte. »Ich lasse ihn kurz in den Garten, bevor

wir aufbrechen. Vielleicht können wir nach dem Mittagessen eine Runde mit ihm drehen.«

Als Jasper die Ohren spitzte, erkannte Arden, dass er genau wusste, worüber sie sprachen. Sie ließ ihn schnell in den Garten, wartete, bis er sein Geschäft erledigt hatte, und drückte ihm zum Abschied einen Kuss auf den Kopf, bevor sie in Bristols Wagen stieg. Sie fuhren zu demselben Café, in dem sie mit Liam bei ihrer – gewissermaßen – ersten Verabredung gesessen hatte.

Der Gedanke zauberte ihr ein Lächeln ins Gesicht. Als sie sich setzten, beugte Bristol sich zu ihr vor. »Warum grinst du so?«

»Ich habe mich nur daran erinnert, wie ich hier mit deinem Bruder einen Kaffee getrunken habe. Das war sozusagen unser erstes Rendezvous.«

»Sozusagen?«, hakte Bristol nach.

»Wie du weißt, haben wir uns im Krankenhaus kennengelernt. Wenig später sind wir uns hier in der Gegend zufällig über den Weg gelaufen. Liam hatte Jasper eingefangen, nachdem er einem Kaninchen hinterhergejagt war.«

»Liam hat mir davon erzählt«, sagte Bristol, »aber ich hatte keine Ahnung, dass Jasper sich losgerissen hatte.«

»Es war das erste Mal. Und seitdem hat er es nie wieder getan. Ich glaube, an dem Tag war er einfach von der Rolle.«

»Oder es war Schicksal«, meinte Bristol und zwinkerte ihr zu.

Arden spürte ein Flattern im Magen und schüttelte

den Kopf. »Oder es war einfach ein schmackhaft duftendes Kaninchen.«

»Herrje, ich nehme wohl besser kein Kaninchen zum Mittagessen«, erwiderte Bristol mit einem Schnauben.

»Ja, vielleicht bleiben wir besser bei einem vegetarischen Gericht.«

»Klingt gut. Dann warst du mit Liam also hier?«, fragte Bristol, als die Kellnerin ihre Getränke servierte.

»Ja. Und wenig später hat er mich zum Essen ausgeführt.« Arden spürte, wie ihr die Hitze in die Wangen stieg, und bestellte hastig einen Caesar Salad ohne Hähnchen sowie eine Extraportion Brot. Sie hatte ein unbändiges Verlangen nach Kohlenhydraten.

Bristol bestellte dasselbe. Kaum war die Kellnerin gegangen, verzog sie die Lippen zu einem verschmitzten Grinsen. »Raus mit der Sprache, warum errötest du?«

»Wegen deines Bruders. Aber darüber werde ich kein Wort verlieren.«

Bristol schnaubte und hob abwehrend die Hände. »Schon gut, ich will es gar nicht hören. Tun wir einfach so, als hätte ich die Frage nie gestellt.«

»Gute Idee. Also, wie war die Probe?«

»Wie immer. Ich habe bald einen Auftritt. Danach muss ich vielleicht ins Ausland reisen, weil mein Agent Pläne für eine Vorführung dort schmiedet. Allerdings bin ich mir nicht sicher, ob ich mich mit dem Gedanken wohlfühle.«

»Wenn es dir nicht behagt, dann lass es bleiben.«

»Nein, das ist es nicht. Ich glaube eher, ich bin einfach noch nicht bereit dafür.« Sie senkte den Blick auf ihre Hände und zupfte nervös an ihrer Serviette. Arden musterte sie.

Bristol war auf dem besten Weg, eine weltbekannte Cellistin zu werden. Sie spielte nicht nur klassische Musik, sondern auch Pop-Hits und andere Lieder, die sie zu einer Internet-Sensation gemacht hatten. Wenn Bristol über ihre Musik sprach, war ihr deutlich anzuhören, wie sehr sie ihren Beruf liebte. Es war geradezu seltsam, dass eine so talentierte Frau das Gefühl haben konnte, nicht gut genug zu sein.

»Du bist fantastisch, und ich habe bisher nur deine Online-Videos gesehen. Ich habe dich noch nie live erlebt.«

Fast schon verlegen senkte Bristol den Kopf. Arden glaubte nicht, dass sie ihre Freundin je derart befangen erlebt hatte.

»Dann müssen wir das wohl ändern. Aber wenn ich spiele, versuche ich, das Publikum auszublenden. Wenn ich tatsächlich daran denken würde, dass meine Familie da unten sitzt, würde ich knallrot anlaufen.«

»Gibt es denn jemanden, bei dem es dir nichts ausmachen würde?«

»Ehrlich gesagt will ich an niemanden denken müssen. Aber wenn du mich so fragst, wahrscheinlich mein Agent. Und Marcus. Ihm ist es egal, wie ich spiele. Nicht dass es meiner Familie wichtig wäre. Du weißt schon, was ich meine.«

»Nein, eigentlich nicht«, erwiderte Arden lachend.

»Marcus nimmt keine Rücksicht darauf, dass wir befreundet sind. Wenn ich schlecht spiele, sagt er es mir ins Gesicht. Das ist erfrischend. Meine Eltern hingegen? Sie gehen einfach immer davon aus, dass ich großartig sein werde. Das war schon immer so. Sie würden mir nie einen Pokal geben, nur weil ich überhaupt angetreten bin, nach dem Motto: ›Na ja, wenigstens hast du es versucht‹, auch wenn sie das niemals so formulieren würden. Ach herrje, ich erkläre das völlig falsch.«

»Du meinst, sie haben dich unterstützt und wollten, dass du tust, was dich glücklich macht?«, fragte Arden und lehnte sich zurück, als die Kellnerin das Essen servierte. Nachdem sie sich bedankt hatten, widmeten sie sich ihrer Mahlzeit.

»Ja, genau das meine ich. Siehst du? Ich bin nicht so geschickt mit Worten. Deshalb halte ich meistens die Klappe.«

Arden schnaubte und hätte sich fast an ihrem Salat verschluckt.

»Hey«, rief Bristol. »Meine Familie darf sich über mich und meine Einstellung lustig machen. Du nicht.« Bristol hielt inne und verzog die Lippen zu einem Grinsen. »Es sei denn, du wirst selbst Teil des Clans. Wenn du verstehst, was ich meine.«

Arden wischte sich einen Tropfen Cola Light von ihrem Oberteil und bedachte Bristol mit einem finsteren Blick. »Ich denke, du bist ein bisschen voreilig.«

»Sicher.«

»Also, was ist mit dir und Marcus?«, fragte Arden und drehte den Spieß um.

Bristol wischte sich lachend einen Klecks Dressing

vom Kinn. Heute Nachmittag schienen sie beide nicht in der Lage zu sein, gesittet zu speisen.

»Nicht das Geringste. Zugegeben, er ist heiß. Aber wir haben uns immer nur als Freunde betrachtet.«

»Die Dame beteuert zu viel, wie mir scheint«, bemerkte Arden grinsend.

»Nein, ich glaube einfach, Marcus steht auf einen ganz bestimmten Typ Frau. Und ich habe eben auch meine Vorlieben, was sowohl Männer als auch Frauen angeht. Marcus ist für mich wie ein Bruder. Im Ernst. Er gehört quasi schon zur Familie.«

»Wow, du bist dir wohl sicher.«

»Allerdings. Und mir ist bewusst, dass du nur von Liam und dir ablenken willst. Das war gemein. Wie dem auch sei, die meisten Leute gehen davon aus, dass Marcus und ich schon ein- oder zweimal miteinander geschlafen haben. Oder dass wir immer noch zusammen sind. Aber da war nie etwas zwischen uns. Ich genieße es einfach, eine absolut platonische Beziehung zu führen, in der Sex keine Rolle spielt. Es hilft natürlich, dass Marcus mich in meinen schlimmsten Momenten erlebt hat. Er war dabei, als ich mich übergeben habe.«

»Liam hat mich auch schon in diesem Zustand erlebt«, murmelte Arden und stocherte in ihrem Salat herum.

Bristol zuckte zusammen. »Ja, er hat sich um dich gekümmert, als du krank warst. Aber hat er dich auch gesehen, als du im Vollrausch am Strand dein Oberteil ausgezogen und mit vier verschiedenen Leuten rumge-knutscht hast, bevor du dich auf den Boden erbrochen hast? Nein? Das dachte ich mir. Ja, die College-Zeit war lustig. Ich war jung und dumm. Genau wie Marcus damals.«

Arden schnaubte. »Okay, ich verstehe schon. Ihr seid einfach nur ... Freunde.«

»Die Pause vor dem Wort ›Freunde‹ hättest du dir sparen können. Aber ja. Genau das ist der Grund, warum meine Brüder Marcus überhaupt in meine Nähe lassen. Ich denke, du verstehst selbst, wie ausgeprägt ihr Beschützerinstinkt ist.«

»Oh Gott, ich glaube, wir könnten ein Leben lang Geschichten über unsere überfürsorglichen Brüder austauschen.«

»Das ist der Plan. Denn du bist jetzt an mich gebunden. Nur so nebenbei gesagt.«

»Wirklich?«

Bristol zuckte mit den Schultern und zupfte an ihrem letzten Stück Brot herum. »Du hast mir erzählt, dass du wegen deiner Erkrankung nicht viele Freunde hast. Und das tut mir leid. Ich habe es mir zum Ziel gemacht, dich dazu zu zwingen, für lange Zeit meine Freundin zu sein. Allerdings sind meine Motive nicht ganz uneigennützig. Kennst du meine Ex-Freundin? Die Bloggerin? Oder besser gesagt, die Influencerin?«

Arden nickte. »Ja, du hast sie mal erwähnt.«

»Nach unserer Trennung sind wir Freundinnen geblieben, aber unsere gemeinsamen Freunde wussten nicht, wie sie damit umgehen sollten. Nach einer Weile wurde mir klar, dass außer Marcus und einigen meiner Arbeitskollegen alle meine Freunde auch ihre Freunde waren. Obwohl es zwischen uns kein böses Blut gab, haben sie Partei ergriffen. So kam eins zum anderen, und obwohl ich mich hin und wieder mit ein paar von ihnen treffe, habe ich meine engste Clique verloren. Also wirst du dich für eine Weile mit mir herumschlagen müssen.«

»Ich habe nichts dagegen. Ganz und gar nicht. Ich kenne zwar den Rest deiner Familie noch nicht, aber du und Liam, ihr seid ziemlich cool.«

»Ich will doch hoffen, dass du Liam cool findest. Schließlich schläfst du mit ihm.« Arden warf ihr einen tadelnden Blick zu, als sie nach dem Eis griff. Zum Glück hatte sie ihr Glas bereits geleert, denn im nächsten Moment ließ sie es fallen.

»Wir sind heute wirklich verdammt schusselig, nicht wahr?«

»Ich bin nur froh, dass wir etwas abseits in diesem kleinen Café sitzen, wo uns niemand sieht. So langsam wird es peinlich.«

Bristol lachte und bat dann um die Rechnung und ein paar zusätzliche Servietten.

Nachdem die beiden Frauen mit Jasper spazieren gegangen waren, war Arden erschöpft. Doch es war eine wohlige Müdigkeit, kein drohender Schub. Sie verbuchte das als Erfolg. Sie schlüpfte in frische Jeans und ein sauberes T-Shirt mit dem Hintergedanken, sich später noch einmal umzuziehen und sich für Liam hübsch zu machen. Sie wusste nicht, was der Abend außer einem Film noch für sie bereithielt, aber sie wollte nicht mit Salatdressing und Colaflecken auf ihrem Oberteil herumlaufen. Im Ernst, Bristol und sie waren beim Essen ein hoffnungsloser Fall.

Sie tollte gerade mit Jasper auf dem Boden herum, obwohl sie wusste, dass sie es am nächsten Morgen wahrscheinlich bereuen würde, als es erneut an der Tür klingelte.

»Ich frage mich, wer das wohl sein könnte«, sagte sie lachend. Sie küsste ihren Hund auf den Kopf und ging zur Tür, wohl wissend, dass Liam draußen stand. »Pünktlich auf die Minute.« Sie betrachtete die Hundehaare auf ihrer Kleidung und verzog das Gesicht. »Ich wollte mich eigentlich noch umziehen.«

Liam schüttelte nur den Kopf, trat mit einem Grinsen auf sie zu und küsste sie leidenschaftlich.

Ihre Knie wurden weich und ihr Unterleib spannte sich an. Meine Güte, der Mann konnte wirklich küssen.

»Meinetwegen musst du dich nicht umziehen. Am Ende liegt der Hund ohnehin auf unserem Schoß und schläft, während wir den Film anschauen.«

Sie löste sich von ihm und trat beiseite, damit er eintreten konnte. Da bemerkte sie die Tüten in seinen Händen. »Ehrlich gesagt glaube ich sowieso nicht, dass ich noch irgendetwas besitze, das nicht voller Hundehaare ist.«

»Ich habe festgestellt, dass inzwischen sogar bei mir zu Hause Hundehaare herumfliegen«, bemerkte Liam grinsend. »Und zwar von deinem Hund.« Als hätte Jasper gehört, dass sie über ihn sprachen, hob er den Kopf und wedelte mit dem Schwanz.

Liam verdrehte die Augen, streichelte den Kopf des

Tieres und beugte sich dann zu Arden vor, um sie erneut zu küssen.

»Ich habe indisches Essen mitgebracht. Um deinen Magen zu schonen, habe ich die mildeste Variante genommen, die es gab.«

»Meistens vertrage ich scharfe Speisen«, sagte Arden und nahm ihm die Tüten ab.

»Ich weiß, aber heute Abend wollte ich kein Risiko eingehen.«

»Also, was essen wir?«

»Hühnchen Korma und Lamm Rogan Josh«, antwortete er.

»Das klingt fantastisch.«

»Und so viel Naan, wie du willst. Nun ja, vielleicht nicht ganz so viel, weil ich wahrscheinlich drei Viertel davon essen werde.«

»Oh mein Gott, mir läuft das Wasser im Mund zusammen.«

»Gut.« Er küsste sie erneut, wobei er eine Hand um ihren Nacken schlang, seine Finger in ihrem Haar vergrub und sie an sich drückte. Als sie seine Erektion durch den Stoff seiner Jeans an ihrem Bauch spürte, stöhnte sie.

»Scheint, als sei das Essen nicht das Einzige, worauf ich gerade Appetit habe«, raunte er an ihren Lippen.

»Wir können es später wieder aufwärmen, oder?«, brachte sie mit stockendem Atem hervor.

»Auf jeden Fall.« Irgendwie gelangten sie in die Küche, wo sie das Essen hastig im Kühlschrank verstauten. Jasper trottete mit einem Schnauben davon, doch Arden nahm es kaum wahr.

Sie presste ihre Lippen auf Liams und wollte mehr. Er ließ seine Hand unter ihr Oberteil gleiten, öffnete ihren BH und erkundete zärtlich ihre Haut. Langsam streichelte er ihr über Rücken und Hintern, bevor er nach oben wanderte, um ihre Brust zu umfassen.

Mit einem Keuchen ließ sie den Kopf in den Nacken fallen. »Ich liebe deine Hände.«

»Verdammt, Arden, in deiner Nähe kann ich nicht klar denken. Ich liebe deine Brüste, deinen Rücken, deinen ganzen Körper. Ich kann einfach nicht aufhören, dich zu berühren.«

»Habe ich dich etwa gebeten aufzuhören?«, säuselte sie.

»Ich hoffe, du wirst mich nie darum bitten.« Mit den Lippen liebkoste er ihre Wange, ihr Kinn und ihren Hals. Er packte den Saum ihres T-Shirts und zog es ihr zusammen mit ihrem BH über den Kopf.

Als sie ungeduldig an seinem Hemd zerrte, grinste er an ihrem Mund und hob die Arme, damit sie ihn des Kleidungsstücks entledigen konnte. Dann zog er sie an sich. Sie schmiegte ihre Brüste an seinen Oberkörper, das Gefühl der Härchen an seiner Brust, die ihre steifen Knospen kitzelten, jagte einen elektrisierenden Schauer durch ihren Körper. Sie presste die Beine zusammen, als das pochende Verlangen zwischen ihren Schenkeln überhandnahm.

»Du bist so verdammt sexy«, knurrte er und küsste sie erneut. Als er seine Lippen tiefer gleiten ließ, um ihre

Brüste zu liebkosen, stieß sie ihn von sich. Er zuckte fragend mit den Schultern.

»Ich will zuerst noch etwas erledigen. Etwas, wonach ich mich schon lange sehne.«

Mit diesen Worten sank sie auf die Knie und er hob überrascht eine Augenbraue. »Verdammt«, stieß er hervor. »Nicht auf die Knie, Baby. Ich will nicht, dass du dir wehtust.«

»Du suchst immer nach Ausreden, aber heute will ich spielen«, sagte sie, während sie seinen Gürtel öffnete.

Er schluckte. »Also schön, wenn du unbedingt willst.« Sie konnte den belustigten Unterton in seiner Stimme hören, doch es schwangen auch Verlangen und ein Hauch von Besorgnis darin mit.

Als er sich über sie beugte, stöhnte sie. Er zog zwei Geschirrtücher aus der Schublade und warf sie auf den Boden, damit sie darauf knien konnte.

Es war zwar kein Kissen, aber etwas anderes war nicht in Reichweite, und sie war nicht bereit, ihn loszulassen. Langsam öffnete sie seinen Reißverschluss und schob eine Hand in den Bund seiner Shorts.

»Herrgott«, knurrte er. Er vergrub seine Hand in ihrem Haar, als sie ihre Zunge über seinen Bauch, direkt oberhalb des Bunds seiner Boxershorts gleiten ließ.

»Salzig«, murmelte sie mit einem Grinsen. »Ich will mehr.« Sie verhalf seiner Männlichkeit zur Freiheit und leckte über seine Eichel.

Sein dicker Schaft pulsierte in ihrer Hand. Er stöhnte und festigte den Griff um ihre Strähnen, doch das war ihr egal. Sie verzehrte sich nach ihm. Und das Ziehen fühlte sich gut an, so berauschend, dass sie es bis in ihr Innerstes spüren konnte.

Sie ließ ihre Zunge an seinem Schaft entlanggleiten und verwöhnte ihn mit zärtlichen Küssen. Als sie mit einer Hand seine Hoden umfasste, stöhnte er auf.

Sie begegnete seinem Blick und saugte seine Eichel in ihren Mund.

»Oh Gott«, knurrte er.

Mehr brachte er nicht heraus, nur sein Stöhnen erfüllte den Raum. Da wusste Arden, dass sie ihn in der Hand hatte. Sie ließ ihn tiefer in ihren Mund gleiten und gab ein Summen von sich, während sie ihre Finger um den Ansatz seines Schafts schlang.

Er stöhnte noch lauter und begann, die Hüfte vor und zurück zu bewegen. Immer wieder glitt er in ihren Mund und wieder heraus, während sie ihn so tief wie möglich schluckte. Sie festigte den Griff um seinen Schaft und spürte, wie seine Oberschenkel an ihren Unterarmen zu beben begannen. Sie wollte alles von ihm, doch bevor er sich in ihrem Rachen ergießen konnte, zog er sich zurück.

Sie wimmerte protestierend, doch im nächsten Moment presste er seine Lippen wieder auf ihre, öffnete ihre Jeans und zog sie ihr bis zu den Knien herunter. Er packte ihren Hintern, hob sie hoch und setzte sie auf der Anrichte ab.

Mit einem kraftvollen Stoß drang er in sie ein, und Arden schrie auf. Ihr Stöhnen und Keuchen erfüllte die Luft, als sie sich aufwölbte und ihm ihre schmerzenden Brüste entgegenreckte. Er beugte sich vor, saugte ihre Knospe in seinen Mund und biss zärtlich hinein, bevor er sich ihrer anderen Brustwarze widmete. Dabei zog er sie an die Kante der Anrichte und stieß unaufhörlich mit Wucht in sie hinein.

Sie konnte nicht atmen, konnte nicht denken. Er war in ihr, umhüllte sie. Im nächsten Moment presste er seinen Daumen an ihre Klitoris und katapultierte sie auf den Gipfel der Ekstase. Sie zuckte und spannte sich um seinen Schaft herum an, während er immer wieder in sie eindrang. Doch er gab sich seiner Lust noch nicht hin, sondern übte erneut Druck auf ihre Lustperle aus und brachte sie noch einmal zum Höhepunkt. Im nächsten Moment explodierte er mit einem Schrei. Er keuchte ihren Namen an ihrem Nacken, stieß noch einmal zu und versteifte sich dann. Er bebte am ganzen Körper und hielt sie so fest, dass sie ihre Fingernägel in seinen Rücken krallte.

Das war unglaublich. Hart, schnell und ... vollkommen.

Dann spürte sie, wie er sich in ihr ergoss. Blitzschnell zog sie den Kopf zurück und begegnete seinem Blick.

»Scheiße«, keuchte sie.

»Herrgott. Wie konnte mir das passieren? Ich habe das Kondom vergessen. Was zum Teufel, Arden? Es tut mir so leid.«

Entsetzen spiegelte sich in seinem Gesicht wider. Er griff nach einem Papiertuch, befeuchtete es im Waschbecken und zog sich dann langsam aus ihr heraus, um sie beide zu säubern.

Er zitterte am ganzen Leib und schien aufrichtig schockiert.

Also küsste sie ihn. Dann umfasste sie mit beiden Händen seine Wangen, zog ihn zu sich und küsste ihn erneut.

»Es ist okay«, flüsterte sie. »Ich habe es auch vergessen. Es ist nicht deine Schuld.«

»Doch, das ist es. Ich hätte daran denken müssen. Wie lange mache ich das schon? Ich habe noch nie im Leben ein Kondom vergessen. Was ist nur mit mir los, Arden? Es tut mir so leid, dass ich dich in diese Lage gebracht habe. Uns beide. Ich … ich bin gesund, ich kann dir die Befunde zeigen, wenn du willst. Nach dem Debakel mit meinen Eltern habe ich mich testen lassen, nur um sicherzugehen. Aber verdammt … es tut mir so leid.«

»Es ist alles in Ordnung. Ich bin ebenfalls gesund. Wegen des Lupus muss ich mich ständig irgendwelchen Tests unterziehen. Außerdem nehme ich die Pille. Also sollte es kein Problem sein.«

»Ich werde dir die Befunde zeigen, versprochen.«

»Und ich kann dir meine zeigen. Glaub mir, Liam, es ist okay.« Sie streichelte seine Wange und küsste ihn erneut. »Mach dir keine Sorgen, du kümmerst dich wirklich um mich. Es ist alles okay.«

Er hielt sie fest und drückte sie an sich, während sie nackt in ihrer Küche standen. Im Hinterkopf drängte sich ihr der Gedanke auf, dass sie die Anrichte würde putzen müssen, doch sie verdrängte ihn schnell wieder. Sie dachte nur an sich selbst – an Liam.

Für einen Moment hatten sie die Kontrolle verloren und einen Fehler begangen, aber es bestand kein Grund zur Panik. Sie nahm die Pille und es gab andere Möglichkeiten, um dafür zu sorgen, dass so etwas nicht wieder passierte.

Sie waren auf der sicheren Seite.

Während er sie festhielt und sie erkannte, wie sehr er sich um sie sorgte, wurde ihr klar, dass sie auf dem besten Weg war, sich in ihn zu verlieben.

Und das jagte ihr weitaus mehr Angst ein als das vergessene Kondom.

KAPITEL SIEBZEHN

Liam saß in seinem Pick-up und versuchte, sich zum Aussteigen zu zwingen. Er *musste* aussteigen. Er wusste allerdings, dass er sich wie ein Feigling benahm.

Er hätte schon viel früher mit seiner Mutter reden müssen, dessen war er sich bewusst. Aber er hatte Zeit gebraucht, um seine Gedanken zu ordnen. Nun nagte das Gefühl an ihm, dass er zu lange gewartet hatte. Rückblickend war ein Monat keine lange Zeit, aber er wusste, dass er seiner Mutter wehgetan hatte.

Sie war sein ganzes Leben lang für Liam da gewesen, doch die Erkenntnis, dass alles, was er gekannt hatte, auf einer Lüge beruhte, schmerzte. Er musste seine Worte sorgfältig abwägen. Nachdem er vier Wochen lang gegrübelt hatte, hatte er zumindest die Gewissheit, dass er sie nicht hasste. Aber er musste herausfinden, wie es weitergehen sollte und wie sie das überwinden konnten.

Er hatte sich die Zeit genommen, die er gebraucht hatte. Jetzt musste er aus dem Truck aussteigen.

Obwohl er den Motor längst abgestellt hatte, umklammerte er das Lenkrad und seufzte.

Er war dank Arden gekommen. Sie hatte schon so viel im Leben durchgemacht und nie aufgegeben. Er konnte sich nicht einfach verkriechen, nur weil er Angst hatte. Es war Zeit, sich an ihr ein Beispiel zu nehmen.

Verdammt, er hatte das verfluchte Kondom vergessen, und ausgerechnet sie hatte ihn getröstet. Sie. Sicher, sie waren beide gesund und sie nahm die Pille, aber was, wenn er sie geschwängert hatte? Was, wenn sie zu dem winzigen Prozentsatz gehörten, wie damals seine Mutter? Er hatte keine Ahnung, welche Risiken möglicherweise mit einer Schwangerschaft bei Lupus verbunden waren. Er hatte sich nicht darüber informiert, weil er nie die Notwendigkeit gesehen hatte und sie in ihrer Beziehung eigentlich noch lange nicht so weit waren.

Was, wenn er sie in Gefahr gebracht hatte?

Während ihm all diese Fragen durch den Kopf schwirrten, wusste er, dass er zumindest *etwas* in Ordnung bringen musste.

Und das bedeutete, dass er mit seiner Mutter reden musste, ohne sich dabei wie ein Idiot aufzuführen.

Ein leises Klopfen an der Fensterscheibe ließ ihn erstarren. Er drehte den Kopf nach links.

»Deine Schwester hat angerufen und gesagt, dass du herkommst«, erklärte sein Vater, als Liam die Tür öffnete.

»Ja, ich habe es ihr und den anderen gesagt, damit sie nicht denken, ich sei ein totales Arschloch.«

»Niemand hält dich für ein Arschloch, mein Sohn.«

Bei den letzten beiden Worten zuckte sein Vater unmerklich zusammen, und Liam wurde klar, dass dies der schwierige Teil war. Liam hatte nicht gezuckt, sondern sein Vater.

Er hatte keine Ahnung, wie er später über all das denken würde, aber die Tatsache, dass sein Vater bei den Worten »mein Sohn« innerlich zurückwich, war beschissen.

Ein stechender Schmerz durchfuhr ihn, als würde ihm das Herz aus der Brust gerissen. Das klaffende Loch schien alles in sich aufzusaugen, bis ihm übel wurde.

»Manchmal komme ich mir trotzdem vor wie ein Arschloch«, sagte Liam leise.

»Ich werde eine Runde um den Block fahren«, erwiderte sein Vater.

»Du solltest zu Ethan gehen«, riet Liam ihm. »Ich glaube, er wollte dich ohnehin anrufen, um sich zu vergewissern, dass es dir gut geht.«

Sein Vater schnaubte. »Ethan steckt seine Nase genauso gern in anderer Leute Angelegenheiten wie Bristol, aber sie ist diejenige, die den schlechten Ruf weghat.«

»Und ich bin von uns der Unruhestifter, während Aaron hinter uns allen herräumt.«

»Nun, ihr alle macht euren Job ziemlich gut.«

»Du warst ein guter Lehrmeister.«

»Tu deiner Mutter nicht weh«, flüsterte sein Vater. »Bitte tu ihr nicht weh.«

»Das werde ich nicht. Aber sie ist bereits verletzt, nicht wahr?«

»Ich werde nicht gehen, wenn sie am Ende daran zerbricht«, presste Timothy Montgomery zwischen zusammengebissenen Zähnen hervor.

Dieselben Zähne, von denen Liam geglaubt hatte, er hätte sie von ihm geerbt. Doch er hatte sich geirrt. Er musste einen Weg finden, mit der Wahrheit umzugehen. Irgendwie musste er darüber hinwegkommen. Aber das würde Zeit brauchen. Verdammt viel Zeit.

»Fahr zu Ethan. Ich bin sicher, Aaron wird ebenfalls vorbeischauen, und vielleicht auch Bristol. Lass mich in Ruhe mit Mom reden.«

»Du bist ein guter Junge«, sagte sein Vater und zog ihn in seine Arme.

»Ich hoffe es. Aber Dad?«

Sein Vater schluckte schwer und nickte. »Ja?«

»Ich bin immer noch verletzt. Und ich weiß nicht, wie lange es dauern wird, bis ich damit klarkomme. Ich hoffe, du verstehst das.«

»Das tue ich. Aber wir werden für dich da sein. Egal was passiert.« Ohne ein weiteres Wort stieg sein Vater in seinen Geländewagen und fuhr los. Hoffentlich zu Ethan.

Liam schickte seinem Bruder eine Nachricht, um ihn für alle Fälle vorzuwarnen. Ethan antwortete mit einem Daumen-hoch-Emoji. Nun, die restlichen Montgomerys wussten, wo sie standen. Jetzt war es an der Zeit, dass Liam sich darüber klar wurde, was zu tun war.

Er musste nicht einmal an die Tür klopfen. Seine Mutter zog sie auf und legte sich eine Hand an die Brust. »Hey«, begrüßte sie ihn. »Ich habe gesehen, dass du draußen geparkt hast. Weil ich nicht wusste, wann du reinkommen würdest, habe ich deinen Vater vorgeschickt.«

Liam nickte und bemerkte das Zucken um ihre Augen, als sie das Wort »Vater« aussprach. Offenbar hatten sie alle ein Problem damit. Vielleicht musste Liam es einfach nur aussprechen. Allerdings wusste er nicht recht, was dieses »es« war.

Er wollte in dieser Geschichte nicht der Schurke sein. Wenn er die Beherrschung verlor, wenn er sie anschrie oder sie auch nur unabsichtlich zum Weinen brachte, wäre er der Böse, und davor hatte er Angst.

Seine Mutter trat einen Schritt zurück, und er folgte ihr in das Haus, in dem er seit seinem zweiten Lebensjahr aufgewachsen war. Bei seiner Geburt hatten sie in einer kleinen Wohnung gelebt, die sie kurz vorher bezogen hatten. Liam kam unwillkürlich der Gedanke, dass er nicht wusste, ob eines seiner Elternteile zuvor allein dort gelebt hatte, oder ob sie sie zusammen angemietet hatten. Er hatte nie danach gefragt. Weil sie nie über diese Zeit gesprochen hatten.

In das Haus waren sie gezogen, als er noch klein war. Hier waren seine Erinnerungen verwurzelt. Seine Geschwister waren nach ihrer Geburt hier aufgewachsen.

Hier hatte seine Mutter seine Schrammen verarztet

und seine Tränen weggeküsst. Hier hatte er seine erste Freundin heimlich in sein Zimmer geschmuggelt, nur um kurz darauf am Ohr ins Wohnzimmer geschleift zu werden und eine Standpauke zu erhalten, während sie stillschweigend nach Hause gefahren wurde.

Scheinbar war er nie ein Meister der Täuschung gewesen.

In diesem Haus hatte er sein erstes Bier mit Ethan und ihrem Freund Lincoln getrunken.

Obwohl sie zwei Jahre jünger waren als Liam, waren sie ein unzertrennliches Gespann gewesen. Sie hatten sich wie typische Teenager aufgeführt und waren oft genug in Schwierigkeiten geraten.

Er und seine Brüder hatten hier gemeinsam über Bristol gewacht und dafür gesorgt, dass sie ihre süße, unschuldige Schwester blieb.

Natürlich hatten sie alle gewusst, dass sie alles andere als unschuldig war.

Sie hatten Aaron verhätschelt, was dazu geführt hatte, dass er als »der Verwöhnte« unter ihnen galt, während sie jedoch alle gut behütet gewesen waren.

Liam erinnerte sich daran, wie Ethan ihm in der Highschool und später auch im College bei seinen Bio- und Mathehausaufgaben geholfen hatte, obwohl Liam der Ältere war.

Er dachte daran zurück, wie er in diesem Wohnzimmer gesessen und seinen Eltern erzählt hatte, dass er ein Angebot für einen Modeljob erhalten hatte. Seine Mutter hatte damals fast einen Herzinfarkt erlitten, weil sie dachte, er sei an einen Sexualstraftäter statt an einen seriösen Agenten geraten.

Er konnte von Glück reden, dass es tatsächlich ein Agent gewesen war.

Zu der Zeit war er zu jung und zu naiv gewesen, um zu erkennen, dass die Sorge seiner Mutter durchaus berechtigt gewesen war.

Er wusste noch, wie er endlose Stunden in seinem Zimmer gesessen und versucht hatte, das Cello-Spiel seiner Schwester zu übertönen. Sie hatte beharrlich geübt und er hatte miterlebt, wie sie sich von einer talentierten Musikerin schließlich zu einer brillanten Künstlerin entwickelt hatte.

Stundenlang hatte er Aaron dabei zugesehen, wie dieser im Laufe der Jahre mit verschiedenen Medien für seine Kunst experimentierte – Kohle, Farben und Papier. Stift, Marker und Fotografie. Und dann hatte sein Bruder sich an Ton versucht und eine alte Töpferscheibe gekauft, die er, Ethan und Liam in die Garage geschleppt hatten, während Bristol Schmiere gestanden hatte.

Sie hatten panische Angst vor einer Standpauke gehabt, weil sie einige Sachen aus dem Weg geräumt hatten, um Platz zu schaffen. Doch dann war ihr Vater hereingekommen und hatte ihnen gezeigt, wie man die Beine richtig befestigte, damit der Tisch stabil stand.

Die ganze Zeit über hatte ihr Vater gewusst, was sie getrieben hatten.

Und als Aaron seine Liebe zum Glasblasen entdeckt hatte, hatte Liam ihm mit dem Geld aus seinen Modeljobs seine erste Ausbildung ermöglicht. Aaron hatte damals nichts davon gewusst, aber inzwischen hatte er längst davon erfahren. Für Liam hatte das nie eine Rolle gespielt.

Sie hatten immer als Team gearbeitet. Sie waren eine Familie.

Liam kam der merkwürdige Gedanke, dass alles vollkommen anders hätte kommen können, wenn Liam stattdessen bei diesem Kerl namens Steve aufgewachsen wäre. Wenn er gewusst hätte, dass er nur zur Hälfte der leibliche Bruder seiner Geschwister war.

»Man sieht dir förmlich an, dass dir eine Menge Dinge durch den Kopf gehen, Liam.«

Die Stimme seiner Mutter riss ihn aus seinen Gedanken und er runzelte die Stirn.

»Wie bitte?«

Sie streckte die Hand nach ihm aus und legte sie an seine Wange. Im nächsten Augenblick zog sie sie wieder zurück, als hätte sie sich verbrannt.

Er hatte sich nicht bewegt, doch es war das erste Mal seit fast einem Monat, dass sie sich im selben Raum befanden. Sie wirkte wie eine Fremde, und doch war sie immer noch die Mutter, die er kannte. Aber ihre Beziehung hatte jetzt einen tiefen Riss bekommen, und Liam fragte sich, ob sie ihn jemals wieder kitten konnten. Oder ob die Schuld dafür allein bei ihm lag.

»Du grübelst so angestrengt, dass ich tausend Gedanken in deinem Gesicht lesen kann«, sagte sie leise. »Verrätst du mir, was in deinem Kopf vorgeht?«

»Ich denke darüber nach, was wir in diesem Haus erlebt haben. Wie wir alle hier so viel gelernt und so viel erreicht haben. Egal wie weit wir weggelaufen und wie weit wir gekommen sind, wir sind immer hierher zurückgekehrt.«

Er zuckte mit den Schultern und steckte die Hände in die Taschen. »Ein seltsamer Gedanke, nicht wahr?«

Sie nickte und starrte auf ihre Hände. »Du weißt, dass ich aus einer Militärfamilie komme, nicht wahr?«

Liam nickte. »Grandpa und Grandma haben beide gedient, richtig?«

»Ja, dein Grandpa war Oberstleutnant beim Militär, und deine Grandma war acht Jahre lang im aktiven Dienst. Danach hat sie ihren Vertrag nicht verlängert und ist als Zivilangestellte in den GS-12-Status gewechselt. So war es ihr möglich, weiterhin mit meinem Vater und mir von Stützpunkt zu Stützpunkt zu ziehen.« Sie lächelte, als Liam sie fragend ansah. Er war kein Soldat und kannte sich mit den Abkürzungen nicht aus. »Sie bekleidete einen ziemlich hohen Posten und zog mit uns um, weil sie ihre eigenen Marschbefehle erhielt. Aber egal, wo wir landeten, wir hatten nie wirklich eine Familie. Nein … das stimmt nicht. Wir waren eine Familie, aber wir haben nie irgendwo Wurzeln geschlagen. Wir zogen von Stützpunkt zu Stützpunkt, ohne je ein wahrhaftiges Zuhause zu haben. Meine Eltern haben mittlerweile ihr eigenes Haus in Florida, das sie lieben. Aber es ist ein Ort, den sie sich für ihr gemeinsames Leben eingerichtet haben. Ich hatte dort nie ein eigenes Zimmer.«

Liam nickte und verstand allmählich, worauf sie

hinauswollte. »Also hast du dafür gesorgt, dass wir hier alle unser eigenes Zimmer haben.«

»Ja, aber es war nicht einfach. Anfangs hatte das Haus nur drei Schlafzimmer. Dein Vater und ich hatten nicht viel Geld, aber wir hatten die Schule abgeschlossen und arbeiteten daran, uns etwas zusammenzusparen. Irgendwann hatten wir dann vier wunderschöne Kinder und waren in der Lage anzubauen. Als ihr jünger wart, habt ihr euch hin und wieder ein Zimmer geteilt, aber am Ende hatten wir fünf Schlafzimmer. Bristol würde wahrscheinlich heute noch behaupten, dass ihres kaum mehr als eine Abstellkammer war.«

»Bristol hat sich immer beschwert, aber sie musste ihr Zimmer nie mit jemandem teilen. Nur weil sie ein Mädchen war.« Ein flüchtiges Lächeln huschte über Liams Gesicht.

»Wir haben alles für unsere Kinder getan, und auch für uns. Ich liebe unsere Familie und ich bin so dankbar, dass wir hier Wurzeln geschlagen haben. In diesem Haus habe ich länger gelebt als an jedem anderen Ort in meinem ganzen Leben.

Selbst wenn man all die Orte, an denen ich je gelebt habe, zusammenzählt, kommen sie nicht gegen die Jahre an, die ich hier verbracht habe. Hier bin ich zu Hause. Hier will ich den Rest meines Lebens an der Seite deines Vaters verbringen. Ich will miterleben, wie ihr eure eigenen Familien gründet, und eines Tages meine Enkelkinder hier sehen.«

Sie hielt inne und lächelte.

»Was hat dieses Lächeln zu bedeuten?«, fragte Liam zögerlich.

»Ach, ich stelle mir nur vor, wie ihr alle euer Glück findet. Bristol hat mir da von jemand ganz Besonderem in deinem Leben erzählt.«

»Ich werde jetzt sicher nicht über Arden reden, in Ordnung?«, antwortete Liam schroff. »Vielleicht später einmal.«

Seine Mutter sah aus, als hätte er sie geohrfeigt, und Liam verfluchte sich im Stillen selbst.

»Es ist einfach nicht der richtige Zeitpunkt. Ich werde dir alles über sie erzählen, versprochen. Nur nicht jetzt. Im Moment haben wir andere Dinge zu besprechen. Ich denke, das weißt du.«

»Ich weiß.«

»Ich werde sie nicht vor dir verbergen.« Ein Fluch entwich ihm, doch seine Mutter ermahnte ihn nicht einmal. Liam spürte, dass sie einen Wendepunkt erreicht hatten. »Du hast so viel vor mir verborgen gehalten. Selbst wenn es nur ein einziger Name in einer Zeile auf einem Blatt Papier war, du hast ihn mir willentlich vorenthalten.«

»Es war nie meine Absicht, dich zu verletzen. Ich wollte unsere Beziehung nicht zerstören. Dein Vater und ich lieben uns. Wir haben uns auch damals geliebt. Aber wir waren beide so dickköpfig und temperamentvoll, dass wir ständig aneinandergerieten. Wir wussten einfach nicht, wie eine Beziehung zwischen uns funktionieren sollte. Aber letztendlich haben wir einen Weg gefunden, allerdings erst, nachdem ich schwanger geworden war. Meine Eltern haben zwar versucht, mich zu unterstützen, aber sie machten mir auch große Vorwürfe. Sie hielten mir meine Fehler vor Augen, bis ich mir nicht mehr sicher war, ob ich auf die Liebe vertrauen konnte. Ich zweifelte nicht an meiner Liebe zu deinem Vater, aber ich zweifelte an der Liebe an sich. Ich hatte Angst, dass er mich verlassen würde, sobald ich dich in den Armen hielt. Dass er dich nicht so lieben könnte wie ich. Oder dass ich nicht imstande wäre, dich so zu lieben, wie du es verdient hast. Ich musste dich erst halten, bevor ich eine Entscheidung treffen konnte. Es war wahrscheinlich falsch, aber in diesem Moment konnte ich nicht anders.«

»Aber du warst ehrlich.« Liam seufzte. »Und ich verstehe das. Du hattest Angst, dass Dad dich verlassen würde, weil du das Kind eines anderen Mannes unter dem Herzen getragen hast. Mir leuchtet ein, warum du nicht sofort geheiratet hast. Ich habe begriffen, dass du und Dad zu dem Zeitpunkt getrennt wart, als du dich mit diesem Steve eingelassen hast.«

»Inzwischen hasse ich diesen Namen. Wahrscheinlich liegt das an der ganzen Geheimniskrämerei. Aber das spielt jetzt keine Rolle. Ich war damals einfach ... emotional überfordert. Ich hätte deinen Vater sofort heiraten sollen, aber ich war zu feige.«

»Du warst in deinem ganzen Leben noch nie feige, Mom.«

»Das ist lieb, dass du das sagst.« Sie lächelte, und Liam ergriff ihre Hand. »Ich liebe dich, Liam.«

»Ich liebe dich auch, Mom. Ich wünschte nur, ich

wüsste mehr über die Vergangenheit. Wirst du mir davon erzählen?«

»Willst du etwas über ihn wissen? Über Steve? Ich kann mich kaum an ihn erinnern. Um ehrlich zu sein, wusste ich nie viel über ihn. Was sagt das wohl über mich aus?«

»Nicht doch. Tu das nicht, hörst du? Ich erinnere mich auch nicht an die Gesichter und Namen aller Frauen, mit denen ich je geschlafen habe. Ich habe keine Ahnung, wie ihre Hoffnungen und Ängste aussahen, wo sie heute leben und was sie tun. Ich kenne nicht jedes Detail. Ich habe sie nicht geliebt. Genauso wenig wie du diesen Mann geliebt hast. Also mach dir deswegen keine Vorwürfe.«

»Wahrscheinlich sollte ich dir eine Standpauke halten, weil du mit Frauen geschlafen und sie dann einfach fallen gelassen hast.«

»Das habe ich nicht gesagt«, knurrte Liam.

»Du hast recht. Es tut mir leid.« Sie drückte seine Hand. »Damals habe ich mich so sehr geschämt. Vor allem vor mir selbst. Dein Vater hingegen hat mich nie verurteilt. Er hat dich geliebt, Liam. Von dem Moment an, als er spürte, wie du in meinem Bauch gegen seine Hand getreten hast, hat er dich geliebt. Er hätte mich auf der Stelle geheiratet, aber ich wollte warten. Ich hatte solche Angst. Und wegen dieser Angst habe ich alles vermasselt.«

»Ich liebe dich«, wiederholte Liam. »Ich werde eine Weile brauchen, um über die Lügen hinwegzukommen. Insgeheim werde ich mich wohl immer fragen, was in der Vergangenheit anders war und was mich von meinen Geschwistern unterscheidet. Das kann ich nicht ändern. Aber ich werde nicht mehr wütend sein. Ich glaube, das kann ich gar nicht.«

»Das hoffe ich. Ich will nicht, dass du diese Wut mit dir herumschleppst. Denn du bist ein Montgomery, mein Sohn. Das warst du schon immer. Und das wirst du immer bleiben.«

»Ich ...«, begann er und stieß zitternd den Atem aus. »Vielleicht.« Er zog sie in seine Arme.

Sie schmiegte sich an ihn und erzählte ihm von ihrer ersten Wohnung und wie er als Baby ausgesehen hatte. Dann erzählte sie ihm von seinen ersten Schritten und wie er bereits mit zwei Jahren versucht hatte, für Ethan der beschützende große Bruder zu sein. Sie beschrieb das Gefühl, das sie empfunden hatte, als sie ihn zum ersten Mal im Arm gehalten hatte, und dass es bei Ethan genau dasselbe gewesen war. Bei allen seinen Geschwistern hatte sie dasselbe gefühlt, denn sie war ihre Mutter.

Und Liam glaubte ihr.

Es würde noch eine Weile dauern, bis er die Lügen hinter sich lassen konnte. Auch wenn ihm alle immer wieder versicherten, dass er ein Montgomery war, fiel es ihm manchmal schwer, das wirklich zu begreifen.

Aber er würde damit zurechtkommen.

Schlichtweg, weil er musste.

Selbst wenn er gelegentlich die Flucht ergriff, war seine Familie für ihn da.

Denn die Montgomerys waren eine Konstante. Für immer.

Er musste sich nur immer wieder ins Gedächtnis rufen, dass er ein Montgomery war. Vielleicht floss nicht dasselbe Blut in seinen Venen, doch er trug dieselbe unbändige Stärke und Entschlossenheit in sich, die seine Familie ausmachte.

Und am Ende war es genau das, was wirklich zählte.

KAPITEL ACHTZEHN

»Warum bin ich nur so nervös?«, murmelte Arden zu sich selbst, während sie die Wurst- und Käseplatte anrichtete. Der Käse würde ihre Rettung sein. Allerdings würde sie nicht viel davon essen können, denn sie brachte heute kaum einen Bissen runter. Sie hatte Magenschmerzen, doch diesmal war nicht der Lupus schuld, sondern ihre Nervosität. Sie war nervös, weil sie in der Beziehung zu Liam den nächsten Schritt wagen würde.

Nicht in Sachen Intimität, denn sie hatten schon mehrfach miteinander geschlafen.

Nein, sie würde den nächsten Schritt in ihrer Beziehung beschreiten, damit aus ihnen ... mehr werden konnte.

Sie würde mit ihren Brüdern und Liam zu Abend essen. Bei ihr zu Hause. Ohne jede Aufsicht. Dafür mit jeder Menge Testosteron und vielen Gebeten.

Gütiger Gott. Vielleicht brauchte sie mehr Käse. Und Wein. Und Tequila.

Als sie zwei starke Arme um ihre Taille spürte, seufzte sie.

»Vielleicht sollten wir einfach absagen.«

»Dir ist doch klar, dass ich deine Brüder bereits kennengelernt habe, nicht wahr? Alle. Ich habe sie einen nach dem anderen im Krankenhaus getroffen.« Liam schob ihr Haar beiseite und liebkoste ihren Nacken. Zitternd stieß sie den Atem aus.

Als er seine Lippen erneut zärtlich an ihre Haut presste, leckte sie sich über die Lippen.

»Schluss damit, Mister. Meine Brüder werden gleich hier sein. Ich will ihnen nicht mit knallroten Wangen und bebend vor Erregung gegenübertreten. Es gibt Regeln, Liam Montgomery.«

»Oh, das weiß ich wohl.«

»Ich glaube, du versuchst, meine Brüder auf die Palme zu bringen. Habe ich recht?«

»Nein«, antwortete er lachend und drehte sie zu sich. Er schob sie mit dem Rücken gegen die Anrichte, beugte sich vor und strich sanft mit seinen Lippen über ihre.

Sie gab sich der Berührung hin und verzehrte sich nach mehr, obwohl sie wusste, dass das im Moment nicht möglich war. Gleich würden die Brady-Brüder hereinplatzen und ihr Leben ein wenig komplizierter werden lassen. Wie immer.

Eigentlich war es schon kompliziert genug. Aber der Gedanke von ihren vier Brüdern, die mit Liam an einem Tisch saßen und ihn stundenlang ins Kreuzverhör nahmen? Nein, darauf freute sie sich wirklich nicht.

Nun, vielleicht freute sie sich insgeheim auch ein wenig, denn dieser Abend bedeutete, dass ihre Beziehung zu Liam sich weiterentwickelte. Was als einfache Verabredung begonnen hatte – mit einem Mann, dem sie ihre Nummer gegeben hatte, ohne wirklich daran zu glauben, dass er sich je melden würde –, hatte sich nun in etwas Größeres verwandelt.

Sie hatten versucht, es langsam angehen zu lassen, doch seit ihrem letzten Krankenhausaufenthalt hatte sie das Gefühl, dass alles etwas schneller voranschritt und sich ihrer Kontrolle entzog.

Aber vielleicht brauchte sie genau das.

Vielleicht musste sie einfach einmal alle Vorsicht über Bord werfen.

»Was geht in deinem Kopf vor?«, fragte Liam und tippte mit dem Finger zwischen ihre Augenbrauen.

Sie runzelte die Stirn und hakte sich mit den Fingern in den Gürtelschlaufen seiner Hose ein.

Sie liebte diese beiläufigen Berührungen, die so selbstverständlich schienen, als hätten sie ein Recht darauf. Es gab ihr das Gefühl, dass ihre Beziehung tiefer ging.

Wahrscheinlich stimmte das auch.

Und das war gut so.

»Du grübelst immer noch.«

»Ich denke darüber nach, dass ich auf einen friedlichen Abend hoffe. Ich habe keine Lust, später die Leichenteile zu entsorgen.«

»Ich glaube nicht, dass du daran gedacht hast, aber ich lasse dich damit durchkommen. Keine Sorge, wir werden uns schon nicht gegenseitig an die Gurgel gehen. Ich kann mit deinen Brüdern umgehen.«

»Das sagst du jetzt«, konterte sie, »aber sie sind vorgewarnt. Sie werden dich erst ein wenig beschnuppern und dir dann so lange zusetzen, bis du wie eine kleine Gazelle wirkst, die von Löwen umzingelt wird. Im nächsten Moment reißen sie dich in Stücke, bis nichts mehr von dir übrig ist.«

»Das ist ein sehr appetitlicher Gedanke so kurz vor dem Abendessen«, erwiderte Liam lachend. »Aber ich bin Liam Montgomery. Ich werde niemals eine verdammte Gazelle sein.«

»Oh, ich weiß nicht, sie haben meinen letzten Freund zu einer Gazelle gemacht.«

»Ich habe gerade meine Hände an deinen Hintern gelegt und meine Erektion gegen deinen Bauch gepresst. Über deine Ex-Freunde will ich momentan wirklich nicht reden«, knurrte er, wobei jedoch ein amüsiertes Funkeln in seinen Augen lag.

»Liam.«

»Komm mir nicht mit *Liam*. Wir werden nicht über ihn reden. Er ist bedeutungslos.«

Sein Tonfall hatte etwas Endgültiges, das sie ein wenig beunruhigte. Doch sie glaubte nicht, dass Eifersucht aus ihm sprach. Er schien eher empört darüber, wie ihr Ex-Freund sie im Stich gelassen hatte, denn er wusste, wie die Beziehung geendet hatte.

Weil sie krank gewesen war.

Aber Liam war geblieben.

Das würde sie als Pluspunkt verbuchen.

Das Treffen mit ihren Brüdern ordnete sie vorerst keiner Kategorie zu.

»Und du willst mir weismachen, dass du vor unserer Begegnung so jungfräulich warst wie frisch gefallener Schnee?«, fragte sie mit hochgezogenen Augenbrauen. Eigentlich hatte sie die Frage gar nicht aussprechen wollen, denn sie wollte die Antwort nicht hören. Liam war vermutlich der attraktivste Mann, dem sie je in ihrem Leben begegnet war. Er war ein gestandener Mann, der eine Modelkarriere hinter sich hatte und jetzt als Bestsellerautor seine Brötchen verdiente. Sie war sich ziemlich sicher, dass er sein Bett schon mit vielen Frauen geteilt hatte.

»Ich werde diese Frage nicht beantworten, aber ich kann dir sagen, dass du etwas Besonderes bist. Wie klingt das?«

Ihr stockte der Atem und sie begegnete seinem Blick. Sie fragte sich, was er in ihr sah. Etwas Besonderes? Das hatte er noch nie zu ihr gesagt. Das war neu. Es war ... sie wusste es nicht.

Aber sie könnte sich daran gewöhnen.

Bevor sie ihn jedoch fragen konnte, was er damit gemeint hatte – oder sich überlegen konnte, welche Bedeutung sie seiner Aussage beimessen wollte –, klingelte es an der Tür. Im nächsten Moment hörte sie, wie ein Schlüssel ins Schloss gesteckt wurde und ihre Brüder eintraten.

Sie löste sich von Liam und stapfte auf ihre Familie zu.

»Was habe ich darüber gesagt, dass ihr euch nicht einfach so Zutritt verschaffen könnt? Ist dies ein Notfall? Nein. Warum habt ihr überhaupt geklingelt?«

Prior reichte ihr einen Strauß Sonnenblumen und drückte ihr einen Kuss auf die Wange. Sie blinzelte und legte die Blumen neben sich auf dem Tisch ab, um ihre Geschwister umarmen zu können. »Wir wollten dich nur vorwarnen.«

»Ja, es war nur eine Warnung«, fügte Macon hinzu und küsste sie auf die andere Wange. Dann drängte er sich mit zwei Flaschen Wein in den Händen an ihr vorbei.

»Ihr habt etwas mitgebracht?«, fragte sie verwirrt.

Nate zog sie in seine Arme, verpasste ihr einen Kuss auf den Scheitel und marschierte dann, zwei Baguettes unter die Arme geklemmt, ins Haus.

»Wir kreuzen hier nie mit leeren Händen auf«, erklärte Cross und küsste sie auf die Stirn. »Wir haben immer etwas dabei.«

Er hielt eine abgedeckte Tortenplatte in den Händen.

Arden schüttelte nur den Kopf. »Ich weiß, und ich bin euch dankbar, dass ihr mich immer mit Lebensmitteln und anderen Dingen versorgt. Aber ich habe euch gesagt, dass ihr heute Abend nichts mitbringen sollt.«

»Ja, und dann haben sie mich angerufen, um mir mitzuteilen, dass sie Brot, Wein und Dessert mitbringen.«

Sie drehte sich um und sah Liam mit verengten Augen an. »Und warum hast du mir das nicht erzählt?«

»Ich habe es ja versucht, aber dann wurden wir abgelenkt.« Er zwinkerte ihr zu und verzog die Lippen zu einem selbstgefälligen Grinsen. Oh, sie erinnerte sich genau an die »Ablenkung«.

Mit hochrotem Kopf warf sie einen Blick auf ihre vier Brüder, die nur amüsiert den Kopf schüttelten. Sie starrten Liam weder finster an noch rissen sie ihn in Stücke. Das war doch ein gutes Zeichen, nicht wahr? Jedenfalls war es ein Anfang.

Bevor sie jedoch weiter darüber nachdenken konnte, trottete Jasper in den Raum und wurde von den Männern mit Liebe und Krauleinheiten überschüttet.

»Ich könnte schwören, dass dein Hund zugelegt hat«, murmelte Cross und musterte das Tier prüfend.

»Das hat er nicht. Sei lieb zu ihm.«

»Ich habe nicht gesagt, dass er fett ist«, konterte Cross, »aber ich habe das Gefühl, er ist kräftiger geworden. Täusche ich mich etwa?«

»Ja«, knurrte Arden. »Hör auf, meinen Jungen zu ärgern.«

»Er ist einfach ein großer Hund«, meinte Prior, der vor dem riesigen Siberian Husky kniete und ihn kraulte. Jasper genoss die Aufmerksamkeit in vollen Zügen und drückte seinen Kopf gegen Priors Hände. »Ja, das bist du. Ein großer, braver Hund. Ja, das bist du.«

»Ihr seid doch alle verrückt«, schnaubte Arden. »Aber Jasper ist tatsächlich ein braver Hund. Ja, das ist er.«

Die anderen lachten, während Jasper weitere Streicheleinheiten genoss und sogar noch ein Leckerli bekam, bevor er sich in sein Hundebett zurückzog.

»Okay, dann gibt es also italienisch zum Abendessen?«, fragte Macon und spähte in den Ofen.

»Ja, ich habe normale Lasagne und Zucchini-Lasagne gemacht.«

Macon verzog das Gesicht. »Zucchini-Lasagne? Im Ernst?«

»Du hast sie schon einmal gegessen und fandest sie köstlich. Ein bisschen weniger Gluten schadet nicht«, meinte sie und hob das Kinn an. »Außerdem weiß ich, dass sie dir geschmeckt hat.«

»Schon möglich, aber das heißt nicht, dass ich sie ständig essen muss.«

Sie schüttelte lächelnd den Kopf. »Fühlst du dich etwa in deiner Männlichkeit bedroht, wenn du zugibst, Zucchini zu mögen?«, fragte sie lachend.

Liam legte seinen Arm um ihre Schulter und zog sie an seine Brust. »Ich glaube nicht, dass Gemüse so etwas verursachen könnte«, scherzte Liam und lachte ebenfalls.

»Das macht mir keine Angst. Verdammt, ich wollte dich doch nur aufziehen. Kein Grund, gleich meine Männlichkeit zu hinterfragen.« Macon zog die Augenbrauen in die Höhe, woraufhin die anderen Jungs lachten.

Derweil vergrub Arden ihr Gesicht in den Händen und kämpfte gegen ein Grinsen an. »Ihr seid unmöglich.«

»Du weißt, dass du uns liebst«, erwiderte Prior.

»Mag sein. Aber manchmal könnte ich gut auf euch alle verzichten.«

»Nein, ich glaube, wir bleiben noch eine Weile und mischen uns in dein Leben ein. Schließlich müssen wir uns doch noch nach jemandes Absichten erkundigen«, sagte Cross und warf Liam einen finsteren Blick zu.

Arden erstarrte, doch dann sah sie das vergnügte Funkeln in den Augen ihres Bruders und spürte die Vibration von Liams leisem Lachen an ihrem Rücken. »Also, stachelt ihr fünf euch gegenseitig an?«, fragte sie und wollte sich aus seiner Umarmung lösen. Doch Liam hielt sie fest, schlang den Arm um ihre Taille und zog sie zurück an seine Brust.

»Wir ziehen dich nur auf«, murmelte er und küsste sie auf den Kopf.

Ihr entging nicht, wie ihre Brüder jede seiner Bewegungen wachsam beobachteten. Aber sie sagten nichts. Offensichtlich hatten sie Liam in der positiven Kategorie verbucht. Vorerst. Doch sie zweifelte nicht daran, dass sie ihn in Stücke reißen würden, wenn er Mist baute.

Allem Anschein nach schienen sie jedoch in ihrer Eigenschaft als ihre Beschützer eine Verbindung zueinander aufzubauen. Damit würde sie sich wohl abfinden müssen.

Großartig.

»Verhältst du dich Bristol gegenüber auch so?«, fragte sie und blickte zu Liam auf.

»Natürlich. Und Aaron.« Liam wandte sich an ihre Brüder. »Aaron ist das Nesthäkchen der Familie. Bristol auch, aber Aaron ist ein bisschen jünger. Mein Bruder Ethan und ich nehmen unsere Jobs als überfürsorgliche große Brüder sehr ernst.«

»Das ist euer gutes Recht«, pflichtete Cross ihm bei, woraufhin Arden ihm den Mittelfinger zeigte.

»Hey, das ist nicht sehr nett, kleine Schwester.«

»Ja, ich bin verletzt«, warf Prior ein und presste sich die Hand an die Brust.

»Oh, ihr könnt mich alle mal.«

»Ich weiß nicht, wo du diese Ausdrucksweise gelernt hast, junge Dame«, sagte Macon und spähte erneut in den Ofen.

»Von euch allen. Und von Mom und Dad. Und wenn du diesen Ofen noch einmal öffnest und die Hitze entweichen lässt, werde ich dir in den Hintern treten, Macon Brady.«

Macon schloss schnell den Ofen und verschränkte die Hände hinter dem Rücken.

»Was hast du nur ständig mit dem Getrete?«, fragte er.

»Ich will mir nicht die Hände verletzen«, konterte sie. »Die brauche ich zum Arbeiten. Aber Tritte sind kein Problem, vor allem nicht, wenn ich ein Paar Stiefel mit Stahlkappen anziehe.« Sie tippte sich ans Kinn und duckte sich, als Macon nach ihr greifen wollte. Liam zog sie an seine Seite und bedachte ihren Bruder mit einem finsteren Blick.

»Hey, Hände weg«, sagte Liam, während der amüsierte Unterton in seiner Stimme jedoch vermuten ließ, dass er es mit der Warnung nicht allzu ernst meinte.

»Dasselbe könnten wir über dich in Bezug auf unsere kleine Schwester sagen«, entgegnete Macon. »Unsere kostbare kleine Schwester.«

»Ja, unsere kostbare, unschuldige kleine Schwester«, fügte Nate hinzu.

»Ist das dein Ernst, Nate?«, fragte Arden. »Wir sind Zwillinge. Du bist vielleicht eine Minute älter als ich. Und willst du wirklich, dass ich dir etwas über das Thema Unschuld erzähle?«, fragte sie und hob herausfordernd das Kinn. Sie spürte, wie ihr die Hitze in die Wangen stieg, aber wenn sie sie vor Liam weiterhin auf diese Weise aufziehen wollten, würden sie sich ihre Geschichten anhören müssen. Liam wusste schließlich genau, wie wenig das Wort »unschuldig« auf sie zutraf.

»Okay, das reicht jetzt«, warf Cross ein und hob abwehrend die Hände. »Ich will das wirklich, wirklich nicht hören.«

»Nein, das willst du nicht«, erwiderte sie.

Prior bedachte Liam mit einem Grinsen. »Du hast von deiner Schwester gesprochen?«

»Darauf werde ich gar nicht erst eingehen«, antwortete Liam und straffte die Schultern.

Oh, oh.

»Leute, lasst uns damit aufhören, okay?«, bat Arden.

»Was ist denn? Er hat schließlich unsere Schwester. Ich meine ja nur.« Macon duckte sich, als Cross versuchte, ihm einen Klaps auf den Hinterkopf zu versetzen.

»Ich würde sagen, meine Schwester ist tabu, aber dann würde sie mir in den Arsch treten. Und Arden vermutlich auch. Allerdings bin ich mir nicht sicher, ob einer von euch überhaupt zu ihr passen würde.«

»Hey, was stimmt denn mit meinen Brüdern nicht?«, fragte Arden zeitgleich mit dem entrüsteten Murren ihrer Brüder.

Liam hob die Hände und schüttelte den Kopf.

»Nichts. Ich glaube nur, dass sie ihr Herz bereits an jemand anderen verloren hat. Zweifellos wären deine Brüder gut genug für sie, aber sie ist für einen anderen bestimmt. Reiß mir nicht gleich den Kopf ab, okay?«

Arden rieb sich erwartungsvoll die Hände. »Ich frage mich, ob wir beide an dieselbe Person denken.«

»Ich werde kein Wort sagen. Wenn ich es verrate, wird Bristol es früher oder später erfahren, und dann macht sie mir die Hölle heiß. Ich will keinen Ärger mit ihr.« Liam drückte ihr einen Kuss auf die Nasenspitze, und sie verzog die Lippen zu einem Grinsen.

Verdammt. Es wurde immer schwerer, gegen dieses Verlangen anzukämpfen. Sie wollte ihn viel zu sehr. Aber sie musste ihr Herz schützen.

»Das ist die beste Methode im Umgang mit kleinen Schwestern. Sieh zu, dass du keinen Ärger bekommst.« Cross streckte Liam die geballte Faust zum Fistbump entgegen.

Arden verdrehte die Augen. »Ihr seid wirklich unmöglich.«

»Ach, du kommst schon drüber weg«, sagte Prior grinsend. »Also, wann gibt es eigentlich Abendessen?«

»Salat und Käseplatte sind fertig, also können wir damit anfangen. Die Lasagne braucht noch einen

Moment. Wir können essen, sobald ihr die Flasche Wein geöffnet oder euch ein Bier geholt habt. Oder wenn ihr aufhört, über Bristol und mich zu reden, als könnten wir über unser Leben nicht selbst entscheiden.«

»Oh, gut, jetzt haben wir sie verärgert«, meinte Nate grinsend.

Arden schnaubte. »Ich bin nicht verärgert. Wenn ich verärgert wäre, würdet ihr es merken.«

Liam drückte ihre Taille. »Das glaube ich auch.«

Nachdem sie gegessen und die Flasche Wein sowie reichlich Wasser getrunken hatten, hatte Arden das Gefühl, einen bedeutenden Schritt in ihrem Leben unternommen zu haben, obwohl sie nicht einmal geahnt hatte, dass sie schon bereit dafür war.

Sie war glücklich.

Ihre Brüder mochten Liam, und Liam schien sich gut mit ihnen zu verstehen. Angesichts der Tatsache, dass dies eine fast unmögliche Leistung war – etwas, das sie sich in ihren kühnsten Träumen nicht ausgemalt hätte –, sprach das Bände.

Es war ein schöner Abend gewesen, und schon bald würde sie mit den Montgomerys an einem Tisch sitzen.

Sie wusste, dass Liam noch einige Dinge zu bewältigen hatte, über die er mit ihr noch nicht geredet hatte, wie das Gespräch mit seiner Mutter. Aber ihre Beziehung entwickelte sich weiter.

Liam drückte ihr einen Kuss auf den Nacken, und sie seufzte.

Glücklich.

Sie war glücklich.

Dies könnte wirklich funktionieren.

Irgendwie hatte sie jemanden gefunden, mit dem sie glücklich war.

Glücklich. Sie wiederholte das Wort immer wieder im Geiste, während sie zugleich fürchtete, es könnte ihr wie Sand durch die Finger rinnen, sobald sie versuchte, es festzuhalten.

Was, wenn dies der Anfang vom Ende war? Der Höhepunkt, bevor alles zu Staub zerfiel?

Obwohl sie versuchte, nicht zu pessimistisch zu sein – denn das konnte sie sich nicht leisten –, hatte die Erfahrung sie gelehrt, dass das Leben viele Tiefen für sie bereithielt. Sie zog das Pech einfach an und musste einen Schlag nach dem anderen einstecken.

Also zögerte sie, nach diesem Glück mit beiden Händen zu greifen, denn sie wusste nicht, ob sie es würde halten können.

Sie hatte Angst, dass alles zerbrach und die Enttäuschung dann unerträglich wäre.

Am Ende würde es mehr wehtun, als sie jemals für möglich gehalten hätte.

KAPITEL NEUNZEHN

Irgendwas an diesem Tattoostudio brachte ihn jedes Mal einfach zum Lächeln. Er kam schon seit Jahren hierher, denn *Montgomery Ink* gehörte seinem Lieblingscousin und seiner Lieblingscousine zusammen.

»Es wundert mich, dass du nicht nach Colorado Springs gefahren bist«, meinte Austin und lockerte die Schultern, während sie den Entwurf ein letztes Mal prüften, bevor sie ihn auf eine Schablone übertrugen.

Liam drehte sich um und musterte den Mann. Austins langer Bart war perfekt getrimmt und seine Haare, die er sich seit Liams letztem Besuch hatte wachsen lassen, waren im Nacken zusammengebunden. Liam fragte sich, ob er sie wieder abrasieren würde. Austin machte keine halben Sachen – genauso wenig wie der Rest der Montgomerys.

Liam war im letzten Jahr oft nach Colorado Springs gefahren, um seiner Cousine beizustehen, die zu dem Zeitpunkt eine Scheidung durchgemacht hatte. Sie hatte sich von der Familie zurückgezogen, doch Liam hatte sich wieder in ihr Leben gedrängt. Er hatte nicht zugelassen, dass sie sich versteckte.

Die Ironie der Sache entging ihm nicht. Er konnte sich ebenso wenig vor seiner Familie verstecken. Aber er verdrängte den Gedanken und konzentrierte sich wieder auf Austins Frage. »Ich hatte überlegt, nach Colorado zu fahren, aber da ich meine Freundin mitgebracht habe, wollte ich zuerst in Denver haltmachen. Das nächste Tattoo kann ich mir dann in Colorado Springs bei *Montgomery Ink Too* stechen lassen.« Da Liams Körper bereits ein Dutzend Tätowierungen zierten, war das wohl kein leeres Versprechen.

Austin gehörte zu dem Denver-Zweig der Montgomerys und war Liams Cousin. Er war ein paar Jahre älter als Liam und arbeitete schon seit etwa zehn Jahren in diesem Studio. Liam hatte das Gefühl, dass das Gebäude und die Menschen darin schon immer ein Teil der erweiterten Familie gewesen waren. Austin und seine Schwester Maya hatten gemeinsam das Studio eröffnet. Jetzt hatten sie eine komplette Belegschaft, eine Piercing-Abteilung und private Räume im hinteren Bereich, die mehr Privatsphäre boten. Wenn sie gewollt hätten, hätten sie über Jahre ausgebucht sein können. Die Tatsache, dass die Immobilien in der Innenstadt von Denver heiß umkämpft waren, zeugte nur von ihrem Erfolg.

Tatsächlich lief das Geschäft so gut, dass zwei weitere ihrer Cousins und Cousinen in Colorado Springs einen Ableger namens *Montgomery Ink Too* eröffnet hatten. Shep und Adrienne leiteten den Laden und hatten mittlerweile so viel zu tun, dass bereits die Rede von einer weiteren Filiale in einer der anderen Städte war.

Da jedoch keiner der Montgomerys aus Boulder Tätowierer war, hielt Liam den Standort für unwahrscheinlich. Aber wer konnte schon ahnen, was noch geschehen würde. Vielleicht würde eines der Kinder in ein paar Jahren dorthin umsiedeln. Sie alle wurden langsam erwachsen. In seiner Familie gab es viele künstlerische Talente, und der Gedanke machte Liam glücklich. Es gab ihm die Gewissheit, dass sie alle Spuren hinterlassen würden, die noch lange nach ihnen Bestand haben würden.

»Ist deine Freundin noch Jungfrau?«, fragte Austin. Er schenkte Arden ein Grinsen und zwinkerte ihr zu. Liam wusste, dass sein Cousin nur versuchte, die Stimmung etwas aufzulockern, da Arden ungewöhnlich nervös wirkte. Vielleicht fühlte sie sich von dem Studio eingeschüchtert, aber Liam vermutete eher, dass sie aufgeregt war, weil sie ein weiteres Mitglied seiner Familie kennenlernte.

Arden verdrehte nur die Augen und starrte über Liams Schulter hinweg auf die Skizze.

»Du kannst von Glück reden, dass Liam mich vor deiner Art von Humor gewarnt hat«, erwiderte sie grinsend.

»Eigentlich habe ich eher Glück, dass meine Frau das nicht gehört hat«, sagte Austin lachend. »Sie würde mir wahrscheinlich eine schallende Ohrfeige verpassen und drohen, mir den Bart abzurasieren. Dabei liebt sie ihn.

Wie dem auch sei, Liam hat erwähnt, dass du möglicherweise ein wenig nervös bist, also wollte ich mit einem unangebrachten Spruch das Eis brechen. Aber im Ernst, hast du bereits ein Tattoo?«

Liam zeigte Austin den Mittelfinger. Seiner Meinung nach war das die einzig angemessene Antwort.

Arden lächelte mit einem Nicken. »Nervös? Er ist derjenige, der sich tätowieren lässt. Ich habe selbst ein paar Tattoos, aber in den letzten Jahren habe ich darauf verzichtet, mir welche stechen lassen. Hauptsächlich weil meine Haut zu sehr darauf reagiert.« Als sie Austins fragenden Blick bemerkte, erklärte sie: »Ich habe Lupus.«

Liam strich ihr über den Oberschenkel. Er hasste die Vorstellung, dass sie Schmerzen hatte, aber sie hatte ihm versichert, dass es ihr gut ging. Und er würde sie beim Wort nehmen, obwohl er sie weiterhin mit Adleraugen beobachtete.

Austin nickte. »Das ist verständlich. Meine Frau hatte auch Schwierigkeiten, als sie ihr erstes Tattoo von mir bekommen hat. Zu uns kommen häufig Kunden mit Autoimmunerkrankungen, Narben oder nach Brustamputationen. Bei jedem reagiert die Haut anders. Wenn du dich jemals entscheidest, dir ein weiteres Tattoo stechen zu lassen, bist du bei uns an der richtigen Adresse. Liam kann für uns bürgen. Wir tun unser Bestes, um die Behandlung so schmerzfrei wie möglich zu gestalten.«

Liam drückte ihre Hand, und sie schenkte seinem Cousin ein Lächeln. »Danke«, erwiderte sie grinsend.

»Ich habe das Gefühl, dass ich bei euch in guten Händen wäre.«

Austin zuckte mit den Schultern. »Wir sind die Besten.«

Liams Cousin übte sich nicht gerade in Bescheidenheit, zumindest nicht in Gegenwart seiner Familie. In seiner Sippe musste sich niemand verstellen.

»Da Liam über eine Stunde Fahrt auf sich genommen hat, um hierherzukommen, musst du die Mühen wohl wert sein. Der Verkehr hier ist die reinste Hölle.«

Austin begegnete Liams Blick. »Oh, das sind wir. Maya wird es dir allerdings übel nehmen, dass du einen Termin bei mir und nicht bei ihr gebucht hast.«

Liam verdrehte die Augen und reichte ihm die Skizze. »Maya hat letztes Mal meinen Arm tätowiert. Diesmal bist du dran. Wir fügen nur die Fleur-de-Lis hinzu, richtig?«

Austin nickte. »Ja, aber es wird Zeit, dass du das andere Ärmeltattoo in Angriff nimmst.«

»Und den größten Teil meines Rückens«, stimmte Liam zu. »Und meine Beine. Irgendwann ist mein ganzer Körper tätowiert, so wie deiner.«

»Ich habe noch ein paar freie Stellen. Ein paar Jahre bleiben mir noch, bevor ich komplett bedeckt bin.«

»Das ist wahr«, pflichtete Liam ihm bei.

»Gib mir einen Moment, um die Schablone anzufertigen. Dann überlegen wir uns, wo genau wir es stechen wollen, obwohl wir es eigentlich schon platziert haben. Aber du kennst mich, lieber achtzehn Mal messen und nur einmal tätowieren.«

»Nur achtzehn Mal?«, fragte Arden und kaute nervös auf der Unterlippe.

Liam streckte die Hand aus und zog sie an seine Seite. »Alles in Ordnung? Hast du etwa Angst vor Nadeln?«

»Hätte ich Angst vor Nadeln, wäre ich vermutlich ein nervliches Wrack – wenn man bedenkt, wie viele Nadel-stiche ich in meinem Leben schon über mich ergehen lassen musste.«

Austin warf Liam einen fragenden Blick zu, ging aber nicht weiter darauf ein. Dann verschwand er im Büro und ließ die beiden allein. Liam schlang seine Arme um ihre Taille und zog sie auf seinen Schoß.

»Liam«, flüsterte sie lachend.

»Was denn? Du wirst wohl kaum die ganze Zeit auf meinem Schoß sitzen, während er mich tätowiert. Obwohl Austin sicher nichts dagegen einzuwenden hätte.«

»Von wegen, Mann«, meldete sich ein kahlköpfiger Hüne von seinem Platz am anderen Ende des Raumes. Seine Brust war überaus muskulös, und Liam hätte schwören können, dass der Kerl mit seinen Armen wahr-scheinlich alles zerquetschen konnte, was ihm in die Quere kam. Neben ihm saß eine attraktive Blondine mit tiefroten Lippen. Wenn Liam sich recht erinnerte, war das seine Frau. »Er mag zwar dein Cousin sein, aber ich bin mir ziemlich sicher, dass das Sitzen auf dem Schoß während einer Tätowierung zu weit geht«, erklärte er lachend.

»Ja, ich stimme dir zu«, sagte Liam, nickte dem Paar zu und wandte sich dann wieder Arden zu.

»Das Studio gefällt mir«, sagte sie. »Du hast recht. Ich würde gern hierherkommen, wenn ich bereit für meine nächste Tätowierung bin.«

Liam nickte. Plötzlich schoss ihm ein Bild der Montgomery-Iris auf ihrer Haut durch den Kopf, und ihm wurde warm ums Herz.

Moment mal. Woher kam dieser Gedanke?

Sie würden nicht heiraten. Sie hatten nicht einmal im Ansatz darüber gesprochen. Tatsächlich waren sie Meister darin geworden, die Zukunft konsequent zu ignorieren. Sie versuchten lediglich, im Hier und Jetzt zu leben. Angesichts seiner Familienprobleme und ihrer Krankheit war das in letzter Zeit nicht einfach gewesen.

Sie wollten einfach nur den Moment genießen.

Die Vorstellung, dass sie das Symbol seiner Familie auf ihrem Körper trug, war zu weit gegriffen. So weit waren sie einfach noch nicht. Sie waren noch nicht bereit, an die Ehe oder an Kinder zu denken.

Er schluckte schwer.

Kinder? Verdammt, er war sich nicht einmal sicher, ob er jemals bereit sein würde, Vater zu werden. Wenn er an seine Zukunft dachte, hatten Kinder darin nie eine Rolle gespielt. Vielleicht hätte ihm das Sorgen bereiten sollen.

Verdammt, er musste derartige Gedanken beiseiteschieben und aufhören, alles so ernst zu nehmen.

Arden war längst mehr als eine Ablenkung. Ihre Beziehung wurde zunehmend ernster, aber von tätowierten Familienwappen und dem Gedanken an Kinder waren sie noch Lichtjahre entfernt.

Zumindest redete er sich das ein.

»Also, die Fleur-de-Lis stammt aus deinem Roman, nicht wahr?«, wollte Austin wissen.

Liam nickte und betrachtete seinen Arm.

»Ich füge verschiedene Symbole aus meinen Büchern hinzu, sobald sie auf der Bestsellerliste landen.« Seine frühere Reihe hatte es erst mit dem dritten Band auf die Bestsellerliste der *New York Times* geschafft, bevor ein Sonderverkauf die anderen Bände mit nach oben katapultiert hatte.

Er zuckte mit den Schultern, während er spürte, wie ihm die Hitze ins Gesicht stieg.

»Es kling vielleicht albern, aber ich wollte etwas, um mich daran zu erinnern. Ein Freund von mir hängt die Symbole aus seinen Büchern an die Wand, allerdings versteckt. Ich wollte die Zeichen aus meinen Werken auf eine beständige Art verewigen. Vor allem weil die Tinte uns Montgomerys praktisch im Blut liegt.«

»Ja, wir Montgomerys sind ein wenig absonderlich«, sagte Austin, als er aus dem Büro kam. »Bist du bereit zum Schablonieren?«

»Immer.«

»Oh, das wird lustig«, meinte Arden, rutschte von Liams Schoß und ließ sich auf dem Hocker nieder, den Austin ihr bereitgestellt hatte. »Meine Brüder lassen mich nie zusehen, wenn sie sich tätowieren lassen. Wahrscheinlich halten sie mich für zimperlich oder so.« Sie verdrehte demonstrativ die Augen, woraufhin Liam sich vorbeugte und ihr einen geräuschvollen Kuss auf die Lippen drückte.

»Man könnte fast meinen, sie würden dich gar nicht kennen«, sagte er grinsend.

»Ganz genau.«

»Ganz ehrlich, ihr zwei seid wirklich ein niedliches Paar. Maya wird sich ärgern, dass sie das hier verpasst hat.« Mit diesen Worten machte Austin sich grinsend an die Arbeit.

»Im Ernst?«, fragte Liam. »Willst du mich jetzt wirklich damit aufziehen?«

Dass Liam Arden mit ins Studio genommen hatte, fühlte sich fast so an, als hätte er sie mit zu sich nach Hause genommen, um sie seinen Eltern vorzustellen. Er wusste, dass das Familienessen an erster Stelle hätte stehen sollen, aber da die Lage zu Hause noch immer etwas angespannt war, hatte er sich zuerst für einen Besuch bei Austin entschieden. Der Rest des Montgomery-Clans wusste nichts von dem Familiengeheimnis, und Liam fragte sich, ob er ihnen irgendwann davon erzählen würde. Allerdings war er sich nicht sicher, ob er überhaupt ein Recht hatte, es preiszugeben.

Ja, es war sein Geburtsrecht. Doch ihm ging es eher um seine Eltern. Er wollte ihnen nicht wehtun.

Die bloße Tatsache, dass er so empfand und Timothy als seinen Vater betrachtete, war der Beweis, dass er begonnen hatte, die Sache zu verarbeiten.

Und das bedeutete ihm viel.

»Was willst du von mir hören? Ihr beide seid eben ein Traumpaar«, sagte Austin.

Liam schnaubte nur. Irgendwann würden Arden und er ihrer Beziehung einen Namen geben müssen. Doch fürs Erste wechselte er das Thema. »Wie geht es eigentlich deiner Familie?«, fragte Liam.

Austin lächelte auf eine Weise, die verriet, dass er seine eigenen Geheimnisse hütete und dass er ein verdammt glücklicher Mann war. Nachdem er jahrelang ziellos umhergetrieben war, war es schön, ihn so sesshaft und gefestigt zu erleben. Liam stand ihm zwar nicht so nahe wie anderen Familienmitgliedern, doch er war nur wenige Jahre jünger als Austin. Im Vergleich zu seinen anderen Cousins war der Altersunterschied nicht allzu groß.

»Meiner Frau geht es gut, sie ist gegenüber in ihrem Laden«, antwortete Austin. »Sie überlegt, eine weitere Boutique in Centennial zu eröffnen, aber ich bin mir nicht sicher, ob wir dafür schon bereit sind.«

»Ja, ihr habt bereits zwei Tattoostudios. Das summiert sich«, bemerkte Liam.

»Mit dem Laden in Colorado Springs habe ich eigentlich nicht viel zu tun. Und ich bezweifle, dass Sierra viel Zeit in die neue Boutique stecken würde, wenn sie erst einmal eröffnet wäre. Aber wir haben eine Familie. Und da wir immer noch auf die Entscheidung im Adoptionsverfahren warten, hängen wir gerade in der Schwebe.«

»Ihr adoptiert?«, fragte Arden interessiert, zuckte jedoch sofort zusammen. »Entschuldige, du musst natürlich nicht darüber sprechen, wenn du nicht willst.«

Liam strich ihr über den Arm, bevor er ihre Hand ergriff.

»Ich hätte es nicht erwähnt, wenn ich ein Problem damit hätte«, erwiderte Austin lässig, während er schablonierte. »Aber es ist ein langer Prozess. Und da wir beide selbstständig sind und ich nicht gerade dem Bild eines Vorzeigevaters entspreche, ist es kompliziert.«

»Ihr habt bereits zwei Kinder, nicht wahr?«, fragte Arden. »Fällt das ins Gewicht?«

»Im System spielt alles eine Rolle. Aber unser Ziel ist es, Pflegekinder zu adoptieren. Wir sind offen für ältere Kinder, nicht nur für Babys. Hoffentlich verschafft uns das einen Vorteil.«

»Wenn man bedenkt, dass dein Ältester auf die Zwanzig zugeht, sollte das positiv zu Buche schlagen, nicht wahr?«

»Ich bin kurz davor, dir eine Nadel in die Haut zu stechen. Also sei bloß ruhig. Leif ist noch nicht einmal alt genug, um Auto zu fahren.« Austin hielt inne. »Nun, er ist fast so weit, aber darüber will ich jetzt nicht reden.«

Liam grinste und begegnete Ardens Blick. »Er hat ein Kind, das fast alt genug ist, um Auto zu fahren. Der Kleine ist in der Grundschule. Oder im Kindergarten, richtig?«

»Ja, der Altersunterschied ist ziemlich groß. Aber Leif ist großartig im Umgang mit Colin. Manchmal ist die Vorstellung, dass ich Vater bin, immer noch seltsam, weißt du? Ich hätte nie gedacht, dass ich irgendwann einmal an diesem Punkt landen würde. Aber jetzt habe ich eine eigene Familie. Die meisten Montgomerys sind inzwischen Eltern.«

»Stimmt«, sagte Liam. »Ihr habt wohl alle im selben Jahr entschieden, dass es Zeit ist, Nachwuchs in die Walt zu setzen.«

»Mein Gott, wenn ich an die Konzentration an Schwangerschaftshormonen in diesem Jahr zurückdenke.« Austin schauderte sichtlich. »Du kannst von Glück reden, dass du zu jener Zeit einen Abgabetermin hattest und dich in deiner kleinen Schreibhöhle verkrochen hast. Mehr sage ich dazu nicht.«

»Ja, das waren ziemlich viele Babys auf einmal.«

»Keiner meiner Brüder hat bisher Kinder«, warf Arden ein. »Ich fürchte mich jetzt schon vor dem Tag, an dem sie Väter werden. Sie übertreiben es auch so schon mit ihrer Fürsorge.«

»Wie viele Brüder hast du?«, fragte Austin und begann mit der Arbeit.

Das Summen der Tätowiermaschine füllte den Raum, und er entspannte sich. Er genoss diesen Endorphinrausch, das Geräusch und sogar das Gefühl der Nadel, die in seine Haut eindrang. Im Gegensatz zu einer Blutabnahme oder einer Injektion verspürte er nur einen stetigen Druck und ein leichtes wiederholtes Stechen. Das Schattieren mochte er am liebsten. Vielleicht machte ihn das zum Masochisten, aber wahrscheinlich lag ein Faible für Schmerzen jedem Tattoo-Liebhaber im Blut.

»Ich habe vier«, antwortete Arden.

Austin hob den Kopf, verzog die Lippen zu einem amüsierten Lächeln und machte sich wieder an die Arbeit. »Gegen meine sieben Geschwister kommst du nicht an.«

»Sieben?«

»Ja. Sieben.«

»Bristol hat definitiv nicht übertrieben, als sie

meinte, es gäbe eine Unmenge an Montgomerys«, stellte Arden fest.

»Das ist wahr. Es gibt fünf in Fort Collins, vier in Boulder und weitere vier in Colorado Springs. Wir aus Denver sind die größte Gruppe«, erklärte Austin.

»Nicht auszudenken, wenn sie alle Kinder in die Welt setzen«, sagte Liam und erschauderte. »Das ist wie bei einer Kaninchenplage.«

»Aber ihr scheint glücklich zu sein«, sagte Arden und beobachtete über Liams Schulter hinweg, wie Austin arbeitete.

»Ja, das sind wir«, bestätigte er.

»Wo ist eigentlich Maya?«, wollte Liam wissen.

»Sie wollte kommen, aber ihre beiden Männer und ihre Kinder sind erkältet. Das heißt, sie muss sich um den Haushalt kümmern. Sie wollte keine Keime hier einschleppen. Außerdem hat sie mit zwei kranken Männern und zwei quengelnden Kindern alle Hände voll zu tun. Ich beneide sie nicht.«

»Oh je, das tut mir leid«, meinte Liam.

»Zwei Männer?«, fragte Arden. Statt Herablassung schwang in ihrer Stimme ein faszinierter Unterton mit. Liam war froh darüber. Nicht alle hatten Verständnis für Mayas Beziehung, aber sie waren eine glückliche Familie, alles andere war nebensächlich.

Liam warf einen Blick über seine Schulter und betrachtete Arden mit verengten Augen. »Für dich ist ein Mann genug.«

»Das sagst du«, meinte sie lachend. »Meine Freundin lebt auch in einer Dreierbeziehung. Ich finde es eben toll, dass es hier in Denver noch andere gibt, die so offen sind. Tut mir leid.«

»Das muss dir nicht leidtun. Aber merk dir eins: Ich teile nicht.« Er beugte sich vor und küsste sie, während er Austins leises Lachen vernahm.

Sie unterhielten sich noch eine Weile, bis Austin die Lilie vollendet hatte. Obwohl dies nicht Liams erste Tätowierung war, sprachen sie wie immer die Nachsorgehinweise durch.

Dann verabschiedete er sich von seinem Cousin und dem Rest der Crew und hinterließ Maya und ihren Männern eine Nachricht. Arden fügte sogar ihre Unterschrift hinzu, da sie nun ein Teil seines Lebens war. Es war ein schönes Gefühl.

Die Rückfahrt nach Boulder verlief reibungslos. Sie unterhielten sich über Literatur und über Gott und die Welt, und Liam genoss ihre unbeschwerte Unterhaltung.

Er ergriff ihre Hand und warf einen flüchtigen Blick auf ihre verschränkten Finger, bevor er sich wieder auf die Straße konzentrierte. Im Stillen staunte er darüber, welche Wendung das Leben genommen hatte.

Wie war er bei Arden gelandet?

Er hatte nicht einmal geahnt, dass er sich danach gesehnt hatte. Oder dass sich überhaupt etwas zwischen ihnen entwickeln würde.

Aber er genoss das Gefühl und war glücklich. Er wusste nur allzu gut, dass das Glück vielleicht nicht ewig wehrte und das Leben sich jederzeit ändern konnte. Genau deshalb entschied er sich, den Moment zu genießen. Und er war gespannt darauf zu erfahren, was das Schicksal noch für sie bereithielt.

Sie bogen in Ardens Einfahrt ein und stiegen aus dem Wagen. Arden eilte zur Haustür, da sie Jasper länger als geplant allein zu Hause gelassen hatte. Der Hund lief bereits mit der Leine im Maul durchs Wohnzimmer.

Liam verdrehte die Augen. »Wie wäre es, wenn ich mit ihm Gassi gehe, damit du dich ausruhen kannst?«

Arden verengte die Augen. »Ich kann mitkommen. Mir geht es gut. Glaub mir.«

»In Ordnung«, stimmte Liam zu und befestigte die Leine an Jaspers Halsband.

Der Hund bellte zweimal, dann machten sie sich so selbstverständlich auf den Weg, als sei das ihr Alltag. Als sei das hier ihr gemeinsames Leben.

Und Liam genoss das Gefühl.

Er genoss es sogar sehr.

Als sie nach Hause kamen und über das Abendessen sprachen, wollte er mehr.

Den ganzen Tag über war Arden an seiner Seite gewesen, aber er hatte sich mit einigen wenigen flüchtigen Küssen und zärtlichen Berührungen begnügen müssen.

Er beugte sich zu ihr vor und presste seine Lippen auf ihre. Als sie ein Stöhnen ausstieß, wusste er, dass er nicht bis nach dem Abendessen warten wollte.

»Liam?«

»Ich will dich nur küssen.«

»Wenn ich nach dem gehe, was ich gerade hinter deinem Reißverschluss spüre, scheint es, als hättest du mehr als nur Küssen im Sinn«, hauchte sie und biss ihm zärtlich ins Kinn. »Bist du dir sicher, dass dein neues Tattoo das verkraftet?«

Er schnaubte und knabberte sanft an ihrem Hals. Er liebte es, wie sie sich ihm entgegenwölbte. Es war berauschend zu wissen, dass sie allein durch seine Liebkosung bereits feucht sein würde.

Verdammt, er konnte ihre Erregung praktisch riechen, während sie in seinen Armen geradezu dahinschmolz.

Obwohl er es langsam angehen wollte, glaubte er nicht, dass ihm das gelingen würde. Nicht jetzt. Vielleicht niemals, wenn es um Arden ging. Er wollte sie mit Rosen und Zärtlichkeit überschütten. Aber Sanftheit war bei ihr ein Ding der Unmöglichkeit. Er wollte sich um sie schlingen und sich von ihrem Duft umhüllen lassen.

Er wollte alles.

Und das machte ihm Angst.

Also verdrängte er den Gedanken und gab sich einfach dem Moment hin.

»Die Tätowierung ist auf meinem Arm, Arden. Nicht auf meinem Schwanz.«

»Was du nicht sagst. Hast du schon vergessen, dass ich die ganze Zeit über neben dir saß?« Sie stemmte sich gegen seine Brust und beugte sich dann wieder vor, um ihn zu küssen. »Ich denke nicht, dass es mir gefallen würde, wenn du dir den Schwanz tätowieren lässt. Er ist schön, so wie er ist.«

»Du findest meinen Schwanz also schön?«, fragte er und knöpfte ihre Bluse auf. Er grinste, als sie an seinem

Gürtel zerrte. Langsam entkleideten sie sich gegenseitig. Er konnte es kaum erwarten. Er wollte in sie eindringen und sie langsam lieben, aber wahrscheinlich würde er nicht an sich halten können. Er wusste jetzt schon, dass er sie hart und schnell ficken würde.

Dies war seine Arden. Sie gehörte ihm.

»Ja, ich finde deinen Schwanz schön. Vor allem wenn er in meinem Mund ist.«

»Schau dich nur an mit deiner Verbalerotik.«

»Hey, ich lese eben viel.«

»Ich auch, aber offensichtlich die falschen Bücher.«

»Wenn du willst, lese ich dir vor dem Schlafengehen etwas vor«, säuselte sie, sank auf die Knie und umschloss seinen Schaft mit ihren Lippen.

Er stöhnte auf. Das Gefühl ihres warmen Mundes um seinen Schwanz war so gut, dass er beinahe auf der Stelle explodiert wäre. Stattdessen fuhr er mit den Händen durch ihr Haar und stieß das Becken vor.

Sie gab ein Summen von sich. Die Vibration fuhr ihm direkt in die Hoden und hallte durch seinen ganzen Körper.

Er streifte die Schuhe ab und versuchte, sich in Selbstbeherrschung zu üben. Das war jedoch gar nicht so leicht, denn der Anblick von Arden, die mit entblößtem Oberkörper vor ihm kniete und zu ihm aufsah, während sie seinen Schaft mit ihren vollen Lippen verwöhnte, war überwältigend.

»Mein Gott, ich halte es nicht mehr aus«, keuchte er und zog sich zurück. Sein Schaft schimmerte feucht von ihr. Sie warf ihm einen schmollenden Blick zu, der jedoch augenblicklich einem Grinsen wich, als er sich zu ihr auf den Boden sinken ließ und ihr half, die Hose auszuziehen. Schließlich lag sie nackt vor ihm, umfasste ihre Brüste und spielte mit ihren Knospen. Er vergrub sein Gesicht zwischen ihren Schenkeln und begann, sie mit der Zunge zu verwöhnen.

Ein Bein hatte sie über seine Schulter gelegt, das andere stemmte sie in den Boden, während sie sich unter ihm wand. Er legte einen Arm um ihre Taille, um sie festzuhalten, und benutzte den anderen, um sie zu spreizen, während er seine Zunge um ihre Klitoris kreisen ließ.

»Liam«, keuchte sie. »Pass auf deinen Arm auf.«

»Keine Sorge, wenn ich oben liege, scheuere ich mir weniger die Haut auf«, knurrte er.

»Und was ist mit mir?«

Er summte an ihrer Klitoris und biss zärtlich hinein, bevor er sie in seinen Mund saugte. Arden explodierte und schrie seinen Namen.

»Ich werde sanft sein«, stöhnte er, dann war er über ihr. Er umfasste seinen Schaft, führte ihn an ihr Geschlecht und drang langsam in sie ein. Während er Zentimeter für Zentimeter in sie hineinglitt, blickte er ihr direkt in die Augen.

Dann begann er, sich in einem bedächtigen Rhythmus zu bewegen. Sie hatte die Beine um seine Hüfte geschlungen, während er sich auf seinen gesunden Arm stützte. Mit seiner freien Hand glitt er über ihren Rippenbogen abwärts, packte dann ihre Hüfte und hob sie an. In diesem Moment wollte er ihr einfach nur nahe sein.

Sie war so eng, so vollkommen sein und so verdammt perfekt.

Er liebte jeden Zentimeter von ihr, verehrte jede Narbe, jede Prellung, jede Kurve.

Er liebte ihren Körper und tief im Inneren spürte er, dass dieses Gefühl mehr war als nur Begehren. Es war Liebe. Doch das wollte er sich nicht eingestehen und schob den Gedanken beiseite. Was würde geschehen, wenn er sie verlor? Was, wenn sie entschied, dass er ihr zu viel wurde? Was, wenn er nur eine Ablenkung für sie war?

Als er seinen Daumen an ihre Lustperle presste und sie erneut auf den Gipfel der Ekstase trieb, verdrängte er diese Gedanken. Sie waren im Hier und Jetzt.

Etwas anderes war nicht wichtig. Er konnte nur an Arden und diesen Moment denken.

Nur an diesen Moment.

Im nächsten Augenblick kam auch er zum Höhepunkt. Mit einem lustvollen Knurren stieß er ihren Namen hervor, dann presste er seine Lippen auf ihre und verlor sich in einem leidenschaftlichen Kuss, während er ein letztes Mal in sie eindrang.

Nur dieser Moment, ermahnte er sich. Und dieser Moment war jedes Risiko wert.

KAPITEL ZWANZIG

Arden hätte wissen müssen, dass die letzten Wochen zu perfekt waren, um wahr zu sein.

Sie hatte sich in die Arbeit gestürzt und jede Sekunde genossen. Sie liebte ihren Job, selbst die Momente, in denen ihr die Augen brannten, weil sie die Augenfarbe einer Nebenfigur über achtzehn Bände hinweg überprüfen musste.

Sie hatte fast jeden Abend mit Liam verbracht, wobei sie entweder bei ihm oder bei ihr übernachteten. Jasper war ein fester Bestandteil dieser Routine und hatte sich in Liams Haus bereits einen eigenen Platz erobert.

Es fühlte sich an, als hätten sie den nächsten Schritt in ihrer Beziehung gewagt und definierten sich nun als Paar, das gemeinsam in die Zukunft blickte. Alles geschah wie von selbst, ohne dass sie sich den Kopf darüber zerbrechen mussten. Sie ließen sich einfach treiben und stellten fest, dass es funktionierte.

Ardens Brüder gaben ihr tatsächlich ein wenig mehr

Freiraum, waren aber stets für sie da, wenn sie sie brauchte.

Sie verstanden sich gut mit Liam. Dieser wirkte nach der Aussprache mit seiner Mutter gelöster, als könnte er endlich wieder durchatmen.

Mit Ardens Gesundheit ging es stetig bergauf. In letzter Zeit hatte sie sich so gut gefühlt, dass sie sogar mit Liam joggen war. Nun, eigentlich hatte er zwei Runden gedreht, während sie eine einzige Runde stramm marschiert war. Als er dann beim Vorbeilaufen wie in *Captain America* »Achtung, links« gerufen hatte, hatte sie sich noch ein bisschen mehr in ihn verliebt.

Es war die Krönung der fast perfekten letzten Wochen.

Aber sie hätte wissen müssen, dass dieses Glück nicht ewig währen würde.

Wie hätte es so bleiben können?

Sie spülte sich den Mund aus, putzte sich die Zähne und machte sich dann daran, ihr Badezimmer zu reinigen. Sie hatte sich heute bereits dreimal übergeben und konnte nichts bei sich behalten.

Das war neu für sie. Zumindest war es schon seit einer Weile nicht mehr vorgekommen.

Ihr ganzer Körper fühlte sich verkrampft an, vor allem ihr Unterleib. Langsam machte sie sich wirklich Sorgen.

Wenn sie genau darüber nachdachte, hatte sie sich noch nie so gefühlt. War das etwa ein neues Symptom? Drohte ihr etwa ein Schub, der so gewaltig war, dass er alle anderen in den Schatten stellen würde?

Sie wusste es nicht, aber sie war es so leid, krank zu sein.

Eigentlich hatte sie geplant, sich später mit Liam zu treffen. Sie wollten etwas essen gehen und dann zu Ethan fahren, um sich mit ihm einen Film anzuschauen. Doch sie glaubte nicht, dass sie dazu in der Lage sein würde.

Alles tat ihr weh.

Sie ging ein paar Schritte auf Jasper zu, der sie mit einem besorgten Blick musterte. Im nächsten Moment musste sie erneut würgen, presste sich eine Hand vor den Mund und lief zurück ins Bad, um sich zu übergeben.

Inzwischen kam nur noch Galle und schließlich ein trockenes Würgen. Es war furchtbar.

Sie ergab sich dem Beben ihres Körpers, reinigte erneut das Badezimmer und putzte sich noch mal die Zähne. Dann nahm sie einen Waschlappen aus dem Wäscheschrank, befeuchtete ihn mit kaltem Wasser und kühlte sich damit die Stirn.

Mein Gott, sie fühlte sich schrecklich.

Es war seltsam. Die Übelkeit übermannte sie plötzlich ohne Vorwarnung, nur um dann genauso schnell wieder zu verschwinden.

Arden erstarrte. Dann begannen die Rädchen in ihrem Kopf, sich zu drehen.

Wann hatte sie ihre letzte Periode gehabt?

Aufgrund ihres Lupus und ihrer Endometriose war ihr Zyklus sehr unregelmäßig. Diese Kombination an sich war eine Qual.

Sowohl aus den Lupus-Foren als auch von ihren

Bekannten im Krankenhaus wusste sie, dass die Endometriose eine häufige Begleiterkrankung bei Lupus war.

Aus diesem Grund waren ihre Berechnungen nicht immer ein verlässlicher Hinweis darauf, ob sie überfällig war oder nicht. Denn sie war immer überfällig.

Doch diesmal war sie wirklich überfällig.

Sie eilte erneut zur Toilette, würgte und ließ sich auf den Boden sinken. Sie vergrub das Gesicht in den Händen, während sie sich überlegte, ob sie schwanger sein könnte.

Sie und Liam hatten nicht darüber gesprochen. Da sie die Pille nahm, hatten sie irgendwann ganz auf Kondome verzichtet.

Aber was, wenn das nicht ausreichte?

Denn Kondome waren nicht hundertprozentig wirksam. Und die Pille genauso wenig.

»Oh Gott.«

Statt im Drogeriemarkt einen Schwangerschaftstest zu kaufen, rief sie ihre Gynäkologin an.

Sie brauchte Gewissheit. Da sie sich ohnehin elend fühlte, konnte sie ebenso gut mit ihrer Ärztin sprechen, um herauszufinden, ob die Endometriose oder der Lupus an ihrem jetzigen Zustand schuld war. Vielleicht würde sie auch eine völlig neue Diagnose stellen, die ihr endgültig den Rest geben würde.

Warum konnte sie nicht einfach glücklich sein?

Warum konnte sie nicht wenigstens einen Monat lang ohne Schmerzen leben?

»Jammere ruhig so weiter, vielleicht hilft es ja«, flüsterte sie sich selbst zu.

»Du musst einfach nur atmen«, murmelte sie und stieß den Atem aus.

»Einfach nur atmen.«

Dank der Absage einer anderen Patientin konnte ihre Ärztin sie innerhalb einer Stunde einschieben. Hastig schlüpfte sie in ihre Kleidung, umarmte ihren Hund zum Abschied und machte sich auf den Weg in die Klinik.

Glücklicherweise waren ihre Spezialisten alle im selben Gebäude versammelt, das ganz in der Nähe ihres Hauses lag. Dadurch musste sie nicht quer durch die Stadt hetzen. Es bedeutete jedoch auch, dass die Wartezeiten mitunter schier endlos lang waren. Daher war sie überaus dankbar, dass sie so kurzfristig einen Termin bekommen hatte.

Vielleicht machte sie sich umsonst Sorgen. Vielleicht war heute nur einer dieser Tage, an denen sie sich morgens elend fühlte, nur um dann festzustellen, dass ihr Zustand sich im Laufe des Nachmittags besserte.

Wenn sie sich das lange genug einredete, würde es vielleicht wahr werden.

Sie schrieb Liam eine Nachricht, um ihm mitzuteilen, dass sie auf dem Weg in die Klinik war. Um ihn nicht zu beunruhigen, hielt sie sich vage und erwähnte lediglich den Arzttermin.

Er antwortete nicht sofort. Sie nahm an, dass er sich in seiner Schreibhöhle verkrochen hatte, da er gerade an den letzten Kapiteln seines Buches arbeitete. Wahrscheinlich hätte er nicht mal bemerkt, wenn sein Haus in Flammen gestanden hätte.

Aber das war Arden nur recht, denn sie wollte ihn

nicht unnötig beunruhigen. Was, wenn sie sich grundlos aufregte? Ganz sicher war das der Fall.

Als Arden im Sprechzimmer saß und ihrer Gynäkologin die Symptome schilderte, nickte diese, stellte Fragen und führte einige Tests durch.

Die Untersuchung zog sich über eine Stunde hin. Arden lag auf der Untersuchungsliege und wartete immer noch auf eine Nachricht von Liam. Währenddessen redete sie sich immer wieder ein, dass alles gut werden würde.

Schließlich kam die Ärztin zurück. »Okay, Miss Brady, wir haben Neuigkeiten.«

Arden setzte sich mit wild klopfendem Herzen auf.

»Und?«, fragte sie.

»Zunächst einmal: Sie sind nicht schwanger«, antwortete die Ärztin schnell.

Arden atmete erleichtert auf. »Gott sei Dank. Ich meine, ich habe nichts gegen Babys, aber wir sind noch nicht bereit für Kinder. Ich bin noch nicht bereit. Vor allem wenn man bedenkt, womit ich sonst noch zu kämpfen habe ...«

»Ja. Darauf kommen wir gleich noch zurück. Aber zuerst müssen Sie wissen, dass wir Sie stationär aufnehmen werden. Allerdings nicht hier in der Gynäkologie, sondern in einem anderen Trakt des Krankenhauses.«

»Wie bitte?«, fragte Arden und presste die Hände an ihren Bauch. »Ich dachte, Sie hätten gesagt, ich sei nicht schwanger. Ist es nur eine Magenverstimmung?«

»Nein, die Befunde deuten auf eine Entzündung der

Bauchspeicheldrüse hin. Sie werden wieder gesund, aber wir müssen Sie zur Sicherheit stationär aufnehmen. Sie benötigen Antibiotika und wir müssen weitere Tests durchführen, die ich hier nicht vornehmen kann. Angesichts Ihrer Krankheitsgeschichte und der starken Schmerzen ist eine intravenöse Verabreichung der Medikamente die beste Lösung. Ich bin zwar nicht Ihre behandelnde Ärztin in Bezug auf den Lupus, aber wie Sie sicher wissen, kann eine Pankreatitis ein Symptom der Krankheit sein.«

»Ich verstehe. Mein Körper greift meine Organe an.« Sie schluckte schwer und wischte sich hastig über die Wangen. Erst jetzt bemerkte sie die Tränen.

Pankreatitis? Noch ein verdammtes Organ? Es war ihr so lange so gut gegangen, und nun prügelte das Schicksal erneut auf sie ein. Warum gönnte es ihr keine Atempause?

Die Ärztin reichte ihr ein Taschentuch und schenkte ihr ein aufrichtiges Lächeln, das nicht überheblich mitleidig wirkte.

Arden liebte ihr Ärzteteam. Sie hörten ihr zu und rieten ihr nie, Gewicht zu verlieren, um die Schmerzen zu lindern. Es war ein wahrer Segen. Dennoch hatte sie das Bedürfnis, auf etwas einzuschlagen. Sie wollte einfach nur ihren Frieden.

Aber der sollte ihr verwehrt bleiben. Ihre Hände zitterten, als eine neue Schmerzwelle über sie hereinbrach. Sie presste die Lippen zusammen, um sowohl gegen die Übelkeit als auch die Tränen anzukämpfen.

»Ich werde gleich ein Bett für Sie organisieren. Aber

zuerst hören Sie mir zu, Arden. Es wird alles gut. Ihre Spezialisten werden mit Ihnen über die Details sprechen und Ihnen alle Fragen beantworten. Mir ist klar, dass das im Moment alles niederschmetternd ist. Ihr Lupus war in den vergangenen Monaten etwas aggressiver als sonst, das kommt leider vor. Aber Sie werden auch diesen Schub überwinden und ein normales Leben führen. Sie waren jahrelang stabil. Wir müssen diesen Kreislauf jetzt erst einmal durchbrechen, damit Sie sich erholen können.«

Arden schniefte und wischte sich übers Gesicht. »Ich weiß. Erst meine Haut, dann meine Leber und jetzt meine Bauchspeicheldrüse?«

»Das hängt alles zusammen. Auch das wissen Sie. Ich bin nur Ihre Gynäkologin, aber ich habe mit Ihren Ärzten gesprochen. Sie werden einen umfassenden Behandlungsplan für Sie erstellen. Sie sind sehr zuversichtlich.«

»Lügen Sie mich nicht an«, schluchzte Arden und wischte sich noch mehr Tränen von der Wange.

»Das ist die Wahrheit, die Ärzte sind zuversichtlich. Weil Sie stark sind. Obwohl es keine Heilung für Lupus gibt, werden sie einen Plan zusammenstellen, der Ihnen das Leben erleichtert und die Schmerzen lindert, in Ordnung? Gut. Dann gehen wir jetzt die Einzelheiten durch.«

Arden saß da und kämpfte gegen die Übelkeit an. Während die Ärztin weitersprach, sah Arden vor ihrem inneren Auge, wie ein weiterer Teil ihres Lebens zerbrach. Sie hatte nicht einmal gewusst, dass sie sich danach sehnte, doch jetzt glitt es ihr durch die Finger.

Sie hatte keine Lust mehr zuzuhören. Sie wollte überhaupt nichts mehr wissen.

Ihr eigener Körper hatte sich gegen sie verschworen. Und in diesem Moment hasste sie sich selbst dafür.

Warum war ihr das Glück vergönnt? Sie wollte einfach nur glücklich sein.

Sie wollte Liam sagen, dass sie ihn liebte und dass sie für ihn da sein würde. Sie wollte miterleben, wie ihre Brüder ihre Partner oder Partnerinnen fürs Leben fanden, sie wünschte sich Nichten und Neffen und eine große Familie. Sie wollte Liams Familie besser kennenlernen und beobachten, wie sie sich verliebten.

Sie sehnte sich danach und hatte schreckliche Angst, dass dieser Traum nie in Erfüllung gehen würde.

Panische Angst.

Es dauerte einige Stunden, bis sie endlich in ein Zimmer verlegt wurde. Die Zeit in Krankenhäusern schien immer nur schleppend zu vergehen.

Durch die Infusionen fühlte sie sich schon etwas besser. Zumindest körperlich. Ihr Geist hingegen fühlte sich an wie ein Schlachtfeld.

Cross war sofort an ihrer Seite und hielt ihre Hand, während sie ihm die Einzelheiten ihrer Pankreatitis erklärte. Sie verschwieg ihm den Rest, denn das betraf niemanden außer ihr. Zumindest im Moment.

Und vielleicht Liam.

Sie war einfach so erschöpft. Da sie mittlerweile an Rückschläge wie diesen gewöhnt war, stand zu Hause für alle Fälle stets eine gepackte Notfalltasche bereit. Cross hatte sie allerdings nicht mitgebracht, sondern hatte ihr erzählt, dass Liam auf dem Weg hierher sei. Das beruhigte sie ein wenig. Liam hatte zwar nicht auf ihre Nachricht geantwortet, doch er hatte sie offenbar erhalten und dann ihre Familie informiert.

Vielleicht hatte er einfach nicht gewusst, was er ihr schreiben sollte. Schließlich wusste sie selbst auch nicht so recht, was sie sagen sollte.

Als Liam eintraf, umarmte Cross sie, versprach, später noch einmal vorbeizukommen und vielleicht Prior, Nate und Macon mitzubringen. Dann verließ er den Raum.

Sie liebte ihre Brüder abgöttisch.

»Hey, du«, sagte Liam und ließ die Tasche fallen. »Ich habe mein Handy geschrottet. Ich habe mich über eine Szene geärgert und es durch den Raum geschleudert. Aber ich habe deine Nachricht gelesen, ich konnte dir nur nicht antworten. Also habe ich Ethans Handy benutzt, um deinen Bruder anzurufen. Offenbar hat Ethan nicht nur deine Nummer, sondern auch die deiner Brüder. Wahrscheinlich hat er jede Nummer gespeichert, die ihm je untergekommen ist, nur um gewappnet zu sein. So ist er eben. Es tut mir leid, dass ich nicht angerufen habe. Ethan besorgt mir ein neues Handy, damit ich bei dir bleiben kann. Wir werden das gemeinsam durchstehen.«

Er küsste sie auf die Stirn und ergriff ihre Hand. »Wie geht es dir?«

»Es ging mir schon besser«, sagte Arden und schenkte ihm ein Lächeln. »Scheinbar hattest du auch einen schlechten Tag.«

Er schnaubte. »Ja, aber das spielt jetzt keine Rolle. Du bist diejenige, die im Krankenhaus liegt. Ich schlage mich nur mit einer Figur herum, die mir den letzten Nerv raubt. Aber das ist ganz normal. Also, Pankreatitis? Erzähl mir, was los ist.«

»Zum Glück ist es nur ein leichter Verlauf. Allerdings scheinen bei mir die Symptome stärker zu sein. Aber sie sollten bald abklingen und ich kann zur Normalität zurückkehren. Mein Rheumatologe und ich werden über weitere Therapieansätze sprechen, die hoffentlich die ständigen Schübe eindämmen können. Offensichtlich zeigt mein aktuelles Medikament nicht die gewünschte Wirkung.«

»Das Gefühl habe ich auch. Aber wir werden eine Lösung finden. Keine Sorge, ich bin für dich da.«

Er schien die Worte wirklich ernst zu meinen. Als sei er sich seiner Sache absolut sicher. Arden konnte die Zweifel nicht länger ertragen und brach in Tränen aus. Sie setzte sich auf und vergrub das Gesicht in den Händen.

Es tat weh. Es tat so weh. Und es war so schwer, an eine Zukunft zu glauben, wenn alles auseinanderbrach.

»Sprich mit mir. Was ist los, Arden? Hast du Angst? Es ist okay. Ich habe auch Angst, aber wir werden das gemeinsam durchstehen. Das verspreche ich dir.«

Behutsam umfasste er ihr Gesicht mit beiden Händen und wischte ihr die Tränen weg. Für einen Moment schmiegte sie sich an ihn. Irgendwie musste sie die Kraft aufbringen, um ihm auch die andere Neuigkeit zu erzählen.

»Darum geht es nicht. Nicht nur. Da ist noch etwas anderes.«

Sie zog den Kopf zurück. Er griff hinter sie, zog ein Taschentuch aus der Packung und tupfte ihr die Wangen ab.

»Raus mit der Sprache. Du kannst mir alles sagen. Immerhin habe ich dir von dem Debakel meiner Herkunft erzählt. Das hätte auch aus einem deiner Liebesromane stammen können. Also gib dir einen Ruck.«

Sie lachte leise und schüttelte den Kopf. »Du solltest dich setzen.«

»Okay«, erwiderte er und machte ein ernstes Gesicht.

»Du solltest wissen, dass ich ursprünglich zum Arzt gegangen bin, weil ich dachte, ich sei vielleicht schwanger«, platzte sie heraus.

Liam riss die Augen auf. »Und? Bist du schwanger?«

In seiner Stimme schwang so viel Hoffnung mit, aber auch ein wenig Angst. Genau so hatte sie sich gefühlt. Sie schüttelte den Kopf und wischte sich eine Träne von der Wange.

»Nein. Wir haben während der Untersuchung einen Ultraschall gemacht. Es sieht so aus, als hätte die Endometriose sich verschlimmert. Zum einen liegt das wohl an den Medikamenten und zum anderen an der Tatsache, dass mein Körper jedes meiner Organe angreift.«

»Du hast gesagt, du hattest Unterleibsschmerzen«, flüsterte er. »Was bedeutet das?«

Sie zupfte an einem losen Faden ihrer Bettdecke und

wünschte sich, sie sei gesund. Warum war das nicht möglich?

Sie wollte Hand in Hand mit ihrem Freund am Strand entlanggehen und mit ihm übers Heiraten und ihre zukünftigen Kinder nachdenken. Aber dieses Glück blieb ihr verwehrt.

Sie hasste es so sehr, dass sie nicht einfach normal sein konnte.

»Eigentlich bin ich zu jung, aber mein Arzt zieht eine Hysterektomie in Betracht. Es ist einfach zu viel für meinen Körper. Ein weiteres Organ, das der Lupus angreifen kann und in dem sich Giftstoffe ansammeln können. Er glaubt, dass es mir besser gehen wird, wenn die Gebärmutter entfernt ist.«

Liam lehnte sich zurück und starrte sie mit großen Augen an. Er war ein wenig blass um die Nase. Bei dem Anblick hätte Arden am liebsten laut geschrien. Sie wollte einfach nur, dass alles mit einem Mal gut war.

Aber sie wusste nicht, wie sie das anstellen sollte.

Wie um alles in der Welt sollte sie das schaffen?

»Geht es dir gut?«, fragte Liam mit ruhiger Stimme.

»Ich habe noch leichte Schmerzen«, antwortete sie. »Aber ist das alles, was du zu sagen hast? Du fragst mich, ob es mir gut geht? Ich habe dir gerade erzählt, dass ich vielleicht nie Kinder gebären kann. Diese Wahl wird mir einfach genommen werden. Und ich weiß nicht, wie ich mich dabei fühlen soll.«

»Ich weiß es auch nicht«, sagte er leise und beugte sich vor, um seine Stirn an ihre zu pressen. »Ich weiß nur, dass ich für dich da bin, okay? Ich bin hier. Du musst jetzt keine Entscheidungen treffen. Du musst nicht einmal darüber nachdenken. Ruh dich aus und konzentriere dich auf deine Genesung. Den Rest regeln wir später. Ich weiß, wir haben noch nicht über eine gemeinsame Familie gesprochen, weil es dafür eigentlich noch zu früh ist. Aber wenn wir diesen Weg irgendwann gehen, dann finden wir eine Lösung. Gerade erst haben wir mit Austin über Adoption gesprochen, nicht wahr? Wir sind zwar noch lange nicht so weit, aber ich werde dich deshalb nicht verlassen. Hörst du? Das verspreche ich dir. Meinetwegen musst du dir also keine Sorgen machen. Jetzt geht es nur um dich, in Ordnung?«

Sie nickte. Als er sie auf dem Bett ein Stück zur Seite schob und sich neben sie setzte, schmiegte sie sich an ihn.

Ein Teil der Last war von ihren Schultern gefallen.

Aber der Rest? Das würde sie noch verarbeiten müssen. Sie war sich nie im Klaren darüber gewesen, ob sie Kinder wollte, aber der Gedanke, keine bekommen zu können, war niederschmetternd. Damit musste sie sich auseinandersetzen. Ihr Körper hasste sie. Obwohl sie meistens einen Weg fand, den Schmerz zu ignorieren und sich gesund zu fühlen, gab es diese Momente, in denen ihr Körper sie regelrecht zu verhöhnen schien.

»Ich weiß einfach nicht, was ich denken soll«, flüsterte sie.

»Dann lass es. Du musst jetzt nicht darüber nachdenken. Werde einfach nur gesund, alles andere regeln wir Schritt für Schritt. Ich bin sicher, dass es Menschen gibt, mit denen du reden kannst. Frauen, die das Gleiche oder etwas Ähnliches durchgemacht haben wie du. Zu gegebener Zeit können wir sie vielleicht finden.« Für einen langen Moment schwieg er. Arden glaubte schon, er hätte alles gesagt, als er wieder das Wort ergriff. »Ich weiß, dass ich nicht immer die richtigen Worte finde, aber ... du sollst wissen, dass ich für dich da bin. Immer.«

Sie lehnte sich an ihn, denn sie wusste, dass er es ernst meinte. Sie konnte hören, dass er ehrlich war.

Dennoch fragte sie sich, wann das Leben ihr endlich eine Atempause gönnen würde. Nur eine kleine.

Aber sie lag in den Armen des Mannes, den sie liebte. Ihrer Familie ging es gut und sie selbst würde auch wieder zu Kräften kommen. Die Pankreatitis war nicht kritisch, also würde sie auch diese Episode durchstehen.

Mit der richtigen Therapie würde sie sogar wieder zu ihrem normalen, fröhlichen Selbst zurückkehren.

Im Moment prasselte nur alles auf einmal auf sie ein.

Aber sie würde damit fertigwerden.

Weil sie keine andere Wahl hatte.

KAPITEL EINUNDZWANZIG

Liam tippte auf seiner Tastatur, während Arden friedlich schlief. Ihr Gesicht war vollkommen entspannt.

Morgen durfte sie nach Hause gehen, und dafür war er dankbar.

Die Pankreatitis war weitaus glimpflicher verlaufen, als sie anfangs befürchtet hatten. Es war Ardens Gespür für ihren eigenen Körper zu verdanken, dass sie sie so früh erkannt hatten.

Liam hatte eine Heidenangst um sie gehabt.

Er hasste die Tatsache, dass der Anblick von ihr in einem Krankenhausbett langsam zur Routine wurde. Sowohl Arden als auch ihre Brüder hatten ihm versichert, dass es nicht immer so sein würde und dies nur einige unglückliche Monate waren. Er wollte ihnen glauben.

Es schmerzte ihn zu sehen, wie Arden litt. Doch er konnte nichts weiter tun, als für sie da zu sein.

Also beobachtete er sie, während sie schlief, und wandte sich dann wieder seinem Laptop zu, um das letzte Kapitel zu Ende zu bringen.

Arden so leiden zu sehen und zu erleben, wie sie um das weinte, was sie verlieren könnte, hatte die Inspiration für das Finale gegeben.

Er wusste genau, was er schreiben musste, sah es förmlich vor sich.

Dank Arden.

Wie immer hatte sie ihm geholfen.

Er war ihr begegnet, als sein Leben sich grundlegend verändert hatte. Zu einer Zeit, in der er geglaubt hatte, genau zu wissen, wer er war, nur um dann festzustellen, dass er rein gar nichts gewusst hatte.

Er war nicht bloß der Mann, der alles verloren hatte. Das hatte er im Grunde nicht. Aber er hatte etwas gewonnen, nämlich die Erkenntnis, dass er etwas Besonderes war.

Und das alles dank seiner Familie und der Frau, die vor ihm im Bett lag und schlief.

Nash verlor sich in dem Drang, die Welt zu retten, und zerbrach sich den Kopf über das, was vor ihm lag. Doch manchmal vergaß er, woher er kam.

Auch Liam hatte das vergessen.

Obwohl er sich geschworen hatte, seine Wurzeln niemals zu verleugnen, hatte er es doch getan.

Er hatte an sich selbst und an seiner Identität als ein Montgomery gezweifelt.

Selbst als er nach außen hin versichert hatte, dass

Adoptionen zur Normalität gehörten und alles in bester Ordnung sei, hatte er an sich selbst gezweifelt.

Er hatte an seiner Familie gezweifelt.

Aber sie liebten ihn jetzt sogar noch mehr als zuvor. Natürlich würde immer auch ein Hauch von Unbehagen mitschwingen, doch das definierte ihn nicht.

Was ihn wirklich ausmachte, waren die Werte, mit denen er aufgewachsen war. Durch sie hatte er sich zu dem Mann entwickelt, der er heute war.

Also würde er die Gedanken an leibliche Väter und die seltsamen Umstände aus seinem Kopf verbannen. Vielleicht für immer. Er würde seinen Verwandten in den anderen Städten davon erzählen, wenn sie ihn danach fragten, doch für ihn war das alles nicht von Bedeutung. Für ihn gab es wichtigere Dinge, denen er sich zuwenden musste.

Wie zum Beispiel die Frau, die vor ihm lag.

Aus diesem Grund wusste er, dass er in der Lage war, Nashs Geschichte zu schreiben.

Denn sein Held musste verletzlich sein. Sicher, der Mann war im Verlauf der Serie niedergestochen, von Gebäuden gestoßen und fast in die Luft gesprengt worden.

Er musste sich vor Mördern verstecken und selbst Menschen töten.

Körperlich hatte Liam seinem Helden zugesetzt.

Doch bisher war er nie emotional verletzlich gewesen.

Aber Penny brachte diese Seite in ihm zum Vorschein.

Und nun musste Liam herausfinden, wie es weitergehen sollte.

Nash musste Penny seine Liebe gestehen und sie wissen lassen, dass er alles für sie aufgeben würde, wenn sie es wollte.

Mit einem Seufzen starrte Liam auf den Bildschirm in dem Wissen, dass er das Buch fertig schreiben musste.

Denn es ging nicht nur um Nash und Penny.

Es ging auch um Arden.

»Es bist immer du«, flüsterte er.

Inzwischen war ihm bewusst, dass Arden nie einfach nur ein Zeitvertreib gewesen war, obwohl er immer wieder versucht hatte, sich das einzureden. Er liebte sie.

Er wollte sie niemals verlieren.

Und er hatte solche Angst, dass er sie verlieren könnte, wenn er nicht vorsichtig war.

Er arbeitete weiter und legte Nashs Innerstes auf eine Weise offen, die er selbst nicht für möglich gehalten hätte.

Vielleicht würde er seine Leser damit verschrecken, doch vielleicht war es genau das, was sie brauchten.

Denn inmitten der Dunkelheit musste es einen Funken Hoffnung geben.

Nash und Penny würden ihr nächstes Abenteuer nicht getrennt, sondern als Einheit bestreiten.

Doch zuvor musste Nash sich der Tatsache bewusst werden, dass er alles verlieren konnte, und Penny musste wissen, dass Nash bereit war, alles für sie zu opfern.

Liam verlor sich eine gute Stunde lang in seiner

Arbeit, speicherte seine Fortschritte regelmäßig ab und musste seinen Laptop sogar an die Steckdose anschließen, die die Krankenschwestern ihm netterweise zugewiesen hatten. Die Worte flossen aus ihm heraus und er tippte immer weiter. Als er schließlich blinzelnd vom Bildschirm aufblickte, sah er, dass Arden ihn mit einem Lächeln im Gesicht beobachtete.

»Hey, ich wusste nicht, dass du wach bist«, sagte er, drückte auf »Speichern« und straffte die Schultern.

»Ich habe dir nur bei der Arbeit zugesehen. Ich mag es, dir bei der Arbeit zuzusehen.«

Liam grinste.

»Ich weiß, ich sehe dabei aus wie ein Wahnsinniger. Mein Kopf sackt ständig zur Seite und ich muss mich immer wieder aufrichten, sobald ich merke, dass ich fast in der Horizontalen liege. Manchmal forme ich beim Tippen die Worte mit den Lippen oder schneide Grimassen, die zu den Emotionen der Figuren passen.«

»Ja, das stimmt. Aber woher weißt du das?«

»Weil Ethan mich irgendwann einmal beobachtet und sich über mich lustig gemacht hat. Daraufhin habe ich mich selbst gefilmt, denn ich war überzeugt, dass mein Bruder sich irren musste.«

»Natürlich, denn kleine Brüder haben nie recht.«

»Nicht ganz. Aaron ist der Jüngste von uns, und er hat tatsächlich nie recht. Ethan hingegen liegt meistens richtig. Aber darüber sprechen wir nicht gern.«

»Du hast dich also selbst gefilmt?«

»Ja. Und es war so schlimm, wie Ethan gesagt hatte.

Ich bin ein Chaot. Aber ich weiß, dass ich damit nicht allein bin.« Er zwinkerte ihr zu.

»Ach ja?«, fragte sie lachend.

»Ich habe dich ebenfalls beobachtet. An dem Tag, an dem wir Seite an Seite auf dem Sofa saßen. Und einmal, als wir draußen in der Sonne gearbeitet haben. Du verhältst dich ähnlich wie ich.«

»Oh, wirklich? Kein Wunder, dass ich nach der Arbeit immer Muskelkater habe.«

»Es ist die reinste Folter für unseren Körper«, stimmte er zu.

»Ja, wie so viele andere Dinge.«

Einen Moment lang schwiegen sie. Sie berührten sich nicht, sondern starrten einander nur an.

Arden würde wieder auf die Beine kommen, denn es gab keine andere Möglichkeit.

Und er würde nirgendwo hingehen. Was auch geschah, er würde an ihrer Seite bleiben.

Denn er hatte etwas gefunden, für das es sich zu kämpfen lohnte. Jemanden.

Und das hatte nichts mit seiner Herkunft zu tun, sondern nur noch mit seiner Zukunft.

Und diese lag bei Arden.

Obwohl er nicht nach ihr gesucht hatte, hatte er sie trotzdem gefunden.

»Wie weit bist du mit deinem Buch?«, fragte Arden. »Kannst du mir endlich erzählen, wie Nash sich entscheidet?«

Liam atmete tief durch und nickte. »Ich lese es dir vor.«

Sie riss die Augen auf und beugte sich vor.

Ihre Überraschung war verständlich. Schließlich machte er normalerweise ein Geheimnis aus seiner Arbeit. Eigentlich zeigte er niemandem sein Manuskript, bevor er es überarbeitet hatte.

Selbst Arden hatte seine Werke immer erst kurz vor der Veröffentlichung zu Gesicht bekommen.

Aber diesmal war alles anders.

Denn die Geschichte von Nash und Penny gehörte ihr.

»Weißt du, ich bin an der Stelle, an der Nash sich entscheiden muss, wie es mit Penny, seinem Job und seiner Zukunft weitergeht.«

»Okay«, erwiderte sie leise und nickte. »Muss ich wissen, was am Anfang des Buches passiert?«

»Im Moment nicht. Dies ist nur für uns beide, okay? Nur dieser Teil.«

Also erzählte er ihr von dem Artefakt und davon, wie Nash und Penny herausgefunden hatten, wie sie die Welt retten konnten. Vor allem sprach er davon, dass Nash nun begriffen hatte, wie seine Zukunft aussah. Ganz gleich, wie oft er die Welt retten musste, für ihn gab es nur einen Weg. Den an Pennys Seite. Nash hatte sich endlich entschieden. Am Ende gab es nur die Eine für ihn. Es gab immer nur sie.

Dann blickte Liam zu ihr auf und wiederholte Nashs Worte. Er brauchte das Manuskript nicht, um sich daran zu erinnern, schließlich hatte er sie gerade niedergeschrieben. Sie waren in sein Herz eingraviert. »Ich hätte nie gedacht, dass ich mich verlieben würde. Oder dass ich es nötig hatte, mich einfach fallen zu lassen. Da ist kein Sicherheitsnetz mehr. Ich halte mich nicht mehr fest in dem Glauben, dann frei zu sein. Ich liebe dich. Mit jeder Faser meines Wesens. Schick mich nicht weg. Lass mich bleiben.« Er hielt inne und schluckte schwer, während Arden sich die Tränen von den Wangen wischte. »Lass mich bleiben. Lass mich dich lieben.«

KAPITEL ZWEIUNDZWANZIG

Arden schluchzte und wischte sich die Tränen aus dem Gesicht. »Hat Nash das wirklich gesagt? Das freut mich so sehr für Penny.«

Liam klappte seinen Laptop zu, stellte ihn auf dem kleinen Tisch ab und trat an ihr Krankenhausbett. »Ja, das hat er gesagt. Aber es sind nicht nur Nashs Worte, und das weißt du.«

Sie streckte eine zitternde Hand aus und legte sie ihm an die Wange. »Ich liebe dich auch«, hauchte sie.

Er liebte sie. Und er hatte es ihr auf so wunderbare Weise gesagt. Er hatte sie beide in eine Kakophonie von Verheißungen gehüllt, erschaffen mit seinen wunderschönen Worten. Sie waren einzigartig, genau wie ihre Begegnung. Als hätten ihre Seelen sich schon damals gekannt, als sie nebeneinander in ihren Krankenhausbetten lagen.

Nash liebte Penny, und Liam liebte sie.

»Ich liebe dich«, wiederholte sie im Flüsterton.

»Das will ich bis ans Ende meiner Tage hören«, knurrte er. »Und ich wünschte wirklich, du lägst nicht in diesem Krankenhausbett, denn ich wüsste ganz genau, wie ich dir meine Liebe jetzt beweisen würde.«

Sie schnaubte belustigt und schüttelte den Kopf. »Anders als im Fernsehen ist Sex im Krankenhaus absolut eklig. Denk nur an all die Keime.«

»Keine Sorge, ich werde dich hier drin nicht vernaschen. Aber wenn es dir besser geht und wir wieder zu Hause sind, werde ich dich definitiv nehmen.«

Sie musste lachen. »Wie romantisch. Du willst mich nehmen?«

»Also schön, ich werde dich zärtlich im Kerzenschein lieben, während Rosenblätter auf uns herabregnen.«

»Für einen Schriftsteller hast du wirklich nicht viel Fantasie. Was, wenn die Blütenblätter auf die Kerzen flattern und Feuer fangen? Dann setzen sie die Vorhänge in Brand und schon bald steht alles in Flammen. Aber wir werden es nicht einmal bemerken, weil wir zu beschäftigt sind. Jasper wird uns einfach zurücklassen und sich denken, dass wir nicht alle Tassen im Schrank haben.«

Liam brach in schallendes Gelächter aus und sie stimmte mit ein. Er küsste ihre Tränen fort, doch diesmal waren es Freudentränen. Endlich Freudentränen.

»Du bist so ein Trottel«, flüsterte er. »Aber du bist mein Trottel.«

»Das Kompliment kann ich zurückgeben. Es gefällt mir«, erwiderte sie. »Dann sind das jetzt also wir? Liebe, Glück und jede Menge Glitzer?«

»Glitzer?«, fragte er, setzte sich neben sie und wischte ihr mit den Daumen über die Wangen. Inzwischen wusste er genau, wie er sie trösten konnte. Und Arden wünschte sich, dass sie von jetzt an nur noch Freudentränen vergießen würde. Obwohl sie wusste, dass die Tränen des Schmerzes in ihrem Leben unvermeidlich sein würden, entschied sie sich trotzdem für das Glück.

Er machte sie glücklich.

Und die Tatsache, dass sie zu ihm gehörte, machte jeden Schicksalsschlag lohnenswert.

»Aber dir muss klar sein, worauf du dich einlässt«, sagte sie hastig und wurde ernst. »Ich werde gute und schlechte Tage haben. Natürlich hoffe ich, dass die guten Tage überwiegen werden. Aber ganz gleich, was auch geschehen mag, ich will sie alle mit dir verbringen.«

Liam blinzelte, küsste sie leidenschaftlich und verzog dann die Lippen zu einem Grinsen. »Ich glaube, den Satz sollte ich in ein Buch einbauen.«

Sie stieß ihn von sich, doch er wich nicht zurück. »Dann verlange ich Tantiemen.«

Er lachte. Als er seine Lippen erneut auf ihre presste, schmolz sie dahin.

»Ich liebe dich so sehr«, raunte er. »Ich habe dir gesagt, dass ich nirgendwohin gehen werde. Also wirst du dich damit abfinden müssen, dass ich ein Teil deines Lebens sein werde. Genau wie der Rest der Montgomerys.«

Sie grinste und schmiegte sich an ihn. »Und du wirst mit der Brady-Bande klarkommen müssen.«

»Mein Gott, die geballte Kraft beider Familien? Es gibt absolut nichts, was wir nicht bewältigen könnten.«

Sie küssten sich erneut und ließen erst voneinander ab, als ein Pfleger das Zimmer betrat und sich räusperte. Da sie sich nicht in einer dramatischen Arztserie befanden, widmete Liam sich wieder seinem Buch. Arden beobachtete ihn einfach nur beim Schreiben und verliebte sich noch ein wenig mehr in ihn.

Wie versprochen durfte Arden am nächsten Tag das Krankenhaus verlassen. Sie fühlte sich fast wieder normal – was auch immer »normal« in ihrem Fall bedeutete.

Sie würde einige schwere Entscheidungen treffen und sich wahrscheinlich einer Operation unterziehen müssen. Aber sie hatten Zeit. Sie hatte Zeit.

Sie machte sich keine Sorgen. Ganz gleich, wie ihre Entscheidungen ausfallen würden, sie würde sie nicht allein treffen müssen.

Natürlich war es ihr Körper und ihre Gesundheit, aber sie hatte Menschen, die ihr beistanden.

Neben ihrer Familie hatte sie nun Liam.

Sie schlang die Arme um ihren Hund und grinste, als Jasper ihr übers Gesicht leckte.

Nun, sie hatte Liam und Jasper. Sie hatte ihre Männer und eine klare Vorstellung von ihrer Zukunft. Dieser blickte sie nun mit Zuversicht entgegen, denn sie war nicht allein.

Die beiden würden sie niemals im Stich lassen.

Sie hatte in ihrem Leben genug durchgemacht, um zu wissen, wann etwas echt und beständig war. Und das war es. Liam und Jasper waren ihre Felsen in der Brandung.

Sie wusste nicht, was die Zukunft bringen würde, aber sie konnte es kaum erwarten, es herauszufinden.

Denn sie hatte sich in Liam Montgomery verliebt. Es hatte nur ein Lächeln, eine Tasse Kaffee und einen Hund mit blauem Gesicht gebraucht.

Und die Liebe, so heißt es, kann alles heilen.

Selbst als sie glaubte, die Hoffnung in der Dunkelheit verloren zu haben.

EPILOG

Es hatte ein paar Monate gedauert, aber nun war es endlich so weit. Das große Montgomery-Familienessen mit Arden stand an. Lange war es so gut wie unmöglich gewesen, einen Termin zu finden, weil sie alle entweder aufgrund von Krankheitsfällen, Krankenhausaufenthalten, Dienstreisen, geschäftlichen Auslandsreisen oder dem Trubel um geheime Babys verhindert gewesen waren. Über letztere Geschichte konnten Arden und Liam inzwischen sogar lachen, denn sie meisterten das Leben lieber mit einem lachenden statt mit einem weinenden Auge.

Die Montgomerys hatten alle viel zu tun, und einige von ihnen hatten nach Feierabend eine lange Fahrt vor sich.

Liam selbst stand kurz vor einer Buch-Tournee und versuchte, Arden dazu zu bewegen, ihn zu begleiten.

Die Welt würde nun endlich sein Gesicht sehen, auch wenn sein Verleger es bereits still und heimlich auf seiner Webseite und in den sozialen Medien gestreut hatte.

Er hatte das unbestimmte Gefühl, dass früher oder später seine alten Model-Fotos auftauchen würden, doch das war ihm egal.

Er wollte einfach nur Arden an seiner Seite haben, wenn er durch das Land reiste, um Nashs neue Geschichte zu präsentieren.

Nächstes Jahr sollte das Buch erscheinen, in dem Nash und Penny sich endlich ihre Gefühle füreinander gestanden, während sie Seite an Seite die Welt retteten. Liam freute sich schon auf die Veröffentlichung, doch zuvor wollte er mit der Frau auf Tour gehen, die *seine* Welt gerettet hatte.

Er würde sie schon noch weichklopfen. Ganz sicher.

Bristol war gerade aus Frankreich zurückgekehrt, wo sie für irgendwelche Würdenträger oder Prominente ein Konzert gegeben hatte. Sie hatte nicht viel Aufhebens darum gemacht, da es ihr peinlich zu sein schien, aber die Familie hatte das Video von ihrem Auftritt bereitgelegt, damit sie es sich nach dem Abendessen gemeinsam ansehen konnten. Obwohl Bristol sich manchmal dagegen sträubte, liebte Liam es, das Talent seiner kleinen Schwester zu würdigen.

Aaron war gerade von einer weiteren Ausstellung seiner Werke zurückgekehrt. Wie gewohnt war er schweigsam und vermutlich bereits in Gedanken bei seinem nächsten Projekt.

Ethan hingegen war immer zu Hause. Er war der

Brillante von ihnen, der Denker, der nicht viele Reisen unternahm.

Auch er war heute Abend hier.

Und er hatte seinen Freund Lincoln mitgebracht.

Lincoln gehörte praktisch zur Familie, da er und Ethan unzertrennlich waren.

Liam stand Lincoln ebenfalls nahe, aber Ethan war im gleichen Alter wie Linc.

Liam schmunzelte bei dem Gedanken, dass Lincoln als gefeierter Maler gerade selbst einige seiner Werke ausgestellt hatte.

So viele Künstler in einer Familie. Und mittendrin Ethan, der Intellektuelle. Liam liebte sie alle.

Er schlang einen Arm um Arden und ließ den Blick über seine Familie schweifen. Er konnte kaum glauben, dass sie alle hier waren. Wirklich alle.

Wahrscheinlich würde eine Weile noch eine unterschwellige Spannung mitschwingen, wenn er einen Raum betrat, doch das würde sich hoffentlich irgendwann legen.

Denn er wusste, wo seine Loyalität lag. Bei seiner Familie.

Schließlich hatten sie sich für ihn entschieden.

Er war durch und durch ein Montgomery.

Als Ethan und Lincoln über eine Bemerkung seiner Mutter lachten, schüttelte Liam nur den Kopf.

Ihre Mutter liebte Lincoln wie einen eigenen Sohn und versuchte stets, ihn mit Bristol zu verkuppeln. Vorausgesetzt Bristol entschied sich nicht für Marcus.

Bristol hatte jedoch an keinem von beiden Interesse.

Allerdings war Francine Montgomery versessen darauf, Großmutter zu werden. Seit die anderen Mitglieder der Familie begonnen hatten, Nachwuchs in die Welt zu setzen, wollte seine Mutter unbedingt Enkelkinder.

Liam drückte Ardens Schultern, und sie begegnete seinem Blick. Er sagte nichts. Sie würden nicht erwähnen, dass sie eine Adoption in Betracht zogen, falls sie sich für die Elternschaft entscheiden sollten.

Aber im Moment ging das niemanden etwas an. Genauso wie sein leiblicher Vater niemanden etwas anging.

Aber wenn er seinen Willen bekam und Arden weiterhin offen dafür war, würde Francine wohl schon bald ein Enkelkind bekommen, das sie nach Strich und Faden verwöhnen konnte.

Aber eins nach dem anderen.

Bristol stand in der Ecke und lieferte sich ein hitziges Wortgefecht mit Marcus. Liam verdrehte nur die Augen. Die beiden lachten nicht über irgendeinen gemeinsamen Scherz, sondern stritten sich regelrecht.

Wie sie es geschafft hatten, so lange so enge Freunde zu bleiben, war ihm ein Rätsel.

Aber alle hatten sich heute hier versammelt und alle hatten mit ihren eigenen Dramen zu kämpfen. Trotzdem waren sie immer füreinander da. Sie waren immer eine Familie.

Liam hätte das beinahe vergessen.

Aus diesem Grund wusste er, wie wichtig es war, sich

an die wahre Bedeutung dessen zu erinnern, was sie alle zusammengebracht hatte.

»Worüber zerbrichst du dir so angestrengt den Kopf?«, sagte Ethan und starrte Liam an.

Liam hob abwehrend seine freie Hand und schüttelte den Kopf. »Ich zerbreche mir nicht den Kopf. Das ist dein Job, schließlich bist du der Analytiker.«

»Mag sein«, konterte Ethan, »aber du bist derjenige, der in der Ecke steht, finster dreinschaut und Arden in Beschlag nimmt.«

»Sie hat recht, mein Sohn«, sagte Francine. »Ich hatte noch nicht einmal die Gelegenheit, Arden deine Babyfotos zu zeigen. Und davon gibt es so viele. Auf einem Bild sitzt er auf einem echten Bärenfellteppich, streckt seinen kleinen Po in die Luft und strahlt über das ganze Gesicht.«

»Oh Gott, nicht die Babyfotos«, stöhnte Liam.

»Die Babyfotos sind langweilig«, meldete Aaron sich zu Wort. »Zeig ihr lieber die Model-Fotos. Die, auf denen er einen Schmollmund zieht.«

Ethan warf lachend den Kopf in den Nacken, bevor er eifrig nickte. »Ja, der Schmollmund! Schmollmund! Schmollmund!«, begann Ethan zu skandieren, und die anderen stimmten mit ein.

Liam kniff sich in den Nasenrücken. »Bitte, zeig ihr nicht diese Fotos.«

»Du meinst die, die im Internet kursieren?«, fragte Arden und schüttelte lachend den Kopf. »Die habe ich schon gesehen. Die mit dem Bärenfellteppich kenne ich allerdings noch nicht.«

»Ich war ein Säugling.«

»Oh, ich wette, du warst süß«, sagte Arden und wandte sich seiner Mutter zu. »Hast du noch andere Fotos, auf denen er einen Schmollmund zieht? Vielleicht gibt es ja welche, auf denen er den Blue-Steel-Blick hat?«, fragte sie und löste sich von Liam, um seiner Mutter zu folgen.

»Ihr seid alle Verräter«, knurrte Liam.

»Du bist derjenige, der das neue Lamm zur Schlachtbank geführt hat«, entgegnete Ethan grinsend. »Schließlich hat keiner von uns einen Partner mitgebracht, sondern nur unsere Freunde. Aber du hast deine Freundin dabei. Die du sooooo sehr liebst«, stichelte er gedehnt.

Liam verdrehte die Augen. »Das wirst du noch bereuen. Eines Tages wirst du selbst die Partnerin fürs Leben finden und sie zum Abendessen mitbringen. Dann werde ich alles in meiner Macht Stehende tun, um dich in Verlegenheit zu bringen.«

»Nur zu, wir werden ja sehen«, konterte Ethan.

Lincoln schüttelte nur den Kopf und nahm einen Schluck von seinem Bier. »Du solltest ihn wirklich nicht anstacheln«, flüsterte er Ethan zu. »Du weißt doch sicher noch, wie Liam früher bei unseren Streichen dabei war. Er kann richtig gemein sein.«

»Ganz ruhig«, erwiderte Ethan lachend. »Er kann uns nichts anhaben. Keiner von uns ist in einer Beziehung.«

Ein seltsamer Ausdruck huschte über Lincolns

Gesicht, und Liam zog erstaunt die Augenbrauen in die Höhe.

Interessant.

Sehr interessant.

Es hatte den Anschein, als hütete der Rest seiner Familie noch immer Geheimnisse. Jetzt, da Liam die Liebe seines Lebens an seiner Seite wusste und sich ziemlich sicher war, dass er keine Leichen mehr im Keller hatte, würde er dem Rest seiner Familie auf den Zahn fühlen.

Ein Montgomery nach dem anderen.

Weiter in der Montgomery Ink-Reihe:
Sated in Ink – Tattoos und drei Herzen (Buch 2)

Um eine Bonusszene zu lesen, klicken Sie hier.

EINE ANMERKUNG VON CARRIE ANN RYAN

Danke, dass Sie »Wrapped in Ink – Tattoos und Herausforderungen« gelesen haben. Ich hoffe, die Geschichte hat Ihnen gefallen. Über eine Bewertung würde ich mich sehr freuen, denn diese hilft nicht nur Autoren, sondern auch Lesern.

Ich liebe die Montgomerys von ganzem Herzen. Und die Familie aus Boulder ist einfach unglaublich und vielleicht sogar etwas verwegener als die anderen Montgomerys. Ihr Humor hat mir geholfen, auch die schwierigen Themen anzugehen.

Da ich selbst mit einer Autoimmunerkrankung lebe, war Ardens Liebesgeschichte für mich etwas sehr Persönliches. Daher war es umso schöner, dass sie ihr ewiges Glück gefunden hat. Und Liam? Liam ist ein Montgomery. Seine persönliche Reise besteht darin herauszufinden, was ihn zu einem Teil dieser Familie macht.

Wer ist als Nächstes an der Reihe? Ethan ist der

Nächste, auch wenn er nicht den üblichen Weg einschlagen wird. Ich hoffe, »Sated in Ink – Tattoos und drei Herzen« wird Ihnen ebenso gefallen.

Und Bristol und Aaron werden auch nicht zu kurz kommen!

Wrapped in Ink – Tattoos und Herausforderungen
(Buch 1)
Sated in Ink – Tattoos und drei Herzen (Buch 2)

BÜCHER VON
CARRIE ANN RYAN

MONTGOMERY INK REIHE:

Ink Inspired – Tattoos und Inspiration (Buch 0,5)
Ink Reunited – Wieder vereint (Buch 0,6)
Delicate Ink – Tattoos und Überraschungen (Buch 1)
Forever Ink – Tattoos und für immer (Buch 1,5)
Tempting Boundaries – Tattoos und Grenzen (Buch 2)
Harder than Words – Tattoos und harte Worte (Buch 3)
Written in Ink – Tattoos und Erzählungen (Buch 4)
Hidden Ink – Tattoos und Geheimnisse (Buch 4,5)
Ink Enduring – Tattoos und Leid (Buch 5)
Ink Exposed – Tattoos und Genesung (Buch 6)
Inked Expressions – Tattoos und Zusammenhalt (Buch 7)
Inked Memories – Tattoos und Erinnerungen (Buch 8)

Montgomery Ink Reihe: Colorado Springs:
Fallen Ink – Tattoos und Leidenschaft (Buch 1)

Restless Ink – Tattoos und Intrigen (Buch 2)
Jagged Ink – Tattoos und Turbulenzen (Buch 3)

Montgomery Ink Reihe: Boulder:
Wrapped in Ink – Tattoos und Herausforderungen
(Buch 1)
Sated in Ink – Tattoos und drei Herzen (Buch 2)

Die Gallagher-Brüder:
Love Restored – Geheilte Liebe (Buch 1)
Passion Restored – Geheilte Leidenschaft (Buch 2)
Hope Restored – Geheilte Hoffnung (Buch 3)

Whiskey und Lügen:
Whiskey und Geheimnisse (Buch 1)
Whiskey und Enthüllungen (Buch 2)
Whiskey und die Geister der Vergangenheit (Buch 3)

Das Aspen Rudel:
Durch Ehre Geschliffen (Buch 1)
In der Dunkelheit Gejagt (Buch 2)
Im Chaos Gebunden (Buch 3)

Unterschlupf in der Stille (Buch 4)
Von Flammen Gezeichnet (Buch 5)

Die Brüder Wilder:
Der Weg zurück zu mir (Buch 1) **(erhältlich ab Mai 2026)**
Immer der Richtige für mich (Buch 2) **(erhältlich ab August 2026)**
Der Pfad zu dir (Buch 3) **(erhältlich ab November 2026)**

Und auch die folgenden Bücher von Carrie Ann Ryan werden in Kürze auf Deutsch erhältlich sein:

Aus der »Montgomery Ink Reihe«:
Embraced in Ink (Buch 14)
Seduced in Ink (Buch 15)
Inked Persuasion (Buch 16)
Inked Obsession (Buch 17)
Inked Devotion (Buch 18)
Inked Craving (Buch 19)
Inked Temptation (Buch 20)

BIOGRAFIE

Carrie Ann Ryan ist eine *New York Times* und USA Today Bestsellerautorin moderner und übersinnlicher Liebesromane. Außerdem schreibt sie Literatur für junge Erwachsene. Ihre Arbeit umfasst die »Montgomery Ink Reihe«, »Redwood Pack«, »Fractured Connections« und die »Elements of Five«-Reihe. Weltweit hat sie über vier Millionen Bücher verkauft.

Sie hat bereits während ihres Chemiestudiums mit dem Schreiben begonnen und hat seitdem nicht mehr aufgehört. Inzwischen hat Carrie Ann mehr als fünfundsiebzig Romane und Novellen fertiggestellt – und ein Ende ist nicht in Sicht. Carrie Ann wurde in Deutschland geboren und hat schon überall auf der Welt gelebt. Wenn sie sich nicht gerade in ihrer emotionalen und aktionsgeladenen Welt verliert, liest sie gern, während sie sich um ihr Katzenrudel kümmert, das mehr Anhänger hat als sie selbst.

. . .

Besuchen Sie Carrie Ann im Netz!
carrieannryan.com/country/germany/
www.facebook.com/CarrieAnnRyandeutsch/
twitter.com/CarrieAnnRyan
www.instagram.com/carrieannryanauthor/